錆喰いビスコ《さびくいびすこ》

6

奇跡のファイナルカット《きせきのふぁいなるかっと》

瘤久保慎司

SHINJI COBKUBO PRESENTS

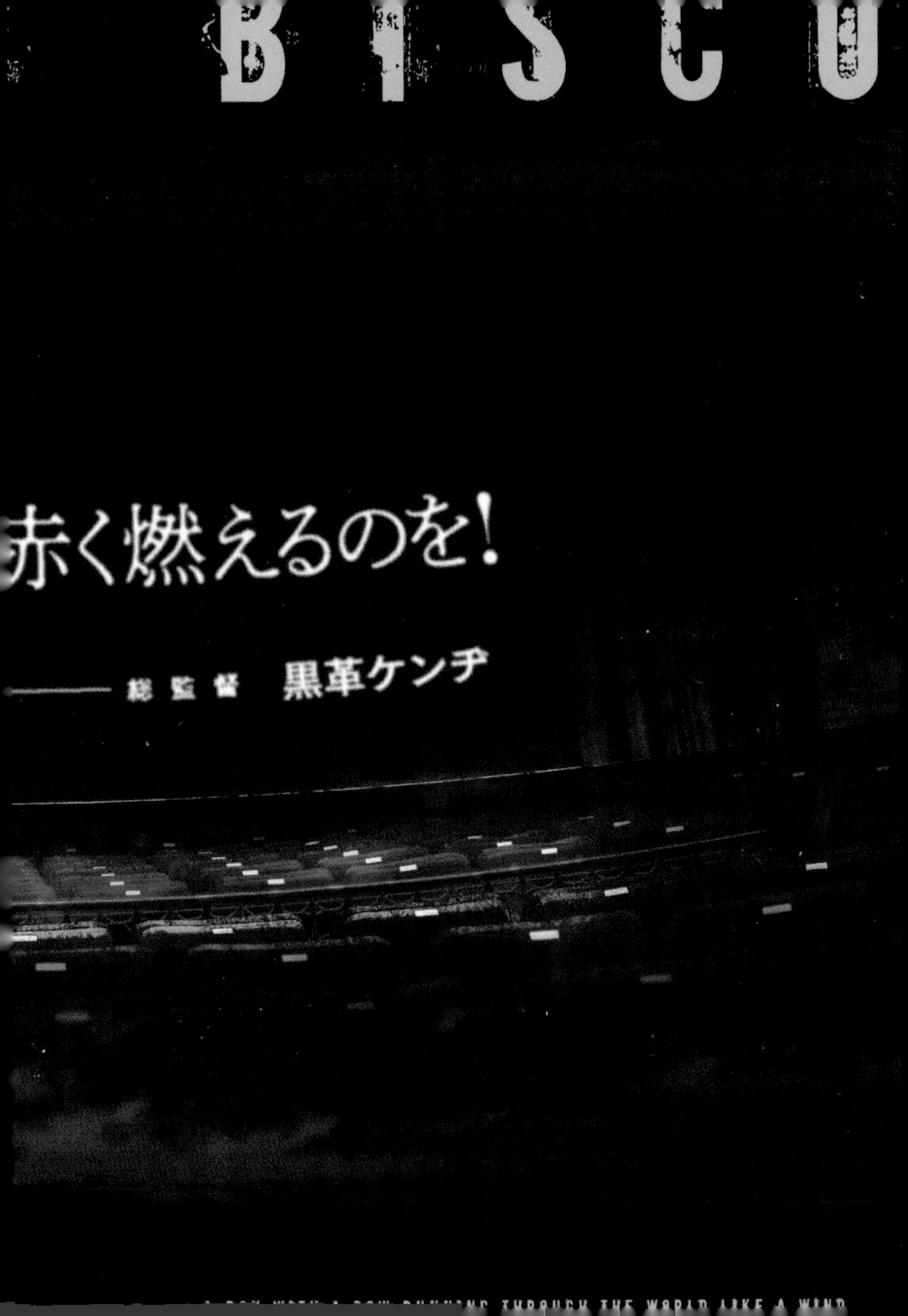
BISCO
赤く燃えるのを!
―― 総監督 黒革ケンヂ

刮目せよ、諸君。
無明の夜を引き裂き
アンタレスが
THE WORLD BLOWS THE WIND ERODES LIFE.

REC

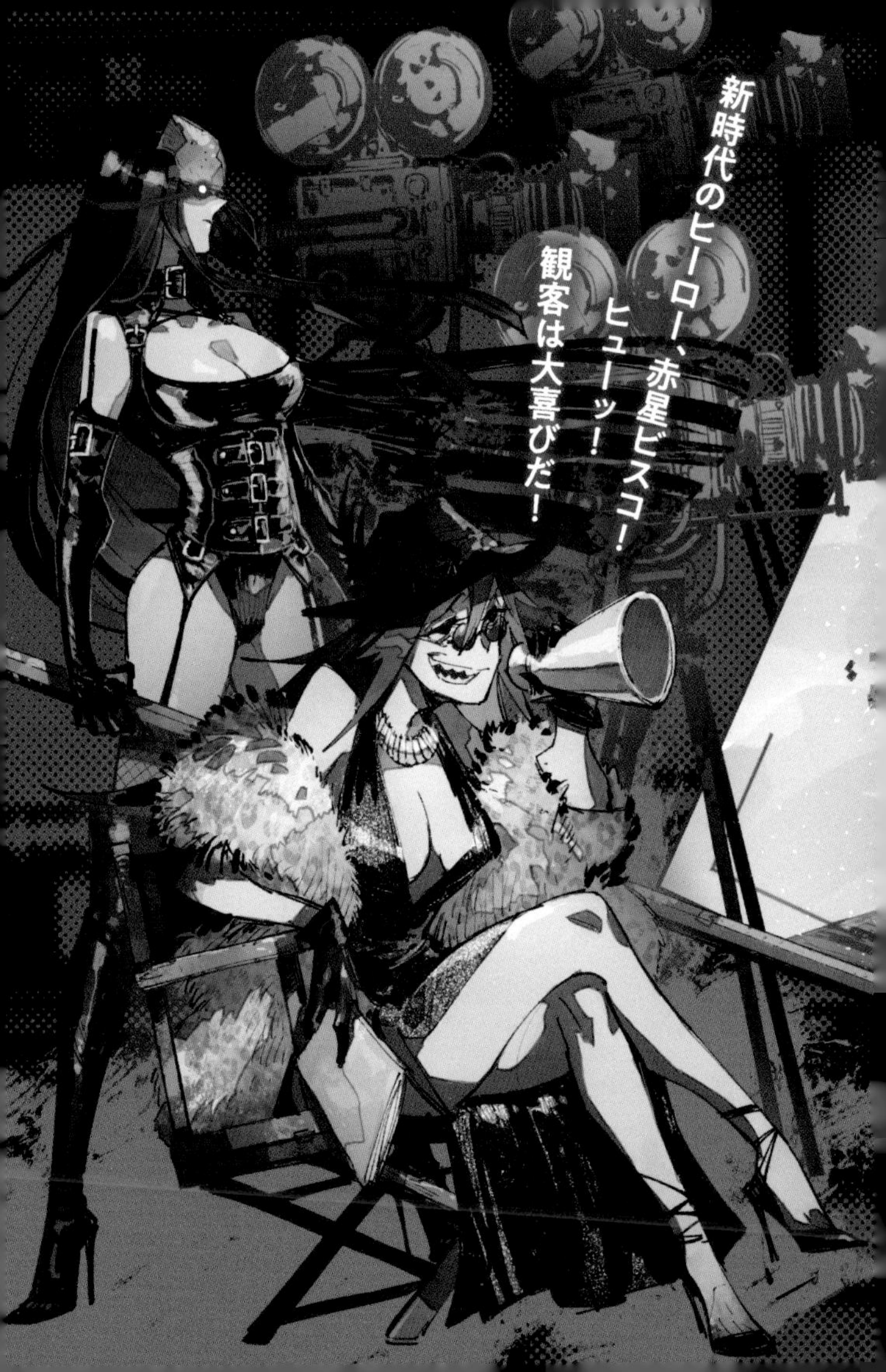
新時代のヒーロー、赤星ビスコ！
ヒューーッ！
観客は大喜びだ！

のう、ビスコ！
ワシらって世界一の
師弟《おやこ》じゃったよなアーッ！

SABIKUI BISCO

6

DESIGNED BY AFTERGLOW

[イラスト] 赤岸K

[世界観イラスト] mocha
(@mocha708)

[題字] 蒼喬

The world blows the wind erodes life.
A boy with a bow running
through the world like a wind.

おいおい
どうした赤星
脚でも
つったのか？
野郎……！

赤星が退屈してるじゃないか
オレに恥をかかすな
一斉にかかれ！
クソッ…
チロル！
捕まって！ジェットで飛ぶよ！
飛っ…!?
ガッ

バカ言うなアッ
キノコ守りが
おめおめ
逃げろってのか！
アクタガワ！
……それで
いいのさ赤星
続く筋書きは
そうだな……
そして
一年後……

KABAM

The world blows the wind erodes life.
A boy with a bow running
through the world like a wind.

錆喰いビスコ

SABIKUI BISCO

【さびくいびすこ】

6 奇跡のファイナルカット

瘤久保慎司

SHINJI COBKUBO PRESENTS

[イラスト]赤岸K

[世界観イラスト]mocha (@mocha708)

[題字]蒼喬

DESIGNED BY AFTERGLOW

一陣の寒風が吹いて、土埃《つちぼこり》に塗《まみ》れた無数の紙きれを巻き上げた。

【恐怖政治　絶対反対‼】

【圧政に終止符を‼】

それらの紙は。

一様に機関銃の弾丸に撃ち抜かれ、焦げ付いており……所以《ゆえん》の知れぬ血飛沫《ちしぶき》の痕を、いくつも染《し》みつかせている。

紙はそのまま風に煽《あお》られて地面をぺらぺらと転がり、黒革《くろかわ》政権の旗がそこらじゅうにはためく街から逃げ去るようにして、どこへとも知れず飛んでいった。

かつては……

商人、飯屋、妖しげな娼婦《しょうふ》や破戒僧、仕事帰りのサルベージャーで溢《あふ》れかえり、売り手買い手の怒号が飛び交った、この唐草《からくさ》大通りに。

商人一人、いない。

これは通りに限らず街中がまったく静かで、通りすがりの旅商人の言葉を借りれば、

「まるで、死んだような……」

忌浜《いみはま》の有様《ありさま》であったと言っていいだろう。

その代わりに……。

その被《かぶ》り物《もの》に張り付いたような笑顔を浮かべるイミーくん達が、物騒な機関銃を構えて街の所々に立っている。

どうやら何かの監視役であるらしいこれらウサギ面達は、

「チョロチョロうろつくな、コラ！」

肩身狭そうに歩く通行人を『ごんっっ』と銃床で小突いたりと、一様に高圧的かつ、尊大な態度であった。

「住民ども！　上映会の時間だ。さっさと会場に集まれ！」

そこら一帯の管轄主であるらしい黒イミーくんが、空に向かって『ばばばば!!』とマシンガンを撃《ぶ》っ放す。住宅に引きこもっていた住民達は悲鳴を上げて表に飛び出し、細かく震えながら強制的に整列させられる。

「一分十三秒。遅い！　それになんだその顔はお前ら。楽しい楽しい上映会だろうが!!　しみったれた顔は、刑罰対象だと言ったはずだぞ!!」

黒イミーの言葉に、無理やり笑顔をつくる住人達。その顔は引《ひ》き攣《つ》っており、ぴくぴくと痙《けい》攣《れん》を繰り返しているが、一方の黒イミーは満足そうに頷《うなず》いて、マシンガンを下ろした。

「そうだ。常に笑顔を心がけろ。我々を見習え」

(マスクじゃないか)

(黒革《くろかわ》に尻尾振りやがって)

「ごちゃごちゃ抜かすな！　整列！」

「ま、待ってください。うちの子は課題日報の連続で、もう二日も寝てないんです。このまま続けられたら、過労で死んでしまいます！」

「名誉なことじゃないか。死ね。若くして死ぬのは芸術家の特権だ……さっさと歩け！　それとも今すぐ殺されたいか!!」

住人はイミーくん達になすすべなく、とぼとぼと上映会館まで連行される。街中には隙間なく設置されたカメラが眼《め》を光らせており、それがまた住人達から脱走の気勢を削《そ》がせた。

「うわぁっ。もう嫌だ。もう見たくないっ」

「暴れるな!!　スクリーンから目を離すな」

「助けてくれぇっ。誰かぁっ」

「肩ごと固定しろ!!　こいつは延長コースだ。泡を吹くまで見せ続けろ!!」

スクリーンから絶え間なく映像が流される、忌浜《いみはま》中央上映会館……

住人達は厳しい監視下で放映される映像を見続けさせられる。それは開眼器具を強制的に着用された上に、ベルトで客席に固定させられるという相当に過酷なものだ。

時折先ほどのように耐え兼ねて暴れ出すものが出るが、課せられるペナルティもまた相当なものであるから、他の住人達もただただ耐え忍ぶほかない。

「オエッ」「グォエッ」などと、嗚咽《おえつ》とも悲鳴ともつかぬ声が漏れる、その会場の……

客席の後ろのほうで。


「……ひっく。ぐすっ……」


感極まったように……

極めて純粋に、真剣な感動をもって流す、涙の声がある。


「……『わたし、さよならをどう言えばいいかわからないの』。」

「……こ、こんな……」

「こんな美しい台詞《せりふ》があるか？」

「今ならわかる。オレにも、このシーンの意味が……」

「……黒革《くろかわ》知事。そろそろ、本日のプログラムは終了です」

「話しかけるな！　このクソバカ。人が浸ってるところで」

自分に耳打ちする黒イミーを『べしんっっ！』と引っぱたいて、黒革《くろかわ》は先の涙をすっかり引っ込めると、その白い腕を伸ばして「ん〜〜っ」と伸びをする。

「あ〜あ。すっかり意気が削《そ》げたぞ、バカが。しかしまあ確かにこう連続だと疲れる。住民の様子はどうだ？」

「皆、真剣に見入っています。死者や失神する者も増えていますが、想定内の数値です」

「重畳。全国民・思想洗浄計画は順調と言える」

黒革《くろかわ》は針葉樹のようなロングヘアを手櫛《てぐし》で流し、豪華に誂《あつら》えた専用席から立ち上がった。

きらきらとラメの入った黒いロングドレスは、背中と胸元を大きく開け、スリットから白い脚を覗《のぞ》かせる煽情的《せんじょうてき》なものになっている。その上から羽織った霜ヒョウ毛皮のショールと、派手な意匠を凝らしたハットがいかにもな「金・権力・傲慢」を想起させ、黒革《くろかわ》本人の近寄りがたい雰囲気を助長していた。

「旧世代の古い思想を全日本人の脳味噌《のうみそ》から追い出すまで、このプログラムは続ける。注意深く、徹底的にやれ」

「はっ」

「おかわり」

「はっ」

黒革《くろかわ》が手に持ったワイングラスへ、イミーくんがすかさず新品のファンタグレープをなみなみと注ぐ。黒革《くろかわ》は一口だけそれを飲んでグラスを床に叩《たた》きつけてから、鼻歌まじりにヒールをコツコツと鳴らしてその場を後にする。

「ふ〜んふふんふ〜〜ん♪　ふ〜んふふ〜〜ん」

「…………。」

「ふ〜んふふ〜〜ん♪　……おい。当てろ」

「インディ・ジョーンズです」

「昇給だ。一層励め」

「ははっ」

黒革《くろかわ》はそのまま、会館の外へ停《と》めてあるコブラへドアを開けずにひらりと乗り込むと、後部座席でふんぞり返り、白い太腿《ふともも》を晒《さら》して大胆に足を組む。

「さあて、準備は整った。あとは、演者の現場入りを待つだけだ……」

ぱちん！　と指が鳴る。運転手のイミーくんはすばやくアクセルを踏み、そのまま黒革《くろかわ》政権の旗がはためく街道を、県庁へ向けて突っ走っていくのだった。

＊＊＊

黒鉄旋風・猫柳《ねこやなぎ》パウー、突然の敗北――

一年前、忌浜《いみはま》。武闘派知事の長い黒髪が毒々しい赤いヒールの下に傅《かしず》き、その前で脚を組む謎の女の姿が放送されたのは、ちょうどこの日である。

「やあただいま、勤勉なる忌浜《いみはま》県民の諸君」

声も姿も、女のそれである。が、サングラスの奥から覗《のぞ》く漆黒の瞳には、県民の誰しもに見覚えがあったに違いない。

「音沙汰なくて申し訳なかった、ちょっとあの世にお邪魔していてね。猫柳《ねこやなぎ》くんの政策はずいぶん強硬で危なっかしかったようだが、安心してくれたまえ。彼女は自警団団長へ戻り、本日よりオレ……黒革《くろかわ》ケンジが、再び知事を請け負う」

邪悪の県知事・黒革《くろかわ》の再臨である。

その日を境に、街中には黒革《くろかわ》デザインのマスコット「イミーくん」を被《かぶ》った黒服が闊歩《かっぽ》し、以前の黒革《くろかわ》政権とは異なる、狂的かつ不可思議な恐怖政治が行われた。

『思想洗浄計画』と題目をうたれたこれが、何かというと……

市民に対し、黒革《くろかわ》政府が選別した映像・印刷物などを強制的に支給し、視聴を強制するというものであった。市民は支給物について毎回五万文字以上のレポート提出を義務づけられ、政府の定める規定点数を下回ると厳罰に処された。

その日その日を生きるのに精いっぱいの現代人にとってこれはとんでもない弾圧であり、クーデターの動きも起こったがこれもすぐに自警によって鎮圧された。自警団団長・パウーの人が変わったような阿修羅《あしゅら》の振る舞いに、人民の戦意もへし折られてしまったらしい。

度を越した独裁、悪政の極み――

しかしその一方、軍略において新生黒革《くろかわ》政府の切れ味は凄《すさ》まじかった。

日本の軍力の要と言われる的場《まとば》重工《じゅうこう》グループを抱き込み、兵庫《ひょうご》から大量の生物兵器をもって電撃的に京都《きょうと》府を制圧すると、返す刀で近畿、東北、北陸を次々と制圧。日本地図は瞬《また》く間《ま》に忌浜《いみはま》の色に塗り潰されていき、いまもなおその勢いは収まっていない。

今では日本中が、にこやかなイミーくんの笑顔におびえながら、何のためともわからぬレポートを延々と書かされている――と、そういう歪《いびつ》な有様《ありさま》であった。

＊＊＊

上映会館前、噴水広場。

「やっと上映が終わった。もう、眼《め》が干からびちまいそうだ」

「でもまた、帰ったらレポートを書かなくちゃ……」

「もう、白い原稿用紙を見ただけで、吐きそうだ」

黒革《くろかわ》の退出より、二時間。

ようやく住民達が解放され、とぼとぼと帰路へつく。この後、さらに入念なレポートのチェックによって、思想が順調に浄化されているかを観測されるのだ。

傍目《はため》にも、いかにも疲労困憊《ひろうこんぱい》といった風体……

それらを横目に見ながら、

「……ふぁ〜〜ぁあ。ようやっと終わったかぁ」

涸《か》れた噴水の上に腰かけたピンクのくらげ髪が盛大に欠伸《あくび》をし、スーツを着た小柄な身体《からだ》をめいっぱいに伸ばした。

「毎度暇すぎて溶けそう。ま、視聴免除されてるだけマシか……」

「チロル様！　住民点呼終了いたしました。上映会の欠席が二名、途中脱走一名、気絶及び携帯通話機の切り忘れが……」

「あーうっさいうっさい！　ばかばかし～。アンタらで勝手に処理して」

雑な返事を返せば、補佐のイミーくんは健気《けなげ》にも一礼して仕事に戻ってゆく。チロルは退屈そうにそれを見送り、くらげ髪をひらりと躍らせて石畳の上に着地した。

髪を撫《な》でつける風に逆らいながら、眼《め》を細め、街を見渡す……。

県庁をはじめとして、ハリウッドをモチーフとして改築された街並みが見渡す限りに立ち並び、そこらじゅうで『ネオ黒革《くろかわ》政権』の旗が風になびいている。もはやその光景も、すっかり見慣れたものになってしまった。

（もう、一年、か）

幸いなことに、と言っていいものか。

商人のチロルに政治的なポリシーなどない。かつて反目した黒革《くろかわ》にもむしろそのプライドのなさ、狡猾《こうかつ》さを見込まれ、忌浜《いみはま》で要職にありつくのもさしたる手間ではなかった。

履歴書の『イミーくん・歴半年』『的場《まとば》重工《じゅうこう》チーフエンジニア・歴二年』のおかげで、今では『イミーくん監督官』なる、誰もが羨むポジションへまんまと上り詰めている。

（にしたって、毎日がこれじゃな。やってらんねーっすわ！　お洋服でも買いにいこ）

周りに誰もいないのを見計らい、仕事をさぼって帰ろうとする、その後ろ姿に。

「チロル様！」

（んぎくっっ！）

「予定より早いですが、西門より物資到着いたしました。カバ車二十四台分、もう広場に回してしまってよろしいですか？」

「……あ～、はいはい。納品チェックね……見りゃいいんでしょ、見ればぁ」

「現場準備完了。こっちへ回せ」

補佐イミーがトランシーバーにそう言うと、『了解』の返事とともに、がらがらと荷車を引いたカバ達がぞろぞろ広場へ入ってきた。チロルがその荷車の中を見れば、大量のカメラや三脚、照明器具といった撮影機材が山のように入っている。

「はい一台目おっけ～。行って」

「チロル様。印鑑を」

「ほいよ」

「印よし。よーし県庁へ回せ！　機材はデリケートだ、傷をつけるなよ！」

首元にクラゲの印を押されたスナカバ車が、広場を後にしていく。チロルはろくすっぽ機材の内容を確認もせず、荷車を覗《のぞ》いてはぽんぽんとくらげ印を押して回っていった。

（武器やらヤクならともかく、なんで撮影機材ばっかり？　……まあいいや、早く帰れりゃそれで。よっし、これで終わり……）

最後の一台、その荷車の垂れ布を捲《めく》って、何の気なしにそこを覗《のぞ》き込《こ》んだとき……

チロルの眠たげな目が、ふと、

（……この、におい。）

何かを嗅ぎつけて金色に光った。

（……きのこ……？）

商売人であるチロルでなければ嗅ぎ分けられないであろう、かすかな香り。しかしそれは確かに、鉄錆《てつさび》や撮影機材のものとは違う、生命の胞子が放つそれである。

チロルが用心深く目をこらして、うず高く積まれた三脚の山を覗《のぞ》くと……

『ぎろり!!』

（……んげっっ!!）

何か翡翠《ひすい》色の二つのものが、強烈な光を放ってチロルの瞳を射抜いた。チロルはまるで強烈なでこぴんでも喰《く》らったかのように大きく仰《の》け反《ぞ》り、広角レンズの山を崩しながらゴロゴロと後ろへ転がってゆく。

「ウオワ――――ッッ!?」

「!?」

機材ごと荷車から転がり出てきたチロルの姿を見て、二人の補佐イミーが走り寄ってくる。

「ち、チロル様！　大丈夫ですか!?」

「まさか、中に危険物が？」

二人の補佐イミーはチロルの顔色にただごとでない様子を察すると、

「我々にお任せを！　おい、お前は右からだ」

そのまま息を合わせて、荷車に顔を突っ込む。

（お、おわああっ……や、やべっ）

「……ああっ⁉　き、貴様らはっっ‼」

「こいつら、例の！　き、緊急！　緊急連絡をっ」

「んなりゃァア――――ッッ‼」

気合一閃《いっせん》、宙に躍りあがったチロルが、腰からずらりとバールを引き抜く。

レシーバーに叫びかける補佐イミーの振り返りざま、ごんっっ‼　とひしゃげるほどの一撃が、被《かぶ》り物《もの》の脳天に炸裂《さくれつ》した。

「ぎゃばっっ‼」

呆気《あっけ》に取《と》られたもう一人へ、空中で身体《からだ》を切り返しざまの一撃。

「ごぼっっ‼」

可哀想《かわいそう》な二人の補佐イミーくんはそのままクルクルと回って昏倒《こんとう》し、チロルは地面に落ちたレシーバーへ咄嗟《とっさ》に呼び掛ける。

「えーと、7番、8番イミーが過労で倒れた！　……え、いつものこと？　たしかに、緊急ってほどじゃなかったね、あはは……聞かなかったことにして。オーバー！」

そこまで一息にまくし立てて通信を切り、大の字に転がるチロルの、その目線の先で。

『ひょっこり』

と、垂れ布から顔を出した二人の少年が、不思議そうにチロルを覗《のぞ》き込《こ》んでいる。

地面から見上げる、そのふたつの童顔《ベビーフェイス》は……

見るたびにそれまでの平穏に終わりを告げ、いつも嵐のような冒険に巻き込んできた、チロルにとっては呪われた光景であった。

「何してんだコイツ？　目があっただけでスッ飛んだぞ」

「かわいそうに、ビスコを見たせいだよ。拒絶反応で発作が出たんだ」

「よくそんな失礼なことが言えるな。俺は悪霊《あくりょう》か、コラ！」

すっかり聞きなれた軽口のたたき合いを聞きながら、なんとか立ち上がるチロル。その脳は巨大な危機に直面してぐるぐると回り、眩暈《めまい》すら起こすほどである。

悲壮な覚悟をきめて二人を向き直る、チロルに向かって……

「「おっす。」」

「おっす。じゃねんだよっ、このスカタンどもっっ!!」

チロルは猫のように跳ねて少年たちの頭を「ぺしぺしっ!!」と続けざまにひっぱたき、再び荷車の中に二人もろとも転がりこんだ。

「んぎゃっっ！　痛いよ、チロル！」

「一年ぶりの挨拶が平手打ちだぞ。こいつには人間の情が欠落している」

「あたしの人生かき回しといて、ずけずけ抜かすな、ボケきのこっっ!!」

チロルの怒声はボリュームこそ抑えてあるが逼迫《ひっぱく》しており、その血走った目に少年たちも気《け》圧《お》されて顔を見合わせる。

「なんで今更、よりによって本拠地に出てきたのさ！　黒革《くろかわ》が、どんだけ血眼であんたら探してるか知らないの？　ほんとにバカ、無茶無謀、損得勘定がなんもできてないっ」

「ねえ、チロル」

ミロが何か言いかけるビスコを抑えて、静かにチロルへ語り掛けた。

「僕らもざっくり見て回ったけど、チロルの言う通り忌浜《いみはま》の戒厳態勢はすごい。街中にカメラが据えられてるし、住民のみんなも拷問を受けてる。とても僕らだけで動き回れる状況じゃない……だから、先にきみに会いにきたんだよ」

「………あたしに？　なんで？」

「えっと。その」ミロが口ごもる。

「きみなら、な、なんとかしてくれると思って……」

「ふざっっ……!!」

ミロのざっくりした言い分に叫び出そうとするチロルの口を、咄嗟《とっさ》にビスコの手が塞ぐ。チロルは怒りで真っ赤に上気した顔で深く息を吐き、己の心を間一髪押しとどめた。

「ひゅこー。落ちつけ。ひゅこー。商人は怒ったらおしまい……」

「不思議な呼吸だなおまえ。なんか産むのか？」

「ご、ごめん、チロル！　僕らどうしても、他に頼れる人が……」

「正座っっ!!」

「「はい」」

ちょこんとかしこまる二人を見下ろして、チロルは「むうう」と唇を噛《か》む。表情は苛立《いらだ》ってはいても、その瞳はすでに機智《きち》にきらめく金色の輝きを取り戻している。

「なんにしても急がないと……すぐに本部から監査のイミーくんが派遣されてくる。モタついてたらあんたらどころか、あたしも首くくられちゃう」

「特務隊がくるなら、倒せばいいんじゃないのか？」

「あんたは黙ってて!!」

チロルはビスコにぴしゃりと言い放つと、きっかり四秒間、その頭に思考を巡らせて、おもむろに荷車の垂れ布から顔を出す。

「……。古典的だけど。まあ、これしかないわな……」

チロルの眼下には、先ほどのバールの一撃で昏倒《こんとう》した、二体のイミーくんが転がっている。被《かぶ》り物《もの》の大きなブラウンの瞳はどこか虚《うつ》ろに、秋口の空を見上げていたのだった。

1

「大茶釜《おおちゃがま》チロル様、認証を完了いたしました」

チロルがディスプレイ付きの認証機に職員証を通すと、画面に現れたクロカワちゃん（三頭身マスコット）が「Have a good friday!」などと言ってよこした。職員寮の美人受付はそれを確認して、丁寧にチロルへ頭を下げる。

「今週もお勤めご苦労様でした。お部屋の清掃は済んでおります」

「あい。あんたもご苦労さん」

「それで、その……」

美人受付は少し困惑した調子で、チロルの後ろに立つ人影を窺《うかが》った。

二人のイミーくんである。

その被《かぶ》り物《もの》は赤と青、二色に色分けされている。青イミーくんのほうは、スーツの着こなしもぱりっと清潔、ネクタイもきまっていて、なかなかのイミーぶりと言える。

一方の赤イミーだが、これは……

どう見てもひん曲がっている頭に、耳の片方がへし折れ中から綿が出てしまっている。スーツは皺《しわ》だらけ、ネクタイは狩人《かりゅうど》のロープワークのような複雑な結び方をされていて、装飾具というより首を守るものとして意識されているらしい。

およそ『野生のイミーくん』とでも呼ぶのが相応《ふさわ》しい格好であった。

「なに？　自社株なら買わないよ」

「いえ。お連れの、お二方についてですが……」

美人受付は赤イミーの異様からはっと我にかえり、チロルへ向けて言葉を続ける。

「当職員寮は、Cクラス以下……つまりイミーくん以下の職員の方は、業務以外での立ち入りを禁止されております。ですので……」

「なら問題ないでしょ。『業務』で呼んだんだから」

「業務、と申されますのは……？」

「あのね～。あんた、そこまで言わせるわけ？」

チロルは露骨に機嫌を損ねたような表情を見せ、受付嬢を怯《ひる》ませる。

「女ざかりのあたしに、こんなお堅い仕事退屈でしょうがないし、ストレスだって溜《た》まるの。週末に男の二人ぐらい買って、なんか悪い？」

「あっ、いえ、けしてそんな……！」

チロルの明け透けな物言いに美人受付は顔を赤らめ、どうやらそれ以上の追及をあきらめたようであった。

「お呼び留《と》めして、申し訳ありません。よい週末を……」

「土日は掃除に来ないでよね。気が散るから、ノックもしないで！」

チロルはエレベーターに向かって歩きながら受付にそう言い、二体のイミーくんを招き入れてドアを閉める。閉まってゆくドアの向こうで、深々と受付嬢が頭を下げた。

上へ上がってゆくエレベーターの中でチロルは脱力し、

「………ふう。やァれやれ」

スーツのネクタイを乱暴にほどきながら扉にもたれかかった。

「ひとまずこれで。……灯台下暗し、職員寮にあんたらが居るとは思わんでしょ」

「ありがとう、チロル！　やっぱり頼ってよかった！」

「なんて恥を知らねえやり方なんだ」

喜色満面にチロルの手を握る青イミーとは対照的に、赤イミーが苦虫を噛《か》んだように言う。

「俺がおまえの親なら泣いている。百歩譲っておまえ自身はいいとして、俺がおまえに身体《からだ》を売るわけないだろ」

「ガタガタうるせ～っっ!!　少しは感謝しろ、赤ウニ頭!!」

「あ、赤うにぃ……!?」

「新しいね！　チロル、それもらっていい？」

「着いた。ほらこっち、急いで!!」

赤イミーが聞き慣れない罵倒に異議を唱える前に、スパイじみた動きでチロルはエレベータ

―から出ると、二人を自分の部屋に押し込んで、用心深くドアを閉めた。

＊＊＊

【噂《うわさ》の極悪テツガザミ、ついに捕獲さる！】
美貌の女修羅パウーまたまた大手柄

先日未明、忌浜領《いみはま》栃木県《とちぎ》南にて奔放に破壊の限りを尽くし、かねてから人心を脅《おびや》かしていた噂《うわさ》の巨大蟹《がに》が、忌《いみ》浜《はま》自警団一番隊の働きによってとうとう捕縛されるところとなった。

件《くだん》の巨大蟹《がに》は潜伏テロリスト間で「アクタガワ」と呼ばれる個体であることが判明。神獣として崇《あが》められていたとされ、この捕縛によりテロリストの士気は大いに削《そ》がれることになるだろう。この大捕り物について日本最高頭脳・黒革《くろかわ》知事は、

「キングコング　対　ビッグクラブ、か……あまり見栄《みば》えしなさそうだなあ」

とコメント。パウー自警団長はコメントに応じなかった。（忌浜《いみはま》新聞部）

『〈社説〉危険因子キノコ守り　最後の警鐘　3面←』

『4コマ漫画「アカボシくん」は作者急病のため休載します。』

「つまりぃ、これを読んで、のこのこ県庁まで現れたわけか……」

二人から手渡された忌浜《いみはま》新聞、その過度に装飾された紙面に目を通しながら、胡坐《あぐら》を組んだチロルが諦念とともに首を振る。

「あのね。こんなモン、あんたたちを誘《おび》き出《だ》すための罠《わな》に決まってんでしょ！　お人よしすぎ、何をまんまと引っかかってくれてんの！」

「罠《わな》なのは承知の上だよ」

「アクタガワを攫《さら》われたんだぞ、放《ほ》っとくわけにいくか」

そう言葉を返す少年たちは、イミーくんの頭を脱いでスーツだけになり、チロルが奮発して買った高級ソファに二人して身体《からだ》を投げ出していた。

「わあ〜っ。これ、めっちゃふかふか〜〜。だめになる〜〜」

「くつろぐなってば！　それ高いんだからっ、キノコの匂いがついちゃうじゃんっ！」

チロルはようやく少し冷静になると、二人の間にぼふんと座り込んで、新聞記事に載ったアクタガワの写真を指し示した。

「確かに！　確かによ、二日前にかなり大型の輸送車が県北の兵器工場に運び込まれたのは知ってる。心当たりはあれしかない。助けるなら早くしないと」

「場所がわかるんだな？」

「焦《あせ》んないで。深夜になれば賄賂で通れる守衛に交代するの、それまで待って。絶対に派手な真似《まね》はしないでよ……今のパウーが出てきたら、あんたたち二人がかりでも敵《かな》わない」

パウー、との一言が出て、ビスコとミロはやや真剣な表情に戻り、顔を見合わせた。

「今のパウーには敵《かな》わない」

というチロルの言葉は、ビスコの強気をしても本当のことである。

外道のキノコ守り・黒革《くろかわ》が、復活とともに手に入れた「錆花《しょうか》」の技術。

洗脳キノコ「糸繰り茸《いとくだけ》」の効能をベースに、錆《さび》と花によって支配力を格段に向上させたこの悪魔の花は、ひとたび身体《からだ》に咲かせられればその支配から逃れる術《すべ》はない。

これまで潜伏を続けた一年間、ミロの研究によって錆花《しょうか》の解析は進んでいるものの、いまだそのワクチンの生成には至らないのが現状であった。

「ビスコ、チロルの言う通りにして。なんとか僕が錆花《しょうか》のワクチンを完成させるまでは、パウーに手の出しようがない……ステイだよ。おすわり」

「誰も嫌だとは言ってねえだろ。犬ッコロか、俺は！」

（犬みて～なもんなんだよな～）

猛犬とパンダを交互に見つめてチロルが溜《た》め息《いき》をつく、そのタイミングと同時に、壁に据えられた大型ディスプレイの電源が強制的に入った。

「あれ？　テレビが……」

ちょうどソファの向かいでちらつく砂嵐に、三人の視線が否応《いやおう》なしに集まる、
そこに……

『特番！　黒革《くろかわ》フィルム新作発表　緊急記者会見!!』

大仰なジングルとともに、ディスプレイの中でカラフルな太文字が躍った。

なんだか呆気《あっけ》に取《と》られる三人の前で、蝶《ちょう》ネクタイの司会イミーくんがぺこりと頭を下げる。

『善良なる県民の皆様、こんばんわ。本日は霜吹《しもぶき》プロレス・ガナンジャマスク王座防衛戦を放映予定でしたが、黒革《くろかわ》フィルムの新作発表会に変更してお送りいたします』

司会が促すとカメラが横へパンし、壇上《だんじょう》で椅子に腰掛け脚を組む、ギラギラのドレスにショールを纏《まと》った黒革《くろかわ》が映る。サングラスをずらしてぱちりとウインクをきめるその頭上には、

〈黒革《くろかわ》フィルム新作映画　ラスト・イーター　制作発表会〉

なる、ごてごてに装飾されたボードが吊《つ》り下《さ》げられている。

「……なんだこりゃ⁇」

突然始まったよくわからない展開に妙に気合をすかされて、怨敵・黒革《くろかわ》をいざ目の前にしたビスコも、自分が持つべき感情を決めかねている。

「黒革《くろかわ》フィルムってのは、あいつの映画会社のこと。よくこうやって特番やるんだよね。県庁をまるごと撮影スタジオにしたり、『思想浄化プログラム』とかいってむりやり映画ばっかり見せ続けたり、いろいろやりたい放題」

「え、映画を見せるだぁ⁉」

ビスコが驚いて、思わずチロルに詰め寄る。

「じゃあ、忌浜《いみはま》の住民どもが見せられてた、洗脳映像っていうのは……！」

「映画だよ、映画。今日はランボー、ターミネーター2、ローマの休日……とにかく連日連夜、あいつのセレクションを強制的に見せられるわけ」

驚くやら呆《あき》れるやらの視線を左右から受け、チロルは頰杖《ほおづえ》をついて続ける。

「現代人に芸術的感性を育てる、って黒革《くろかわ》は言ってるけど。本当は何がやりたいんだか……」

「待って……ビスコ、あれってっ‼」

チロルの解説に割り込んで、ミロが叫ぶ。画面を見れば、そこには黒革《くろかわ》の側に毅然《きぜん》と控える、鉄棍《てっこん》を持った黒髪の女が映し出されていた。

その美しく鍛え抜かれた黒豹《くろひょう》のような長身は、ショーガールめいたきわどいボンデージの衣装に包まれている。ぎらりと光る鉄棍《てっこん》、表情が読めないよう目深《まぶか》に被《かぶ》らされた自警団の鉢金と合わせて、なんとも危険な艶美さを醸《かも》し出《だ》していた。

「「パウーっっ⁉」」

「あ〜。そうそう。あいつ、ADをパウーにやらせてんの。アシスタントっていうか、身辺警護っていうか……」

「な、なんてカッコさせられてるんだっっ！　黒革《くろかわ》……許せない‼」

「……そうかあ？　普段とそこまで変わってねえと思うが……」

「ビスコもビスコで、もっと反応してあげなよ‼　失礼なっ‼」

やかましく言い争う二人に、割り込むように。

『え——忌浜《いみはま》県民、いや、日本国民の諸君。大変お待たせした……構想十七年、準備期間四年に及ぶ本作〈ラスト・イーター〉の制作が、本日から開始となる』

黒革《くろかわ》のもったいぶった口上が、三人の視線を再びテレビに引き戻す。

『おめでとうございます、黒革《くろかわ》知事。県民も待ちわびて……』

『監督と呼べ。場所をわきまえろ、バカ』

『失礼、黒革《くろかわ》監督』

笑顔から一瞬で不機嫌になる黒革《くろかわ》に、司会が恐縮する。

『さて今作では、徹底した『本物』にこだわった撮影になるとお伺いしております。本物、とは何か。その真意を伺ってもよろしいでしょうか？』

『ふふ、良《い》い質問だ。……えーと？　何て言うんだっけ……おい、ちょっと……』

黒革《くろかわ》は虚空《こくう》を睨《にら》んで数秒固まり、側にいるパウーに小声で呼び掛けた。パウーはなにやら台本らしき紙を黒革《くろかわ》に見せ、耳元で何事かつぶやく。黒革《くろかわ》は小刻みに頷《うなず》いてそれを聞き終え、悠然と白い太腿《ふともも》を組み替えて咳払《せきばら》いをひとつした。

『古代日本の伝説的映画監督、黒澤明《くろさわあきら》は……とある映画、主人公すれすれに矢が突き立つというシーンで『本物』のリアクションが欲しいがために、実際に矢を放ってみせたというエピソードを持っている。……妥協なく『本物』を追い続けるその姿勢こそ、彼を伝説的存在に押し上げた一因であることは間違いない」

『ははあ。なるほど』

『しかし、オレは考えた……一瞬の『本物』が名作を生んだのならば、一本の映画まるまる『本物』を撮ったとき、はたしてどんな傑作が生まれてしまうのか？』

黒革《くろかわ》はそう言って少し間を置き、『くくっ』と低い声で笑った。その狂的な眼光に、司会のイミーくんも思わず気圧《けお》されてしまう。

『今作〈ラスト・イーター〉は、最初の一瞬から最後まですべてが『本物』の大スペクタクル・ムービーだ。舞台はこの日本全域にまたがる可能性があるため、ロケ地としてあらかじめ、日本全域をオレが占領しておく必要があった。また、国民全員にも徹底した芸術教育を施し、いつカメラが向いてもいいよう、エキストラとしての素養を養っている』

『ロケ地として、占領……？　国民がエキストラ⁉』

司会のイミーくんならびに、会場にひしめく記者達が一斉にどよめく。

『で、では、監督……これまで一年間の忌浜《いみはま》軍略のすべては。民衆への教育のすべては、この映画制作のためであったと……そ、そう、仰《おっしゃ》られるのですか⁉』

『そうだ？』

『「え、ええええっっ⁉」』

「「え、ええええっっ⁉」」

「アホだこいつ」

大混乱になる発表会会場をテレビ越しに見ながら、ビスコがぽつりと呟《つぶや》いた。一方のミロとチロルのリアクションは、テレビ越しの記者達と完全に重なっている。

『それで、今作の目玉だが、いよいよ……おい、記者連中がうるさいなあ。AD！』

黒革《くろかわ》が忌々《いまいま》しそうに言うと、側近のパウーが頷《うなず》いて前方に進み出で、

がうんっっ‼

と、鉄棍《てっこん》を会場に振り抜く。

びりびりびり！　と震える空気、その風圧に気圧《けお》されて、会場は一瞬で大人しくなった。

『そうだバカども。騒ぐ場所が違う……えー、そう。今回の制作に踏み切ったのは、主演俳優との交渉がまとまったからだ。皆も気になっているだろう、この世紀の大作映画を背負《しょ》って立《た》つスーパー・アクターが果たして誰か……発表しよう！』

ドラムロールが鳴り響き、会場にゴージャスな布で覆われたボードのようなものが運ばれてくる。黒革《くろかわ》がぱちりと指を鳴らすと同時に、がうん、がうんっ！　とパウーの鉄棍《てっこん》が閃《ひらめ》いて、ボードを覆う布を十文字に斬り飛ばした。

布の下から現れたのは……

燃え立つような赤い髪をなびかせ、眼光鋭く睨《にら》む少年の勇姿。

等身大でプリントされた写真の横に、

〈主演　赤星《あかぼし》ビスコ役　赤星《あかぼし》ビスコ〉

と、仰々しい筆文字で記してある。

「………何、だああ――ッッ⁉」

その有様《ありさま》を見て、さすがにビスコも声を抑えきれず、素っ頓狂な叫び声を上げた。

『黒澤《くろさわ》監督が、名優三船敏郎《みふねとしろう》を抜擢《ばってき》した要因……それは「良《い》い眼《め》をしていたから」だそうだ。この目玉を見てみろ、素晴らしい輝きだと思うだろう？　とにかくこの赤星《あかぼし》はとうとう、オレの熱烈なラブコールに応えてすでに現地入りし……』

得意げに喋《しゃべ》る黒革《くろかわ》はそこで一度言葉を切り、ぎざっ歯《ぱ》を覗《のぞ》かせてにやりと笑った。

『いま、忌浜《いみはま》県内にいる』

「‼」

それまで驚くやら呆然《ぼうぜん》とするやら忙しかった少年たちは、その短い言葉に電撃的に反応し、表情を引き締める。

『撮影は早ければ今晩から始まる、制作状況は逐一お知らせするため、県民の皆も楽しみに待っていてくれたまえ』

黒革《くろかわ》がそう言って立ち上がると、嵐のようなカメラフラッシュが壇上《だんじょう》に向けて点滅する。黒《くろ》革《かわ》は機嫌よくそれに手を振り返し、無表情のパウーを肘で小突くと、自警団長も機械的にカメラに手を振り返した。

『では、本日はこれまでといたします。監督、ありがとうございま――』

『ああ、それと。これは独り言だがァ』

場を締めようとする司会の言葉を遮って、黒革《くろかわ》が愉快そうに話し出す。

『あの化蟹《ばけがに》を助けたいんなら、深夜に忍び込むんじゃ間に合わないかもなァ……いまさっき、兵器工場に指示を出したところだ。迅速な行動をおすすめする』

カメラに寄り、サングラスの奥から漆黒の瞳を光らせる。

『また、すぐに会う。楽しもうぜ、ヒーロー』

黒革《くろかわ》の細指がカメラのレンズを弾《はじ》くと、レンズはびしりとひび割れ……そして画面はそのまま砂嵐になり、雑音を垂れ流すだけになった。

2

『忌浜《いみはま》県庁が　夜　九時をお知らせいたします』

ちっ、ちっ、ちっ、ぽーん。

『ぽーん』のタイミングでひゅるりと吹き抜けた寒風に、緑色の守衛イミーくんは思わずぶるぶると身体《からだ》を震わせた。

「遅っせえなあいつ……どこまで買いに行ったんだよ??」

被《かぶ》り物《もの》の口部分（開閉式になっている）から器用に煙草《たばこ》を吸い、それを踏み消した守衛イミーは、すっかり暗くなった夜空を心細そうに見上げた。

「せっかくの金曜に、予告なしの残業命令か……なにが友愛の都だ、滅んじまえこんな街」

「せんぱ～い。買ってきましたあ～っ」

「おっっ」

手をばたばたと振って駆けてくるのは、後輩の黄色イミーである。

「遅かったな。金足りたか？」

「さ――せん、行きつけ閉まってて。もうガン閉まりで。でも任してください、ギッタギタに美味《うま》いのセレクトしてきたんすよ」

（ギッタギタに……？）

「あ～腹減ったな。先輩もでしょ？　ほらそこで食いましょ」

守衛イミーは後輩に促されるまま、兵器工場の搬入門にもたれて腰掛け、ほかほかと温かい湯気を立てる紙袋を二人の間に置いた。後輩の表現の仕方はともかく、確かになんともうまそうな香りが緑の鼻をとろかすように立ち昇ってくる。

「はい先輩、コーヒー」

「おう。飯は何を買ってきたんだ？」

「見てくださいコレ。カバおむすび、カバの刺身、カバ尻尾煮込み、かばあげくん……」

「……お前これカバ肉ばっかりじゃねえか！　胃がもたれるわ‼」

「年寄りくさいこと言ってえ。まあ食ってみてくださいよ、今、群馬《ぐんま》占領フェアやってて、上モノのカバ肉が入って来てるんですよお。普通のと違って、いい脂してますから！」

「ほんとかあ～～？」

守衛イミーはなんだか言いくるめられるようにしてカバおむすびを受け取り、まじまじと眺める。合成米に巻かれたカバ肉はなるほど安カバ特有の臭みもなく、いかにも美味そうだ。

「ほんじゃ」

「「いっただっきま～～～……」」

ごがんっっ‼

二人が飯を頬張ろうとしたタイミングで、寄り掛かっていた兵器工場の門に凄《すさ》まじい振動が走った。二人のイミーくんはその衝撃でもってゴロゴロと前に吹っ飛び、手に持っていたカバおむすびを取り落としてしまう。

「あ〜〜〜！　おむすび〜〜!!」

「バカ、早く立て！　うわわわ、搬入門が……!!」

ごがん、ごがん、ごがんっっ!!

立て続けに響く轟音《ごうおん》とともに、分厚い鋼鉄の門が内側からひしゃげるように変形していく。

そしてその轟音《ごうおん》の、数えて六発目……

ごがしゃぁあんっっ!!

「う、う、ウワ――――――――――ッツ!?」

怪力で殴り飛ばされた鋼鉄の扉が中空をスッ飛び、悲鳴を上げて屈《かが》みこむイミーくん達の頭上を掠《かす》めた。扉は後輩イミーの両耳をその圧で千切りとばし、向かいにある研究施設にぶち当たって盛大に白煙を上げる。

「あ、あっぶねえ〜っ、死ぬかと……」

「せっ、せせせせ先輩っ、前、前っっ!!」

後輩に言われるがままに、守衛イミーが前を向くと……

そこには、非常灯の明かりにオレンジ色の甲殻を光らせる、巨大な大蟹《おおがに》の姿があった。

ばっ、がん!!

大蟹《おおがに》は拘束された憤懣《ふんまん》をぶつけるように、その大鋏《おおばさみ》を、ごうんっ、と振り、【第三兵器工場】と太文字で書かれた壁を、凄《すさ》まじい破壊力で打ち砕く。

そして、その背に。

「何を呑気《のんき》に寝てやがんだッ！　死にたくねえなら、そっから退《ど》きやがれェッ!!」

この暗闇においてなお、ぎらぎらと輝くエメラルドの眼光は……

「ありゃ……ひ、人喰《ひとく》い、赤星《あかぼし》!!」

守衛イミーの悲鳴通り、全国手配の大悪党の代名詞である。

「ようし、娑婆《しゃば》へ出所だ、アクタガワッ!!」

「ひいいいええ――っっ!!」

大地を揺らして突き進んでくる大蟹《おおがに》！　すっかり脚が竦《すく》んでしまった後輩イミーを、先輩イミーが横っ飛びに抱えて、ゲート脇に据えてある観葉植物のプランターへ跳び込んだ。

「お食事中、ごめんなさ――い!!」

人喰《ひとく》い赤星《あかぼし》の横に座るのは、その相棒、人喰《ひとく》いパンダ・猫柳《ねこやなぎ》ミロ。

通り過ぎてゆく、その呑気《のんき》な労《いた》わりの声を聞きながら……

「せ、先輩……」

土まみれのイミーくんが、呆然《ほうぜん》と呟《つぶや》く。

妙に気の抜けた会話を交わしながら、二人は遠く夜を走り抜ける大蟹《おおがに》を見送るしかなかった。

「たくましい奴《やつ》だよ、お前は」

「これ、労災下りますよね？」

「なんだ」


「待ち伏せがあるかと思えば、拍子抜けだぜ。矢の一発も撃たないで済んだ」

『ウウ――』と鳴り響く緊急警報に、大型の監視灯がいくつも照らし回る夜の忌浜《いみはま》工業地帯。アクタガワが連なる工場の屋根を乱暴に跳ね跳んでいけば、煙突や貯水タンクがいくつも轢《ひ》き倒されて道路へ落下していく。

「うん。やっぱりおかしいよ……あんな露骨な誘い込み方をしておいて、黒革《くろかわ》が手を出してこないはずないもの！」

「解《わか》ってる、このまま済むはずない。あいつのことだ、またよくわからん思惑で……」

ビスコがそこまで口にした矢先、

『カッ！』と白色のハイビームがアクタガワ目掛け照らされ、

『グ――ッド、ジョブだ、赤星《あかぼし》ィーッ！』

その白光を照射する巨大な飛行物体が、低い唸《うな》りを上げて高いビルの陰から現れた。

『ばっちり撮れたぜ。摑《つか》みは完璧だっ』

「言ってるうちにお出ましか！」ビスコは言いながらハイビームに目を細め、わずかに困惑したように言う。「しかし、何だありゃ⁉　空飛ぶヒトデみてえな……」

「的場《まとば》重工《じゅうこう》の、ダカラビアとかいう新型だ。ビスコ、気をつけて！」

五芒星《ごぼうせい》のフォルムを横に回転させながら飛ぶ、巨大空撮機『ダカラビア』。

オニクロヒトデを巨大化培養、改造したこの浮遊生物は、その外部機構にそれぞれカメラ、照明、音響装置などの撮影機材を備えており、極めて良好な空中制御性も相まって、いかなる瞬間も撮り逃さないようにチューンナップされている。

『静寂を破って、瓦礫《がれき》の中から飛び出す巨大な蟹《かに》。そしてその背には――』

ヒトデの腹部から下がる鉄のゴンドラの中で、拡声器越しに黒革《くろかわ》が叫んでいる。

『新時代のヒーロー、赤星《あかほし》ビスコ！　ヒューーッ！　観客は大喜びだ！』

「てめえ、何が狙いだ、黒革《くろかわ》ッ！」

アクタガワを疾駆させながら、左前方を飛行するダカラビアに向かい、ビスコが雷鳴のような声を放つ。

「毎度のこと、ねちねち回りくどいんだよッ！　さっさと仕掛けてきやがれッ!!」

『あかぼしー。オレの会見、聞いてなかったのかァ？　……おい、ちゃんと脇しめて撮れ』

横でカメラを構えるカメライミーくんの頭を一発叩《たた》いた後、黒革《くろかわ》は楽しそうに言う。

『オレは、この地球で最高の映画を作りたいだけさ……お前を主役にしてな』

「映画、だぁ!?」

『藪《やぶ》から棒に言うようだが、オレの夢は最高のヒーローを撮ることでな』

本当に藪《やぶ》から出てきたような黒革《くろかわ》の言葉に、アクタガワの上で少年たちが固まる。

『あの時、お前の矢がオレのどてっ腹を貫いて、この世から消し飛ばした瞬間に……』

うっとりと声を蕩《とろ》かせて、黒革《くろかわ》は続ける。

『こいつしかいない。オレのヒーローはこいつだけだ、って、確信したんだ。そして決意した、かならずお前を主役に最高の一本を撮るってな。そこからは大変だった……制作準備のために、生き返って、監獄に潜って、花つけたガキにペコペコして……』

「ビスコ！　また僕らを煙《けむ》に巻《ま》く気だよ！」

「解《わか》ってる！　あんな世迷言《よまいごと》、いちいち聞いてられるかよッ」

ビスコは頭の痛くなりそうな黒革《くろかわ》の言葉を振り払い、相棒にアクタガワの手綱を任せると、ついに背中からずらりと短弓を引き抜いた。

「一度死んだ癖によく回る舌だぜ。閻魔《えんま》様の代わりに、俺がブチ抜いてやる！」

『おっ！　赤星《あかぼし》の強弓のシーンだ。撮り逃すな！』

「シィッ!!」

ばしゅんっ、と夜を引き裂いて放たれた矢が、閃光《せんこう》のようにきらめいて黒革《くろかわ》へ襲いかかる。

あわや、その鏃《やじり》が黒革《くろかわ》の鼻先に突き刺さる、その直前——

がうんっ!!

半月の軌道で振り抜かれた鉄棍《てっこん》が、横合いから矢を弾《はじ》き飛《と》ばし、黒革《くろかわ》を守る。

弾《はじ》かれたキノコ矢は工業区の一角に『ばうんっ！』と咲き誇り、夜の闇にほのかに輝く赤ヒラタケを咲き誇らせた。

『ヒュ――ッ。何度見ても肝の冷える矢だ。……おい、次はもっと早く助けろ』

「はい。監督殿」

「ビスコ！　あれは……！」

ミロの視線の先を、同じくビスコも見ている。そこには、ゴンドラの縁に立ち、艶《つや》やかな黒髪をはためかせる、二人にとっては見知った姿がある。

「赤星《あかぼし》ビスコ！　ならびに、猫柳《ねこやなぎ》ミロ！」

パウーは鉄棍《てっこん》の先端を走るアクタガワへ向け、凛《りん》と美しい声を放った。

「監督殿に弓引く無礼千万な行い、自警団長パウーが捨て置かぬ。此度《こたび》のフィルムの主役ゆえその命は留《とど》めておくが、その矢がこのダカラビアに届くことはないと知れ」

「なああにいい……！」

「我が亭主なら聞き分けよ。主役抜擢《ばってき》の栄誉に素直にあずかり、撮影に全力で臨むのだ」

「てめええ、家庭と仕事と、どっちが大事なんだァッ!!」

（ビスコが言っていい台詞《せりふ》じゃないでしょ～～）

などと思いつつ、ミロはアクタガワを巧みに操って夜の工業区を疾駆し、新潟《にいがた》へ続く忌浜《いみはま》北西門へと近付きつつあった。ただ今回の逃走劇は、黒革《くろかわ》側が一向に攻撃を仕掛けてこないという点で少年たちに不気味さを残す。

『ようし。シーン1、赤星《あかぼし》ビスコ、忌浜《いみはま》を脱出せり、と……完璧に撮れた。もうぼちぼちいいだろう、次の準備に移る』

黒革《くろかわ》は手元の台本を見つつ、ボールペンをがじがじ齧《かじ》りながら呟《つぶや》いて、あらたまってビスコたちへ呼び掛けた。

『次の撮影は新潟《にいがた》県の離島、古尾鷲《こびわし》島で行う。我々撮影班は先に行って準備があるから、演者のきみらは後入りでたのむ』

「バカかお前は⁉　てめえの言う通りに、ノコノコ出向くわけねえだろ！」

『それが来るんだよお前ってやつは。古尾鷲《こびわし》島に、何があるか知らんのか？』

黒革《くろかわ》の言葉に、ミロがはっと顔を上げる。

「スポアコの皆だ……古尾鷲《こびわし》島には、北のスポアコ達がまとめて捕まってるんだ！　チャイカも、カビラカン族長も、そこに居るはずだよ！」

『猫柳《ねこやなぎ》がいてくれてよかったよ、赤星《あかぼし》一人じゃバカすぎて話が進まん……とにかく、現時刻から きっかり二日後に、新型ガネーシャ砲で古尾鷲《こびわし》島を砲撃する。新型砲は凄《すご》いぞお、人っ子一人どころか、草の一本も残らないだろうな』

「何だと……!?」

『誰かが助けにいってあげないと、希少民族スポアコは全滅してしまう……なんとも悲しい話じゃないか。どこにもいないのか!?　彼らを救い出せるヒーローは!?』

ぎり、と奥歯を噛《か》み締《し》め、翡翠《ひすい》の瞳を怒りに燃やすビスコの眼光を受けて、黒革《くろかわ》のサングラスがきらりときらめいた。ようやく捕まえた、と言わんばかりにその眼《め》を外さず、黒革《くろかわ》は恐怖と興奮に紅潮した自らの身体《からだ》を抱きしめた。

『……その眼《め》だ。その眼《め》が欲しいんだ、赤星《あかぼし》……。遊びじゃないぜ。お前の本気のためなら、何だってする……オレがどういう奴《やつ》だったか、思い出してくれたか？』

「この野郎……！」

『もう野郎じゃない。レディ、と呼んでくれ……では、また会おう』

黒革《くろかわ》がぱちりと指を鳴らすと、ダカラビアはその巨大な五芒星《ごぼうせい》の身体《からだ》を回転させ、すさまじい暴風を辺りにまき散らす。外套《がいとう》をはためかせながら二人は腕で目を守り、新潟《にいがた》方向へ飛び去ってゆくダカラビアをとうとう見送りきってしまった。

「……撮影準備のために、日本全土を占領した……」

ミロの脳裏に、会見で喋《しゃべ》った黒革《くろかわ》の台詞《せりふ》がリフレインする。

(あの黒革《くろかわ》の様子。『映画のために』というのは存外、本当なのか……？)

女となった黒革《くろかわ》に、以前とは違う吹っ切れたものを感じて、ミロはアクタガワの上でしばし物思いに耽《ふけ》る。

「ミロ。モタモタしてられねえ、その離島に急ごう」

「スポアコの皆を、助けに行くんだね？」

「黒革《くろかわ》のやつ、ふざけてるようだが……どこかで、本気だ。俺から眼《め》を逸《そ》らさなかった。間違いなく、男の時より手強《てごわ》い」

ミロは頷《うなず》き返して手綱を握り……ふと何かに気が付いたように、相棒を振り返った。

「ビスコ。二手に分かれて、助けを呼ぶのはどう？」

「助けを？」

「僕らにはあの人がいる！　きっと、今回だって……」

「だめだ。それ以上言うな、ミロ」

ビスコはミロの言葉に少し眼《め》を細めて、相棒を振り返らずに、続ける。

「最期《さいご》まで息子の尻拭いじゃ、浮かばれない。俺たちだけでやるんだ。あの弓に育てられた、俺たちだけで……冥途の土産を渡す、これが最期《さいご》の機会だ」

ミロは、ひとつひとつ呟《つぶや》くような相棒の言葉に、やがてゆっくりと頷《うなず》き、その傷跡だらけの手に自分の手を添えてやった。

「わかった。行ける？」

「俺は誰だよォ」

「ようし、行くよ、アクタガワっ‼」

少年たちは表情にいつもの切れ味を取り戻し、忌浜《いみはま》の夜の漆黒の中を、ダカラビアを追って走り抜けていった。

3

「ウヒョホ――ッ。なんちゅう高さじゃ！　建てモンがアリンコみてえじゃ」

「壮観でしょう？　おれたちのサービスの中でも、この峡谷は一番人気なんです。……お客さん、あんま身を乗り出さないで。老体にはこたえる寒さです」

「余計な世話じゃい、客をジジイ扱いしおってよ」

山形《やまがた》県は北部、土鏡《つちかがみ》峡谷。

微細な宝石を含んだ特殊な地質により、陽光を反射してぴかぴかと輝くことから、日本でも指折りの美しい景色を楽しめる自然遺産である。

とはいえ、陸路での山形《やまがた》への旅行などそもそも危険すぎるため観光者は少なく、かといって開墾しようにも土は作物を全く育てないため、山形《やまがた》県自治体も持て余し気味の不遇な土地であったと言っていいだろう。

そこに目をつけたのが、暇を持て余した山形《やまがた》空軍。タダ飯喰《く》らいのエスカルゴをたたき起こし、スカイダイビングのサービス事業を開始したのである。色とりどりに変わる峡谷めがけて飛び降りる迫力のダイビングは、なかなかの感動体験として評判もよく、今日の山形《やまがた》財政を支えるまでに成長したのだった。

「ははあ。こりゃア綺麗《きれい》じゃア。安くねえ金、出した甲斐《かい》があったワイ」

「そう言ってもらえれば何より！　でもお客さん、本番はこれからで……」

「もう辛抱ならん。ワシャ飛び降りるぞ」

「ええっ⁉」

のそりとエスカルゴのドアから飛び降りようとする老人を、慌ててスタッフが止める。

「ちょっ、お客さんっ、ちょっと待って！　まだ、パラシュートを着けてないよ！」

「なんじゃ、命綱か？　そんなモン、着けてても死ぬときゃ死ぬワイ」

「だ、誰か、この爺様《じい》を押さえててくれ！」

「んぎゅおお～っっ。放しゃらんかい～っっ」

老人は三人がかりで降下用のスーツ、パラシュートバッグを装着させられ、不満そうに「ちぇ～っ。身軽に飛びたかったのによ」などと呟《つぶや》いた。

「やれやれ！　元気のいい爺様《じい》だ。じゃあ、3、2、1で飛ぶよ。準備はいいかい？」

「ええぞい！」

「よーし！　じゃあいくぞ、3、」

「ちぇいっ」

ぶわっ！　と空の風に豊かな白髭《しらひげ》をはためかせて、老人が空中へ飛んだ。

「2……ええっっ⁉　な、なんて客だ！」

一瞬呆気《あっけ》に取《と》られ、出遅れてしまったスタッフが、慌ててそれを追いかける。老人は結んだ髪をばたばたとはためかせながらくるくると空中で踊り、「イィーヤホォォ」などと楽しげな雄叫《おたけ》びを上げている。

「爺様《じい》～～!! 無茶だけはしないでくれ！ おれ、クビになっちゃうよ！」

「やかましいのォ。楽しんどるんじゃ、邪魔するない！」

「そんなこと言ったって……」

『エスカルゴよりダイブリーダーへ。ヒラサキ隊員、緊急事態だ』

「わかってます！ おれだって必死で……」

『じじいの方じゃない！ レーダーに兵器反応あり。前方の積乱雲の中に、何か巨大な……うわアッ、なんだあれはっ』

ただごとでないエスカルゴからの通信に、思わず振り返るヒラサキ隊員。

その目の前で……

がしゅんっ！ と青紫色の稲妻が一閃《いっせん》、雲の中から走り、エスカルゴの腹部を貫いた。ばぐおんっ、と炸裂《さくれつ》するエンジン、爆風が一瞬でエスカルゴを爆散させ、落下中のヒラサキ隊員を空中でゴロゴロと転がす。

「う、うわぁっ……そんな！」ヒラサキ隊員のゴーグルに機体の破片が当たり、びしりと亀裂を走らせる。「え、エスカルゴがやられた⁉ こんなこと今まで……」

呆然《ぼうぜん》とするヒラサキ隊員の目の前に、へし折れた鋼鉄の翼がすさまじい勢いで迫ってくる。

「わ……わああ――っ」

思わず両腕で顔を覆い、なすすべもなく固まる、その後ろから……

ぱしゅん、ぱしゅんっ！

二連の弓矢が空の空気を裂いて飛び、ヒラサキ隊員の耳元をかすめて翼の残骸に突き立つ。

直後、ぼぐん、ぼぐんっっ！　と炸裂《さくれつ》する白いキノコが残骸を砕き散らし、間一髪のところでヒラサキ隊員を救った。

「……無事？　……あれは、キノコ!?」

「ウヒョホホホ！　サプライズ込みとは、なかなか気が利《き》いとるのォ」

「じ、爺《じい》さん！　あんた、キノコ守りだったのか!!」

咄嗟《とっさ》に振り向いたヒラサキ隊員の視線が、落下しながら弓を構える老人を捉える。老人は先ほどまでとは一変した怪力でもってヒラサキ隊員を背にかばうと、ぱしゅん、ぱしゅん、ぱしゅん！　と目にもとまらぬ速さの弓を続けざまに放った。

ぼぐん、ぼぐん、ぼぐんっ！

まるで二人を狙うように降ってきたエスカルゴの破片は、老人の弓とキノコによってその全てを砕かれてしまう。空模様が落ち着いたあたりで、老人はこともなげに弓を懐《ふところ》に仕舞った。

「さ、空の旅の続きを楽しむとしようかい」

「すげえよ、爺《じい》さん！　あんた、名前は⁉　きっと有名な達人なんだろ！」

「うっさいわい！　ぷらいべーとを持ち出すな。それよりぱらしゅーとの使い方がわからん。金払っとるんじゃ、ちゃんとお客をなびげーとせんか」

「わ、わかった！」

九死に一生を得たところのヒラサキ隊員は、老人に言われるがまま、降下予定ポイントまでお客様を案内してゆくのであった。


風もなく、満天に星ばかりが輝く、峡谷の夜。

高台に張ったテントの中で、鍋を煮る焚火《たきび》の煙がもうもうと立ち昇っている。

ぽこぽこと煮立つ黄土色の汁を木杓《きびしやく》で掬《すく》い、口元に運んだ老爺《ろうや》は、

「んぐ。んぐ。プヒャア」

と、白髭《しらひげ》を汚しながら、美味《うま》いんだか不味《まず》いんだか、よくわからない声を上げた。

飄々《ひようひよう》とした佇《たたず》まいの奥に潜む、達人の気配を感じ取れるものならば……

その老爺《ろうや》が、キノコ守りの英雄・ジャビその人であることがわかるだろう。

「スカイダイビングとやら、悪くなかったワイ。ウヒョホホ、ガフネの鬼婆《おにばば》に聞かせてやったら、悔しがるじゃろォのォ」

ジャビは鍋で煮える得体の知れない汁（本人いわく、鼠《ねずみ》の肉団子と舞茸《まいたけ》のスープ）を木の椀《わん》

に掬《すく》い、それをむしゃむしゃと啜《すす》りながら、懐《ふところ》から一冊のノートを引っ張り出した。

「……スカイダイビング……は、達成と。ありゃァ？　もう残り少なくなってきたワイ。ちょっと飛ばしすぎたかの……何か足したほうがいいじゃろかなァ」

ジャビはノートにチェックを入れて、そこに記した何らかのリストを睨《にら》んで目を細めた。

「ンムウ」と唸《うな》りながら、ノートに追加して何か書こうとした、その矢先……

「む！」

テントの外でがしゃっ、と物音が立ち、峡谷の岩場から崩れた岩が谷を転がっていった。周囲には虫除《むしよ》けのトリュフ香を焚《た》いているから、もしそれを意に介さず近寄ってくるのなら、大型の捕食生物である可能性が高い。

「飯の時間に何じゃい、礼儀知らずな」

ジャビはぶつぶつと不平を垂れながら弓を持ち出し、テントの外に出る。そして瞬時に気を静水のように保ち、発せられる殺気……意志の波紋をとらえる体勢を整えた。

〈志紋法《しもんほう》〉として万霊寺《ばんりょうじ》などでは奥義《おうぎ》とされるこの技術を我流で編み出し、息を吸うように用いている。その事象ひとつだけでも、この老人の天賦の才覚を窺《うかが》い知ることができる。

しかし……

（……何じゃい。何もおらんがな？　人騒がせな）

『た、助けてぇ〜〜っっ』

「ひょほ?」

肩透かしを食ってテントに戻ろうとしたジャビの背後から、ノイズ交じりの情けない声が呼び掛けてきた。

『も、もうもたねぇっ。お、落ちる、落ちるぅっ』

「何じゃ何じゃい。人助けに縁のある日じゃのォ」

ジャビがひょこひょこと崖まで歩き下を覗《のぞ》き込《こ》むと、何やらビビッドなピンク色に塗られたくらげのような自動機械が、突き出した岩からぶらぶらと揺れている。

「なんじゃこら⁇」

『い、居た! 爺《じい》さん、あたしだ、チロルだっ』

「機械の身体《からだ》に鞍替《くらが》えか? 随分思い切ったのォ……いい女が勿体《もったい》ないワイ」

『そ、そう? んへへ……じゃなくてっ、こいつは地上型ドローン! 遠隔操作に決まってんでしょ。あんたに会いに来たのっ、お願い、引き上げて!』

「じじいに会いに? 孝行なことじゃワイ。余計な世話じゃが」

ジャビは岩に摑《つか》まってぶらぶら揺れているチロルドローンに弓の先端を摑《つか》ませ、ひょい、と地上に放り投げてやった。ドローンは咄嗟《とっさ》に腕をしまって球形になり、『んおわーっ』と叫びながらコロコロとテントの中に入ってゆき……

「あっ。しもうた」

何かにぶつかって、がしゃあん！　と音を立てる。ジャビがテントに入れば、鍋を頭から被《かぶ》って黄色く染まったチロルドローンが、不貞腐《ふてくさ》れたように座り込んでいた。

「あ〜あ〜。なんちゅうことするんじゃ。ワシの晩飯を」

『因果応報だ、ジジイ！』鍋を跳ね飛ばして、チロルドローンが叫んだ。『あの子にしてこの親ありだよまったく。機械はちゃんと、デリケートに扱って！』

「ほいで、用事はなんじゃい」

懐《ふところ》からパイプを取り出し、吹《ふ》かし始めるジャビ。

「……いや、やめじゃやめじゃ。何を言われようと、聞く気はないぞい」

『あんたの息子が、大変なことになってんだよ‼』

チロルドローンは頭部の球形ディスプレイにチロル本人の顔を写し、ノイズ交じりの声で噛《か》み付《つ》くようにがなった。

『嫁を人質に取られてる上に、スポアコの収容所を爆破するって脅されて……赤星《あかぼし》もミロも、完全に囲い込まれて、黒革《くろかわ》の思うように動かされてるんだ』

「………。」

『でも裏を返せば、黒革《くろかわ》は赤星《あかぼし》にべったりなんだ。視点の外側からあいつを強襲する人間がいれば、隙を突ける！　でも、クサビラ宗《しゅう》も紅菱《べにびし》も、それぞれ違う場所に捕まってるし……』

「そこでワシに、黒革《くろかわ》を襲えと来たわけか」

『そう！　あんた以外いない、欠点は見つけにくいことだけ……。でも、こうして辿《たど》り着《つ》いた！　伝説のキノコ守りの弓捌《さば》きがあれば、黒革《くろかわ》だって！』

「やだ」

『……………はぁっ⁉』

「いやだ　と言うたんじゃァィ」

呆気《あっけ》に取《と》られたチロルが正気を取り戻し、ジャビに吠《ほ》え掛かる直前、ジャビは懐《ふところ》から先ほどのノートを取り出して、それをチロルの前に放った。

『な、何よ、これ……？』

ドローンのカメラ部分には、なんとも個性的な字で、

【蛇皮明見《へびかわあけみ》　終活ノート】

なるお題目が書かれている。

『終活ノート……へびかわ、あけみ？』

「ジャビは仇名《あだな》じゃい。本名、蛇皮明見《へびかわあけみ》……おなごからはよく、あけみちゃん♡　とちやほやされたもんじゃ。おぬしもそう呼んだらええぞい」

『呼ぶかボケ‼』

「あと一ヶ月経《た》たんうちに、ワシは死ぬでな」

あまりにこともなげに言うので、チロルはその言葉を聞き逃しかけた。

『あんたねぇっ！　二人が危ないのに、死ぬことぐらいで……えっ、し、死ぬ⁉』

「『東京』では散々無理したからの。実際もうとっくに寿命は来とる。今はお手製のビシャモンダケアンプルで、無理やり寿命を延ばしとるのよ」

『そ、そんな……』

「でも、それもぼちぼち飽きて、終わりにしようと思うてな。もうビスコも育てきったし、やることやって、ぐっすり逝《い》こうと思っとるんじゃ」

ジャビに「ほれ」と促され、チロルドローンはおそるおそるページをめくる。

そこには……

【あけみちゃん　終活リスト】

✔戒名をもらう
✔ひとりで筒蛇《つつへび》を狩る
✔未亡人といちゃいちゃする
✔ガフネの顔に落書きする
✔かりあげクン全巻読破
……

「何じゃ、まだまだあるぞ。次のページも見んかい」

『いや、もういいよ。わかった……』

チロルドローンはどこか鎮痛な声で言い、ノートをジャビに返すと、少しの間言葉を迷い、探るように言葉を絞り出した。

『……今のあんたに声かけたなんて知ったら、赤星《あかぼし》がどんだけ怒るかわかんない。あたしだってあんたみたいに好きに死にたいし、人の最期《さいご》に口出しできない、でも……』

「………。」

言葉に詰まるチロルを前に、ジャビはどこか愉快そうに続きを待っている。

『……でも、だったらせめて一目だけでも、赤星《あかぼし》に会いに行ってやんなよ。あいつだってまだガキだし……それにあんたは、あいつのヒーローなんだ。知らないうちに逝《い》かれてたなんて知ったら、きっと、すごく後悔する……』

ジャビは少し間を置いて「ふう」と煙を上に吹き、楽しそうに答えた。

「お前さん、本当にチロルか？」

『……？　この期に及んで疑ってんの!?』

「ウヒョホホ、ならええワイ。お前さんにしちゃ、随分情のあること言いよると思ってよ」

『……！　う、うるせーよっ、くたばりかけのくせにっっ！』

ジャビの屈託のない笑いからは、この世への未練も何も窺《うかが》い知ることはできない。チロルはどうにもやりきれない気持ちでドローンを立ち上げると、最後にジャビを振り返る。

『……んじゃ、帰る。……よい終活を、とでも言ったらいいの？』

「気ぃ使うない、らしくねえ。ビスコによ、『バカ』と伝えといてくれ」

『わかった。それじゃ……』

球状になり、コロコロとテントを出ていくチロルドローンを見送って、ジャビはパイプを深く吸い、「コォー」と煙を空に吐き出した。

そして……

「ふぅ～ム。ビスコ、か」

何か思いついたように子供っぽい笑みを浮かべ、

✔スカイダイビング
の横に、何やら新しい項目を書き加えていった。

4

『鉛《なまり》迎撃機構、同調90％安定』

『メイン・ブースト二基、サブ・ブースト四基、正常稼働《かどう》を確認』

『真言《しんごん》リアクター・接続確認。いけます』

最終整備を済ませたミロ・アインたちが、口々に完了の報告を伝える。

ガレージの中央、発射カタパルトの上に載せられているのは……

銀色に光る飛行アタッチメントをその身体《からだ》に装着し、得意げに鋏《はさみ》を振り上げるアクタガワ。

ならびに、その主人たる少年二人である。

『ブラボーっ！　通常のテツガザミの、ゴホッ、十二倍のエネルギーゲインがある！』

「それって、やっぱりすごいんですか、鉛《なまり》博士？」

「やめろミロ！　また長い講釈聞かされる」

なんだか近代的に改造されてしまった鞍《くら》の上で、シートベルトをした二人の座席のヘッドレストから、鉛《なまり》博士の興奮した声がとび込んできた。

『いいかい、この飛行アタッチメントは、蟹《かに》の意志力をそのまま出力に反映する……つまりアクタガワの思い通りに飛行できるということなんだ。ゴホッ。逆を言えば、彼が無茶な暴れ方をすれば簡単に振り落とされる。これより先は、きみたちの信頼関係を信じるしかない』
「けッ。普段からそうだ」
鉛《なまり》博士の言葉に、ビスコがどこか恨めしそうに返す。そして自らの刺青を指でなぞりながら、何事か神仏に対し赦《ゆる》しの祈りをぶつぶつと唱えた。

新潟県《にいがた》から海上をまたぎ、北部の古尾鷲島《こびわし》に辿《たど》り着《つ》くには、ガネーシャ砲の砲爆撃まで二日というタイムリミットはあまりにも短い。

ここで一行のブレーンであるチロルの頭脳にあったのは、北海道《ほっかいどう》に向かう際に開発した『ジェットアクタガワ機構』であった。スパイとして黒革《くろかわ》から離れられないチロルの代わりに、アクタガワを飛行形態に換装できるのは、共同開発者の鉛《なまり》博士を措《お》いて他にない。

そうした経緯によって……

黒革《くろかわ》の支配から辛《から》うじて逃れている新潟県《にいがた》、その辺境に隠れ住んでいる鉛《なまり》博士を、二人と一匹は頼ることになったのであった。


「うわぁ〜〜！　ドキドキしてきたね、ビスコ！」

「するかバカ！　二度も蟹《かに》を飛ばすなんて。こんな、罰当たりな……！」

二人の下で、身体《からだ》の節々にアタッチメントを付けたロケットアクタガワが、気合十分に『どすんどすん！』とカタパルトを踏み鳴らした。

『これはドラマだっ！　今君たちは、進化の節目をロケットで飛び越えようとしている。ゴホッ、そして……おおっ！　わたしもだな！　進化の引き金を引く瞬間はわたしが担《にな》うのだ。進化っ！　エヴォリューションだっ！』

「あ、あの……は……博士？」

「やばいぞ。頭に血が上ってる」

『用意はいいかな？　当然いいはずだ!!　各員、発進の衝撃に備えよ！』

管制室の鉛《なまり》博士の顔は完全に紅潮し、もはや湯気すら立てている。その鉛《なまり》博士のヒートアップと反比例するように、少年たちの顔からは血の気が引いていった。

「は、博士！　あの、いったん仕切りなおして……」

『それではいくぞぉ――っっ!!　安全装置・解除!!』

ミロ・アインが一斉に退避すると同時に、ロケットアクタガワのメイン・ブースターがうなりを上げ、その奥に青い火種を灯《とも》しはじめる。爆発の予感にアクタガワはひとつ武者震いすると、剝《む》き出《だ》しの大鋏《おおばさみ》を高く振りかぶった。

「おい待て待て、大袈裟《おおげさ》すぎるぞ!!　何もそんなにスピードが欲しい訳じゃ……」

『古尾鷲《こびわし》島に、よろしく言ってくれぇっ!!』

鉛《なまり》博士がカタパルトの射出レバーを押し込むと、接続されたアクタガワが前方へ思い切り射出され、滑走路前方に広がる海面に向けて盛大に弾《はじ》き出《だ》された。

ところが、アクタガワの背部ブースターはまったく起動せず、その巨体は空中をころころ転がるばかりで、一向に動こうとしない。

「お、おわあああ――っっ⁉　な、何してんだ、アクタガワ、飛べぇっ！」

「海に落ちる、落ちちゃうっっ‼」

アクタガワはまるで大きなぬいぐるみのように前方にくるくると回り、海面すれすれまで降下してから――びかりとその両目を陽光に光らせた。

ごうッッ‼

背部ロケットブースターが青い火を噴き、海面からおびただしい海水を噴き上げた。そのままアクタガワは放たれたロケットのように白煙をなびかせて飛び、元気を持て余したようにくるくると回っては、鞍《くら》の上の二人を振り回す。

「んぎゅわあああ――っっ‼　ちょ、あ、あくたがわ――っっ‼」

その涼やかな声が見る影もないほど叫ぶミロの横で、ビスコは両手を口に当てて嘔吐《おうと》を必死にこらえている。アクタガワは少年たちにかまわずブースターを元気いっぱいに噴かして、古《こ》尾鷲《びわし》島へ向けて凄《すさ》まじい勢いで飛び向かって行った。

＊＊＊

「ビスコ、大丈夫？　もう一回酔い止め打とうか？」

「……うっぷ。もういい……アクタガワもだいぶ落ち着いたみたいだ」

新潟《にいがた》は角田《かくだ》浜《はま》沖、鉛《なまり》研究所から出発して三十分程度。

はじめは湧き上がる新たな力に奮い立ち、ブースターを全開に噴かしてアクロバティックな飛行を繰り返していたアクタガワも、ぼちぼち飽きてきたのか、鞍上《あんじょう》の主人二人に気を使って飛んでくれるようになってきていた。

「これなら余裕を持って間に合うよ！　チロルと、鉛《なまり》博士のおかげだね！」

「行きを急ぐのはいい。けど、帰りはどうする？」

「鉛《なまり》博士が、組み立て式の海上カーゴを積んでくれたんだ。ちょっとぎゅう詰めにはなるけど、スポアコの皆をそれに載せて、アクタガワで引っ張っていこう」

「どうにも気に食わねえ」

ビスコは空の旅に赤髪をはためかせながら、苦々しげに目を細めた。

「黒革《くろかわ》の野郎が、鉛《なまり》室長みたいな技術者をノーマークだったとは思えねえ。その気になれば、あの研究所だって制圧できたんじゃないのか？」

「そうね。できたんじゃない？」

「呑気《のんき》な国の人か、お前は⁉」

青空に溶けそうな空色の髪をひとつかきあげて、ミロが涼やかに笑う。

「気にしてたってしょうがないもの。僕らを疑心暗鬼にさせるのが、黒革《くろかわ》の狙いのひとつのはず。だったら……、⁉ ビスコ、前‼」

手綱を取るミロの表情が突然引き締まり、蒼い眼《あおめ》で前方を示した。ビスコがその視線を追い掛ければ、前方にそびえる積乱雲の前に、背中に備えた四枚羽根を細かくはためかせる、巨大な飛行サソリの群れがアクタガワ目掛けて襲い掛かってくるのが見える。

「『ウミネコ喰《ぐ》い』だ」ビスコが言いながら弓を引き抜く。「大した相手じゃないが、数が多い」

「どうする、ビスコ？ 真言《しんごん》で落とそうか？」

「大袈裟《おおげさ》言うな、シビレダケの胞子をばらまきゃそれで仕舞いだ。ミロはそのまま飛んで――」

ビスコが弓を引き絞って、そう言葉を終える前に……

ぴしゃぁん‼

と、晴天に紫電が閃《ひらめ》き、蛇のように折れ曲がった稲妻が一匹のウミネコ喰《ぐ》いを打ち抜いた。

じゅぅっ！ とキレの良《い》い音を立ててその甲殻は黒焦げになり、四枚羽根をぼろぼろに焼き落とされて海面に落ち、どぼん、と水飛沫《みずしぶき》を上げる。

「何だァ……かみなり⁉」

「危ない、アクタガワ！」

ミロが咄嗟《とっさ》に手綱を引き、アクタガワを横に逸《そ》らしたその腹をかすめるように、ぴしゃぁん！　と稲妻が走る。稲妻はそのままアクタガワの背後のウミネコ喰《ぐ》いを撃ち落とし、更に続けざまに空を光らせては次々と海《うみ》サソリの群れを撃ち抜いて、海の藻屑《もくず》と変えていった。

「サソリを狙い撃ってる……これって普通の稲妻じゃないよ、ビスコ！」

「あの、前のでっけえ雲だ！」

額の猫目《ねこめ》ゴーグルを下ろし、ビスコが立ち上がって叫んだ。

「雲の中にでかい熱源がある。ありゃ、生きモンだぞ‼」

『ごォオ名答だ、赤星《あかほし》ィ〜〜ッツ』

その前方の雲の中から、メガホン越しの邪悪な声が響き渡る。わたあめを千切るように雲の中をぶわりと抜けてきたのは、ヒトデ空撮機ダカラビアである。

『ちょっとネタばらしが早かったよな。すまんすまん……でも、サソリごときに大事なシーンを邪魔されるわけにいかん。先に掃除させてもらった』

「黒革《くろかわ》だっ！」

「やっぱりてめえかァッ、コラァッ」

『オレは撮影の緊張で寝不足だが、役者は気合十分。重畳。シーン2の解説をする』

ダカラビアのゴンドラの中で、黒革《くろかわ》は映画監督風のマリンキャップを押さえながら、針葉樹のような髪を手櫛《てぐし》で撫《な》でつけて、泰然とメガホンを構える。

『古来アクション映画にはカーアクションが必須とされている。ダイ・ハードしかり、ミッションョン・インポッシブルしかり、何を見てもカーチェイスが出てくるんだ。何が面白いのかわからんがとにかく必要なシーンなんだろう……しかしここで困ったことがある。この現代日本にはあんなカーチェイスができる公道がないし、かっこいい車もない、その上お前ら二人は無免許の未成年ときている』

「……なにが言いたいんだ……!?」

『そこでオレは思いついた。カーチェイスの代わりに、大海原でのドッグ・ファイトだ!』

黒革《くろかわ》はそこで、大空を駆けるオレンジの流星・ロケットアクタガワを指さし、『ひゅう』と愉快そうな口笛を吹いた。

『空飛ぶ蟹《かに》に相対するのは、オレがこの日のために用意した積乱雲兵器・浮雲5号! 輸送中に山形《やまがた》上空で出力を試したが、エスカルゴを一撃で丸焦げにする予想以上の出来栄《できば》えさ。こいつの稲妻を掻《か》い潜《くぐ》り、二人の少年はスポアコ達の元へ辿《たど》り着《つ》けるのか……! 地上でクルマ同士が追いかけっこするより、よっぽど迫力が出る! そう思うだろ、赤星《あかぼし》ぃ!』

「会うたびべらべらとォッ、うるせえんだ、てめえは——ッッ!」

ビスコが咄嗟《とっさ》に、ばしゅん！　と放ったキノコ矢は、ダカラビアを貫く寸前で、がうん！　と閃《ひらめ》く音速の鉄棍《てっこん》によって弾《はじ》かれてしまう。

鉄棍《てっこん》の主・パウーがダカラビアの上に立ち、空の風にその長い黒髪をなびかせた。

「無駄だと言っている。全てが力押しではまかり通らんぞ、亭主殿！」

「お前がそれを言うなぁッ」

『いよォォ――いッツ』

黒革《くろかわ》が声を張り上げると、ゴンドラに乗ったカメラマン・イミーくんが一斉にカメラをアクタガワに向ける。アクタガワの前方に持ち上がった雲の山が『ごろごろごろ』と唸《うな》り声を上げ、蛇のとぐろのような紫電をその体中に走らせた。

『アアクションッツ』

「ビスコ、屈《かが》んで！」

黒革《くろかわ》のメガホンが振り下ろされると同時、積乱雲から走った稲妻がアクタガワを襲う。ミロの咄嗟《とっさ》の手綱《た づな》捌《さば》きでアクタガワは急降下し、すんでの所で稲妻をいなすが、続く二閃《にせん》、三閃《さんせん》と稲妻は空気を焦げ付かせながら間断なくアクタガワを狙ってくる。

「やられっぱなしだ、反撃しなきゃ……でも、どこを撃てばいいの!?　雲の生物兵器なんて、聞いたことないよ！」

「ゴーグルの生体反応を見るに、こいつはテヅルモヅルの化け物らしい」

「テヅルモヅル⁉　あの、うにょうにょした、触手がいっぱいあるやつ？」

「うん。どういう理屈で、空に浮いてるか知らんが……」

テヅルモヅルやイソギンチャクなど、生物的思考がシンプルな海中生物は、生命力も高く、兵器や工業製品の素体としては重用される傾向にある。

とはいえ、それが浮力をもって雲を纏《まと》い、雷撃を発してくるとなるとそんなものは聞いたことがない。黒革《くろかわ》が並々ならぬ資産を投じて作らせたものであろうが、それが本当に映画のためだけにだとすればいよいよ狂的な所業であるといえる。

「でも、とにかく中に本体はあるってことだぜ。ゴーグル越しなら、矢は当てられる！」

アクタガワの態勢が整ったのを見計らって、ビスコは三本に束ねた矢を積乱雲の一角目掛けて、ばぎゅんっ！　と撃ち込んだ。次の攻撃に向けて電力をため込んでいた浮雲5号の触手に それらは等間隔で突き立ち、ぼぐぅんっ！　と咲いた赤ヒラタケが雲の中から顔を出した。

「やったあ、ヒット！」

狙いを逸《そ》らされた稲妻があらぬ方向へ飛んでいくのを見送り、ミロが喜びの声を上げる。

『ブラーヴォ‼　見たか赤星《あかほし》の腕を！　おい、撮っただろうな⁉』

「くそッ。やりにくい！」

アクタガワをぐるぐると回るダカラビアを気にしながら、ビスコは深く息を吸い、己の中に眠る錆喰《さびく》いの因子に意識を集中させた。血中で眠っていた錆喰《さびく》いがふつふつと目覚め、ビスコの体表から湧き出て太陽の色に輝き出す。

「あの野郎をそうそう喜ばせてたまるか。撮れ高を減らしてやる！」

「決めるんだね、ビスコ！」

「あの黒い雲んとこが中心だ。行けるか!?」

「任せてっ！」

白色の雲の中、一際《ひときわ》稲光を頻繁に走らせる、黒色の雲。ゴーグル越しに、その奥が浮雲5号の中央部だと見抜いたビスコは、ミロの手綱に任せてアクタガワでそこに突っ込んでいく。

『あれっ。まずいぞ……もう倒しちゃうんじゃないの？　困った。大枚はたいて用意したのに、ここはそこそこ苦戦してもらわないと、この後のシーンと繋《つな》がらないんだよぉ……』

「監督。私が阻止しましょう」

『バカ言うなお前！　ADが映り込む映画があるか！』

蠢《うごめ》く雲の中から襲う数本の稲妻をかわし、また数本をその大鋏《おおばさみ》で弾《はじ》き飛《と》ばして、とうとうアクタガワは浮雲5号の腹の前へ辿《たど》り着《つ》いた。

「ビスコ、ここなら！」

「ようしッ」

こぉぉぉ、と深い呼吸とともに、ビスコの引き絞る矢がプロミネンスのように赤く輝く。

「喰《く》らえぇぇ――ッッ!!」

ばぎゅうんッッ!!

空を引き裂く赤い閃光《せんこう》が、何者も知覚できない素早さで雷雲の中央を貫き、その奥の本体の腹へと突き刺さった。『ごごごごご』と浮雲5号は身を捩《よじ》ってうごめき、ぴしゃん、ぴしゃんと四方八方に稲妻を走らせる。

「仕留めたッ!」

「……いや、ビスコ、まだだっ!」

びしゃん! と走った紫電の槍《やり》がビスコを貫くところを、

「障壁展開っっ!!」

真言《しんごん》のキューブで咄嗟《とっさ》に張ったミロの盾が、間一髪のところで防いだ。しかし、手綱を放した隙に襲ったもう一筋の雷光が、間髪入れずにアクタガワの腹部を捉えてしまう。

「ああっ!! アクタガワ!!」

コントロールを失ったアクタガワは黒煙を上げ、きりもみうって空を落ちていく。

「どういうことだ!? 錆喰《さびく》いが、咲かねえ!」

「アクタガワ、しっかりして!! ……ごめん、ちょっと熱いよ!」

ミロは落ちていくアクタガワの上でアンプルサックを漁《あさ》り、赤い薬液で満ちた一本のアンプルを抜き出すと、アクタガワの関節部分目掛けてそれを思い切り突き刺した。

眼前に迫る海面、そこに今まさにアクタガワが墜落する、その寸前に……

ずわり！

と、寸前で意識を取り戻したアクタガワが上方を向き、ごおおっ、とブースターを全開にして飛び上がった。少年二人は必死で手綱に掴《つか》まりながら、高度を取り戻したロケットアクタガワの上で安堵《あんど》の溜息《ためいき》をついた。

「三人でサメの餌になるとこだ。ミロ、何かしたのか？」

「ビシャモンアンプルで気付けをしたんだ。アクタガワと稲妻は、やっぱり相性が悪い……！次あれに当たったら、やられちゃうよ！」

「手ごたえはあったはずだぜ。俺の矢が、逸《そ》れたってのか？」

言葉を交わす二人の眼前で、積乱雲の中から、何か肉片のようなものが零《こぼ》れ落《お》ち、空中で、ぼぐん、ぼぐんと錆喰《さびく》いを咲かせた。錆喰《さびく》いまみれになった肉片はそのまま海面へ落ち、ざぶうん、と大きな水柱を上げる。

「……そうか。ビスコの矢が甘かったんじゃない。あのテヅルモヅルは、胞子に咬《か》まれる前に、稲妻で自分の組織を焼き切ったんだ！」

「な、何ぃぃ……？」

「我慢比べじゃ、向こうの方が上手だ。なんとかして、あの稲妻を封じないと……」

「うおぉっ、前、ミロ、前！」

顎に手を添え、考える人のモードになったミロに代わって、ビスコが手綱を取って襲い来る稲妻を上下左右にかわす。空中に慣れないビスコが吐き気をもよおしてきたあたりで、ミロが閃《ひらめ》いたように顔を上げた。

「あの雲を晴らせばいいんだ！　雲がなきゃ、稲妻は撃てない！」

「雲を、晴らす⁉　お前はアマテラスか！　そんな真似《まね》、俺たちがどうやって……！」

「できるっっ！　学校で習った‼」

ミロは矢筒から、同じ種類の矢を数本ビスコに手渡し、アクタガワの手綱を片手で握ったまま、片手を眼前に掲げて何事か静かに呟《つぶや》く。

ほどなく、渦を巻いて大気中から集まった錆《さび》がミロの手のひらの上で渦巻き、エメラルド色の真言《しんごん》のキューブになって顕現した。

「こりゃ……熱波《ねつぱ》ダケの矢か⁉　こんなもん、どうすんだよ⁉」

「後で説明するっ！　僕が的を出すから、どんどんそれを撃って！」

ミロは攻撃を続ける浮雲5号の周りをアクタガワで飛びながら、滞空するキューブ状の錆《さび》の塊をいくつも作り出した。ビスコはミロに言われるがままに、百発百中、天下無双の弓術でそれを打ち抜き、空中に大きな球状のキノコを次々と咲かせてゆく。

熱波《ねつぱ》ダケ、とは……

その名の通り、体内の核胞子融合で生まれた熱を周囲に放射するというキノコで、基本的に移動する民族であるキノコ守りには、暖房器具として重宝される。

しかし、これは咲き具合によってその暖房性能が大きく異なる取り扱い注意のキノコで、弱い力で咲かせてもぜんぜん暖かくないが、なまじ膂力《りょりょく》の強い弓が咲かせると、とんでもない高熱を持ってテントごと燃やしてしまうという、なかなかピーキーな胞子なのである。

まして、怪力無双、日本一の弓術を持つビスコにかかれば。

この熱波《ねっぱ》ダケは、この海上一帯、秋の寒空すら真夏に変えるようなとんでもない熱量を持つに至るのであった。

『あっつ、暑、暑いっ!! なんちゅう熱だ。猫柳《ねこやなぎ》は何がしたいんだ!?』

この熱を受けては、黒革《くろかわ》フィルム撮影班もたまったものではない。

「か、監督！　三脚が凄《すご》い熱を持って……ぐわあっ、手が、手が焼けるっ」

『馬鹿野郎っっ！　演者がノースタントで命賭けてんのに、カメラが先に音をあげてどうすんだ。肉が溶けて骨になろうが、グリップから手を放すな！』

黒革《くろかわ》が汗だくの胸元を大きく開けて、ばたばたと扇子であおぐ、その一方。

中に巨大触手生物を抱えた積乱雲の周りには、丸々と太った真っ赤な球状のキノコが、どくんどくんと脈打ちながら機雷のように浮遊している。

「ようし、ぼちぼちいいよ、ビスコ！」

「いい加減狙いを教えろ！　蒸し殺すつもりとか言わねえだろうな！」

「ではビスコくん。雲はなぜできるか？　のお勉強をしましょう」

「はぁぁ⁉」

ミロは追ってくる稲妻をかわしながら、もったいぶって言う。

「空気が上昇気流によって上方へと昇っていくと、まわりの気温は低くなっていきます。すると、それまで目には見えなかった空気中の水蒸気が冷やされて、とっても小さな水滴に変化するんだ。これがたくさん集まって、雲となり……」

「わぁぁかったわかった‼ 座学は後で受けるから、実践してくれっ！」

「つまりはっ！」

ミロは再び片手に顕現したキューブに真言《しんごん》を呟《つぶや》き、ぱちり！ とその指を鳴らす。それと同時に、浮遊していた熱波《ねっぱ》ダケの苗床から一斉に錆《さび》のトゲが突き出され、浮雲5号の周囲を覆っていたそれらを『ばづん！』『ばづん！』と一斉に炸裂《さくれつ》させた。

ぶわあっ！ とすさまじい熱波が巻き起こり、水面に波を立てる。ビスコが肌を焦がすような風に思わず一度目を閉じ、おそるおそる開くと、そこには……

「……おおっ⁉ 雲が！」

「でしょ？」

積乱雲兵器・浮雲5号、それが全身に纏《まと》っていた雷雲が、きれいさっぱり消え失《う》せていたのである。慌てたように触手から、ばちばち、と光らせる雷光も、一筋の稲妻になりきれず、空中に霧散してしまう。

『ゆおおおおおお』

身ぐるみをはがれ、苦悶《くもん》するようにのたくる巨大なテヅルモヅルを見て、ミロの汗だくの顔が満面の笑みに輝いた。

「見た⁉　学校教育の勝利っ！」

「油断するなバカ。まだ殺《や》ったわけじゃぁねえだろ！」

「もう！　すごい、とか、よくやった、とか言えないの⁉」

幾重にも絡《から》まった複雑な触手を伸ばし、つかみかかってくる浮雲5号だが、機動力と膂力《りょりょく》で圧倒するアクタガワに対してそれは悪あがきでしかない。ずばんっ、ずばんっ！　と切り払う大鋏《おおばさみ》が、触手の群れを次々と薙《な》ぎ払《はら》い、海上へと落としていく。

「アクタガワが借りを返したがってるぜ。ミロ、あれを頼む！」

「りょおーかいっ！」

ビスコがミロから手綱を代わると同時に、ミロはアクタガワの大鋏《おおばさみ》に手を添え、十八番《おはこ》の武器生成の真言《しんごん》を呟《つぶや》く。

「won《ウオン》 / shad《シャッド》 / viviki《ヴィビキ》 / snew《スネウ》!!」

振りかぶった大鋏《おおばさみ》を真言《しんごん》の錆《さび》が覆い、凝固して輝きを放つ。アクタガワの左腕は、真っすぐに伸びたエメラルドの槍《やり》となって、雲ひとつなく晴れた青空にぎらりと輝いた。

『おおお――っっ！　見ろ、あれがフィニッシュ・ムーブだっ！　撮り逃すな！』

「す、すいません監督。テープチェンジします」

『バカなのかてめえは――っっ!? 何年やってんだ、さっさとしろ――っっ!!』

騒ぎ立てる後方のダガラビアにかまわず、アクタガワは、ごうッッ、と一際《ひときわ》力んでメインブースターを噴かすと、流星のように浮雲5号へ突っ込んでいく。

「行ぃけぇぇぇぇぇッ、アクタガワ――ッッ!!」

どずんっ!! と、アクタガワのエメラルドの槍《やり》が、浮雲5号の中心部を深々と貫き――

『ゆおお』

ず、ばんっっ!!

『ゆおおおおおおお～～～』

そのまま無双の怪力でもって、上方向へ引き裂いた。

ぶしゃあああっっ、と噴き出る緑色の血液に塗《まみ》れながら、アクタガワは敵に背を向け、空気で血を拭うように大鋏《おおばさみ》を払った。長大なエメラルドの槍《やり》はその役目を終え、きらきらと輝きながら銹《さび》の粉となり、空中へ霧散してゆく。

一方の浮雲5号はその浮力をわずかに保ちながらも、すでに抵抗を止め、ゆっくりと確実に海上へ落ちてゆくようであった。

「決まったぁ！ やったね、アクタガワ！」

「あの野郎の喜ぶ顔さえなけりゃ、気分のいい勝ち戦だったんだがな」

苦々しげに言うビスコの視線の先には、ダカラビアのゴンドラの中ではしゃぎまわる黒革《くろかわ》監督の姿がある。その喜びようを見るに、先ほどのアクタガワのとどめの一撃、ならびに決めポーズまでの一連の動きを、無事カメラに収めることができたのであろう。

『最高だ、赤星《あかぼし》！　これこそオレが求めたドッグファイト……はたしてクルマが、巨大兵器を突き殺せるか？　決めポーズを決められるか？　ってことだぜ。これでまたひとつこのフィルムが、古《いにしえ》の名映画たちを上回って……んあ？』

メガホンを口に当て、喜色満面でがなりたてる黒革《くろかわ》の懐《ふところ》に、着電が入る。

『なんだうるせえな、撮影中だぞ！　……えっ？　ガネーシャ砲？　ああ！　その事なら問題ない、発射を中止しろ。撮りたい画《え》は撮れたからな、もう必要な――』

部下からの通信を聞いていた黒革《くろかわ》が、やがてぴたりと固まる。

『何だって？　……今、撃っただと？』

ざわ、と、パウーを含め黒革《くろかわ》の周囲がざわつきだす。黒革《くろかわ》は肩に挟んでいた携帯電話機を手に持ち直して、やや焦《あせ》ったように口調を早める。

『おいおいおいどういうことだ。発射予定は今日の十二時だと伝えたはずだぞ。……今がそうです、って……バカ野郎!!　昼じゃねえ、夜の十二時だと言ったんだ！』

どうも焦《あせ》った様子の黒革《くろかわ》を遠目に見て、

「何だろ……何か、揉《も》めてるみたい」

「今なら撃てるんじゃねえか？　あいつ。パウーもオロオロしてるぞ」

呟《つぶや》く少年たちに、慌てた黒革《くろかわ》がメガホンで呼び掛けた。

『お～い!!　すまん、赤星《あかぼし》。お前らがコレを倒したら砲撃を止める手筈《てはず》になってたんだが、ちょっと、そのお、手違いが起きてな』

「……手違いぃ？」

『ガネーシャ砲、撃っちゃったんだ、いま。てへっ』

黒革《くろかわ》は首を傾《かし》げて精一杯のカワイイ仕草を見せるが、烈火のように燃えるビスコの眼光に射抜かれて慌てて背筋を正した。

『まあその～、撃っちゃったモンはしょうがないよな。撮影にイレギュラーはつきものだ……気持ちを切り替えて、次の撮影に』

「ビスコ、あれ！」

黒革《くろかわ》の声を遮って、ミロがビスコに叫んだ。見れば陸地の方角から放物線を描いて、真っ黒な砲丸のようなものが凄《すさ》まじいスピードで向かってくるのである。

『あっ、ガネーシャ榴弾《りゅうだん》！　巻き添え喰《く》ったらかなわん、避けろ避けろ』

「あれが、その砲弾らしいぞ」ビスコは持ち前の勘と鷹《たか》の眼《め》ですばやくその軌道を見極める。

「この軌道だと、俺たちの位置を飛び越して島に着弾する」

「どうしよう、ビスコ!?　真言弓《しんごんきゅう》が間に合うか……」

「必要ねえぜ。止めるだけなら、おあつらえ向きがあるっ!!」

ビスコはミロに向けてぎらりと犬歯を覗《のぞ》かせると、腰から虎の子のアンカー矢を引っ張り出し、アクタガワを旋回させる。そして、至極ゆっくりと落下していっている浮雲5号に狙いをつけ、ぎりぎりぎり！　と弓を引き絞った。

「ビスコ、まさか！」

「一本釣りでいくぜ。アクタガワを任せた！」

ばぎゅんっ！　と空を裂いて、アンカー矢が浮雲5号のどてっ腹に突き刺さる。人間一人が引き上げるにはあまりに巨大なそれを、ビスコの少年の身体《からだ》に漲《みなぎ》る凄《すさ》まじい膂力《りょりょく》が、まるで綿かなにかのように持ち上げる。

「ううううう――――ッツ、おおおおお――――ッツ」

「び、ビスコ、すごい!!」

ビスコの一本釣りを、アクタガワもバーニアを噴かしてサポートする。迫り来るガネーシャ榴弾《りゅうだん》が、今まさにビスコたちの頭上を通り越そうという、その直前……

「ごおおおりゃあああああ――――ッツ!!」

ぶおおおおん!!　と、振りかぶったビスコのアンカーが、半月の軌道を描いて巨大なテヅルモヅルを持ち上げ、振り上げた。浮雲5号はぴったり丁度の位置でガネーシャ榴弾《りゅうだん》とぶち当たり、凄《すさ》まじい爆音とともに空中で爆発する。

「「うわああ――――っっ!!」」

『のわあ――――っっ!?』

島ひとつ焦土にするガネーシャ榴弾《りゅうだん》の威力はすさまじく、アクタガワとダカラビアはそれぞれその爆風に呑《の》み込《こ》まれ、空中を揉《も》み転がされた。

爆散した浮雲5号の残骸が降り注ぐ海面近くで、アクタガワは転がりながら辛《かろ》うじて体勢を整え、落ちてくる残骸を左右にかわしながら、海面すれすれを古尾鷲《こびわし》島めがけて一直線に飛び去ってゆくのであった。

5

「……すぴー。すぴー。……んがっ……」

見張り台から果てない大海原へ向かい、椅子に揺られていた屈強な髭面《ひげづら》のスポアコが、秋風に舞い上げられて飛んでくる紙屑《かみくず》を鼻先に喰《く》らい、間抜けな声を漏らす。

「……いげね。寝ちまってたがよ……あやっ、もう昼時を過ぎとる。はやぐ魚ば引き上げんと、また女衆に怒られッどォ」

髭《ひげ》のスポアコには独り言の癖があるらしく、思ったことを全部喋《しゃべ》りながら見張り台から降り、ざぶざぶと砂浜から海へと入っていく。そして、沖の方へ向けて巡らせてある仕掛け網の先端を、砂の中から探り当てた。

「まあ、どーせまた、ひなびたイワシが精々だろっけどな。北海道《ほっかいどう》に居るころぁ、良かったァ。マグロ、カツオ、大ウナギ。また、食いてんべなあ……」

髭《ひげ》スポアコはつまらなそうに呟《つぶや》いてから、「よっこいせ」と網を引っ張り……

「……おお……!?」

予想外の手応えに髭《ひげ》の奥から驚きの声を漏らす。何か巨大なものが網に触れ、確かに身をよじったのが、熟練の漁師でもあるスポアコの手に伝わったのだ。

「な、なんじゃっこら。こりゃ大物だ！　とんでもね、大物が掛かったどおい!!」

髭《ひげ》のスポアコは懐《ふところ》から骨の角笛を取り出し、『ぶおお〜〜っ』と島全体に響き渡らせた。

ほどなくして、

「ウーヤア！」

「なんだ。なんだ」

「浜からだ。何があった。ウーヤア」

島を覆う森の中から、思い思いの装備のスポアコ達が飛び出し、わらわらと集まってくる。

それへ向けて、髭《ひげ》スポアコは摑《つか》んでいる網の端っこをぶんぶん振りたくる。

「みんなァ、大物が掛かったぞォ。手伝ってくれェ。この手応え、久方ぶりのご馳走《ちそう》になるかもしれんでよォ」

「ウーヤア！　なんだって！」

「お〜い！　大物だとよォ！　みんな、インドゥクを手伝え」

集まってきたスポアコはじつに十人がかりで網を引っ張るが、網の中で暴れる獲物の力が半端《はんぱ》でなく強く、なかなか浜へ引き上げることができない。

「ひゃー。なんちゅう馬鹿力じゃ。こいじゃ、網を千切られちまうで」

「おーうい。インドゥク。角笛を吹いたがかよ」

「ほうじゃい、はよ手伝って……あ、ああっ、族長！」

汗だくで振り向いたインドゥクの眼《め》に入ってきたのは、白熊のような身体《からだ》を、丸太のような両足でのしのしと運んでくる、族長カビラカンの姿であった。

「がぁっはは。働き盛りば十人がかりで、なぁにを手こずっとるがよ。ほれ、気張れ気張れい。働きもんに、霊雹神《れいびょうしん》の加護ぞある」

「そ、そいが、とんでもねぇのを引っ掛けちまったみてぇでして……ほんとに、ビクともしねえんです、族長」

「フウ〜ム」

カビラカンはどこか愉快そうに顎を一撫《ひとな》でするると、「どぉれい」とインドゥクに代わって網を取り、その胸がパンパンに膨れるほど、凄《すさ》まじい肺活量で息を吸った。

「ウゥ――――ッッ」

族長の唸《うな》り声に思わず振り向くスポアコ達の眼《め》には、厚いコートの下で膨れ上がる筋肉の脈動までが見て取れるようだった。カビラカンは腰を深く落とし、一息に
「ヤアア――――ッッ」

ぶわん！　と、とんでもない怪力でもって一息に網を海中から振り上げた。津波のような水《み》飛沫《しぶき》とともに、獲物の大きな影が砂浜に落ちる。

「う、ウーヤア！　な、なんちゅう力！」

「さっすが、族長。北海道《ほっかいどう》の、息子じゃ！」

口々に喜ぶスポアコの一方で、カビラカンは、どさんっ！　と砂上に落ちた獲物をしげしげと眺め、「……んんん〜⁇」と不思議そうな唸《うな》り声を上げる。

「族長！　すげえや、ばかでっかい蟹《かに》だあ！　子供達も喜ぶ。今日は一族みんなで、蟹《かに》の味噌《みそ》鍋を囲みましょうや」

「待ちぇいな。……こん蟹《かに》、どこかで……？」

「あっ、族長危ねえ、そいつぁまだ生きて……」

インドゥクが止める声も聞かずカビラカンがのしのし歩いてゆくと、どうやらその大蟹《おおがに》の背に、二人乗りの鞍《くら》が備え付けてあるのが見てとれる。

そして、その鞍《くら》の上に、ぐったりとくずおれているのは……

「な、なんちゅうこっだ‼」

「ぞ、族長⁉」

「あかぼしだ。こりゃ、あかぼしの蟹《かに》だ……本人も、上に乗っかっちょる！」

カビラカンは泰然とした様子から一変、慌てた様子でインドゥクに向けて吼《ほ》えた。

「水を飲んどるかもしれん。村へ運べ、早うチャイカに診せねば！」

「ええっ。あかぼしが、網にかかったのか」

「ウーヤア！　たいへんだ。運べ、運べ」

北のスポアコ達は大慌てでアクタガワの上で項垂《うなだ》れる二人の少年を担《かつ》ぎ上《あ》げ、口々に騒ぎ立てながら、自分達の急ごしらえの村へ運んでゆくのだった。

＊＊＊

「………。」

「……。」

「ごっ、」

「ごばあぁっ!!」

眠るビスコの口から、ずばしゃあっ！　と、胃液をそのぬめる全身にまとわりつかせて、細長い魚がずろりと飛び出してきた。

「ビスコっっ！　ミロ、ビスコが気がついたわ！」

「チャイカ、あぶないっ！」

床の上をのたくる魚は、その肌をぎらりと青白く不気味に光らせ、思わず口を開いたチャイカの食道めがけて飛びかかる。すんでのところで閃《ひらめ》いたミロの右手が、魚の喉首を狙いたがわず掴《つか》み、顔立ちに似つかぬ握力で『ごぎり』と砕き殺した。

「きゃぁっ！　……こ、怖い、何よこの魚!?」

「呑《の》まれウナギだ。人のお腹《なか》に入って、内側から食べる凶悪なやつだよ……でも、ビスコの場合、内臓が丈夫すぎて喰《く》い破れなかったんだと思う」

「何よそれ。あなたたち人間というより、妖怪よ」

「げほっ。好き勝手言ってくれてんじゃぁね〜っ」

ビスコは二、三度咳《せき》をして食道にこびりついたウナギの粘液を吐き出し、そこでようやく人心地ついたように、辺りをキョロキョロと見回した。

「どこだよ、ここは。……そうか、アクタガワごと爆風で吹っ飛ばされて……！　その後の記憶がねえ、どうなったんだ？　早く、チャイカ達を助けに行かねえと……」

「誰を、助けにきてくれるですって？」

「んあ？」

いたずらっぽく、上目で窺《うかが》うような澄み切った瞳と目を合わせて、ようやくビスコはそれがチャイカだと認識できたようであった。

「なんだァ⁉　お前、チャイカじゃねえか。なんで居るんだ⁉」

「なんでも何もないわよ！　あなた達のほうが、勝手に打ちあがったんじゃない」

「僕も、一瞬わかんなかったよ」ミロが相棒のフォローに入る。「北海道《ほっかいどう》ではずいぶん厚着をしてたから。今のチャイカ、モデルさんみたいだ」

ミロの素直な賞賛に、チャイカは「当然！」と言わんばかりの得意げな表情で、プロポーシヨンを誇示するように胸を張って見せた。

トレードマークの帽子はそのままに、チャイカの装《よそお》いは肩やお腹《なか》を露出した薄着になっている。スポアコにはどうやら日本人とは異なる血脈が混じっているらしく、同年代の少女と比べても発育が早い。日本人には珍しい白い肌、きらめく金髪と合わせて、なるほど北国のお姫様の貫禄《かんろく》を身に着けつつあるようであった。

「薄着にもなるわ、暑くてしょうがないんだもの。これで秋なんて信じられない、本州の人間はこんな中で生きてるの？　だから暑さで頭をやられて、そんな野蛮になるのよ」

「チャイカ、そんな言い方ないよ！　今、ビスコを基準にしたでしょ!!」

「どういう怒り方だてめえコラァッ」

「とにかく！　今、スポアコのみんなでアクタガワくんのケアをしているわ。三半規管がすっかり疲弊してしまって、まともに歩けないのよ。信じられないわ、あんな可愛《かわい》い子に、どういう乗り回し方をしてるわけ？」

「あのな！　俺たちは、お前らを助けようとして、はるばる海を……!!」

「それはそれっ！　必中の弓術も、無敵の菌術も、愛蟹《あいがに》一人守れないのでは意味がないのよ。あの子を兄弟と思うなら、もっと大事にしてあげなさい！」

巫女《みこ》チャイカ、火の玉どまんなかの正論である。

命を賭けた救出劇の挙句にこんな事を言われては誰しもたまったものではない。が、チャイカの言葉には二人も身につまされるところがあったのか、慣れない貴族のオーラに気圧《けお》されて思わず二人で正座してしまった。

「……ふふ！　畏《かしこ》まらないでいいわ。お説教はもうおしまい！」

チャイカは年上二人の手を取ってその場から立ち上がらせると、表情を笑顔に変える。

「あなたたちのことだから……どうせとんでもない無茶して、チャイカ達を救ってくれたんでしょ。巫女《みこ》チャイカ、それに報いる義務があるわ。今日は宴《うたげ》よ！　北海道《ほっかいどう》ほどのもてなしはできないけど、あなたたちの疲れも悩みも、全部忘れさせてあげる！」

「あかぼしぃ〜。がわええよなあ、ワシのチャイカは。見ぃ、天使が降りたようじゃて」

「天使にしちゃ物言いがキツすぎる」

「スポアコの願いはひとつじゃ。可愛《かわい》い娘は強い亭主に……あかぼし、ひとつ、娘をだな」

「やめろやめろ、どいつもこいつも!!　俺は既婚者だっつってんだ!!」

数名のスポアコが、「族長、呑《の》み過ぎやが！」「主賓に絡《から》んじゃだめだぁ」などと口々に言い、カビラカンを諫《いさ》めようとするが、大酒に酔っぱらったカビラカンはすっかりビスコを気に入った様子で、片時も側から離そうとしない。

その有様《ありさま》に、

「ま〜たモテてる」

ミロが丸焼きの魚の串を頬張りながら、じっとりと視線を送っている。

その涼やかで美しい佇《たたず》まいを横目に見ながら、スポアコの女達がひそひそと楽し気に話し、ミロの隣の席を狙う……

その前を遮るように。

「ミロ！　お父様に、ビスコを取られちゃったみたいね」

するりと巫女《みこ》の美しい金髪がなびいて視線を遮り、流し目で女達を牽制《けんせい》した。女達はつまらなそうに膨れた顔をしたが、相手が巫女《みこ》となれば手も出せず、渋々引き下がる。

チャイカはふわりとミロの隣に座り、白くすべらかな腕をぴっとりとミロに押し付けた。しかしミロの表情は憮然《ぶぜん》とビスコを追うばかりでひとかけらの変化も見せず、それは少なからず巫女《みこ》チャイカの自尊心を刺激したようであった。

「ちょっと！　失礼じゃない。祭りの夜に、スポアコの巫女《みこ》がこんなに接近してるのよ。もっと、慌てるとか、顔を赤くするとか……」

「もうしわけないけど。今はビスコの監視をしないと」

「か、監視……⁉」

チャイカが差し出す白い酒の椀《わん》を、一息に煽《あお》るミロ。

「昔はそんな必要なかった、人喰《ひとく》い赤星《あかぼし》は怖くて尖《とが》ってて、誰も寄り着こうとしなかったから。でも今のビスコには、何でも喰《く》い破るような狂暴性がなくなっちゃった」

「あら。それって、いいことじゃない？　何が困るの？」

「困るよっっ!!　だってアレ、可愛《かわい》いじゃんっっ!!」

ミロにもうずいぶん酒が入っているのか、蒼《あお》い星の瞳をぎらぎらと輝かせて『アレ』を指さし、やや引《ひ》き攣《つ》った顔のチャイカと視線を合わせた。

「アレが可愛《かわい》いことを知ってるのは僕だけだったのに。いまじゃ、夏虫を寄せる火みたいなもんだよ。スポアコの皆は積極的だし。監視しなきゃ。徹底的に……」

「そ、そんな、大袈裟《おおげさ》だわ」

チャイカはミロの視線の前でひらひら手を振るが、その瞼《まぶた》はまばたき一つしない。

「ビスコは北海道《ほっかいどう》を救ったヒーローなのよ、人気も当然でしょ……それにお父様は相棒を亡《な》くしているから、生きの良《い》いキノコ守りとお話するのが楽しいのよ」

「……ふう～～～ん？　カビラカンさん、今ソロなんですかあ？」

「ちょっと！　ミロ!!」

「引き抜かれてみろ、あの赤ウニ～。毒盛って一緒に死ぬからな～」

（……顔で油断してたわ。このコンビ、青いほうが怖い！）

美少年の抱える暗黒を前に、チャイカが少々怯《ひる》んだ一幕はあったものの……

それでも二人はやがて穏やかに焚火《たきび》の前でお喋《しゃべ》りに興じはじめ、スポアコが奏《かな》でるゆるやかな民謡を聞いていた。

北海道《ほっかいどう》の骨を削って作った笛や、筋繊維で作った弦楽器など、本州では見かけることのない個性的な楽器が、聞くものを胎の記憶に誘うような、美しい調べを奏《かな》でている。荒々しくたくましい、北のスポアコの振る舞いからは意外にも思える、実に繊細で情緒あふれる演奏であった。

「……でも安心したよ。スポアコの皆、思ったより元気そう。北海道《ほっかいどう》を追い出されて、意気消沈してるんじゃないかって……ちょっと心配してたんだ」

チャイカの懸命な説得により、今はミロの酔いも少し覚め……少なくとも普通の話ができるぐらいには、病的な相棒への執着から心を離している。

「心配は当たってるわ。みんなやっぱり、いつもの元気がない」

「ええっ。めちゃくちゃ騒いでるのに、これで⁉」

「普段はこの三倍はうるさいもの。なによりこの旋律が、その証拠だわ……これは母なる北海《ほっかい》道《どう》を想《おも》う歌。みんな口には出さないけど、故郷のことが気がかりなのね」

「…………。」

北海道《ほっかいどう》の陥落。

元六道獄《りくどうごく》副獄長・メパオシャの、突然の反逆……

黒革《くろかわ》率いるネオ・イミーくんの軍勢は、それぞれが進化物質・錆花《しょうか》の力を身体《からだ》に宿し、間抜けな見た目に反してかなりの戦闘力を保持していた。スポアコ、紅菱《べにびし》、クサビラ僧と、それぞれ荒事に長《た》けた軍勢がチームを組んでそれに対抗したが、黒革《くろかわ》の発明した錆花《しょうか》の力は、キノコ・花・錆《さび》、いずれの攻撃も無力化してしまう。

抵抗もむなしく、シシの花力《かりょく》から目覚めたばかりの北海道《ほっかいどう》は錆花《しょうか》によって再び囚《とら》われの身となり、今は死んだように太平洋宙域に浮かんでいるばかりだという。

「チャイカ、大丈夫。黒革《くろかわ》が何を企《たくら》んでるかわからないけど、奴《やつ》の思い通りにはさせないよ。僕とビスコが、必ず錆花《しょうか》の秘密を解いて、北海道《ほっかいどう》も取り戻す！」

「なあに？　あらたまって。当然そうなるものと思ってるわ！」

チャイカは調子を崩されて困り顔のミロの腕に抱き着き、いたずらっぽく笑った。その振る舞いに、出会ったころの臆病さは窺《うかが》えない。

「それで、チャイカ……じつは、ちょっとお願いが」

「なあに？　何でも言って！」

「錆花《しょうか》を解くヒントに、霊雹《れいびょう》の胞子が欲しいんだよ」

ミロは懐《ふところ》から小さな手帳を取り出し、手書きのそれを眺めながらチャイカへ言う。チャイカもそれを覗《のぞ》き込《こ》むが、そこには複雑な化学式がびっしりと書き込まれており、当然ながら巫女《みこ》の知識の及ぶところではない。

「ワクチンの素材に、霊雹《れいびょう》の因子は必須なんだ。スポアコの巫女《みこ》の君なら、持っているかと思って……譲ってもらえないかな？」

「そうは言われても、困ったわ。霊雹《れいびょう》は北海道《ほっかいどう》の深部にしかないデリケートな胞子よ、簡単に持ち出せるようなものじゃ……」

チャイカはそこまで言って、「はっ！」と思いついたように表情をきらめかせると、帽子の中に手を突っ込んで何やら漁《あさ》り出した。

「これかしら？　違う、これは飴玉《あめだま》ね……これは御守《おまも》り……」

「普段から、そんなとこに色々しまってるの⁉」

「あったわ！　はい、受け取って」

白く輝く小さなものを、そこから大事そうに取り出した。

「これは……結晶……？」

焚火《たきび》に照らされて純白に輝く鉱石のようなその結晶は、光る白い胞子をふわふわと空中に撒《ま》きながら、ミロの手の上で静謐《せいひつ》な輝きを放っている。

「霊雹《れいびょう》の胞子の純粋結晶よ。キノコに発芽した胞子と違って、腐らないの」

「霊雹《れいびょう》の、結晶だって⁉」

「スポアコの秘宝なの。北海道《ほっかいどう》から逃げてくるときに、これだけ持ち出せたから……本当は門外不出のものだけど、あなたのお願いなら特別！」

ミロは『秘宝』なるチャイカの言葉に一瞬、霊雹《れいびょう》結晶を受け取ることを躊躇《ちゅうちょ》したが、巫女《みこ》の確信に満ちた眼差《まなざ》しに見据えられて、やがてゆっくりと頷《うなず》いた。

「わかった。絶対無駄にしないって、約束する！」

「…………ふふっ」

「チャイカ？」

「ミロって、たまにビスコそっくりの眼《め》をするのね」

チャイカは金色の髪の奥、白い頬をほんのり紅《あか》くそめて、手に持った山羊《やぎ》乳の酒をくいと飲み干した。その瞳は『とよん』と蕩《とろ》け、いつもの高飛車少女チャイカに、どこか妖しげな魅力を添えている。

「チャイカ、ビスコにはお礼をしたけど、あなたにはまだだったわ」

「……あのお？　チャ、チャイカ、ちょっと、の、呑《の》み過ぎじゃ」

「じっとしてなさい。巫女《みこ》の命令よ……」

「ちょ——っ！　ちょっ待っ」

酔いの覚めたミロと、酔ったチャイカ。先ほどまでと、立場が逆転する。

巫女《みこ》とはいえ、その出自は獰猛《どうもう》な狩猟民族スポアコ……一度そうと決めたらそのやり方は強引であった。チャイカは怯《おび》える小鹿のようなミロの肩をしっかりと摑《つか》み、その美しい顔へ向け、自らの唇を重ねようとする……

その、直前に。

「どわぁっ!!」

ずざぁっ！　と、何者かが島の茂みから出て、何かに蹴躓《けつまず》いてすっ転んだ。

「な、なに⁉」

「チャイカ、僕の後ろに！」

咄嗟《とっさ》にそちらを向き直り、腰の短刀に手をかけるミロの目の前で。

「あ、あいたたた……何だこの石は、掃除しとけＡＤ！　あ～あ、なんてことだ。せっかくの偶発ロマンス、撮影チャンスをふいにした」

暗闇にくにゃりと立ち上がる、女の影。

女は手に持った小型カメラをいそいそと確認し、どうやらそれが壊れていないことがわかると「あぶねえ」と額に浮かべた汗を拭った。

「コケた時、盛大に岩に当たったんだ……よし、テープも無事だぞ」

「黒革《くろかわ》っっ！」

ミロの一声に、それまで宴《うたげ》に華やいでいた夜が、一瞬でどよめきに包まれる。それに合わせて、周囲の茂みの中から、一斉に撮影機材を構えたイミーくんたちがぞろぞろと影のように現れた。すでにこの宴《うたげ》の場は、黒革《くろかわ》の手によって包囲された状態にあったらしい。

「野郎、出やがったな！」

ビスコは主賓の豪華な椅子を蹴って瞬時に跳び上がり、ミロの隣に着地して千切れた草を舞い上げた。

「直々のお出ましかよ、三流監督。大した度胸だな、コラ！」

「このままテイク2……って訳にはいかなそうだな。いや悪かった赤星《あかほし》、うちのスタッフの不《ふ》手際《てぎわ》だよ。ここは大人しく出直すとする」

「思い通りにいかせるか、間抜け。ここでお蔵にしてやるッ！」

凄《すさ》まじい早業で抜き放たれたビスコの弓が、黒革《くろかわ》へ向けて矢を放つ。瞬速の強弓を眼前に捉えてしかし、黒革《くろかわ》の歪《ゆが》んだ笑みが崩れることはない。

がうんッッ！

横合いからカッ飛んできた黒い旋風が、鉄棍《てっこん》の一振りでビスコの矢を弾《はじ》き飛《と》ばした。パウーは黒豹《くろひょう》のようにしなやかな筋肉を躍動させて着地すると、黒革《くろかわ》を守るように立ちはだかり、黒く光る鉄棍《てっこん》を少年たちへ向けた。

「パウー、凄《すご》い！　あの距離から、ビスコの矢を弾《はじ》くなんて！」

「感心してんじゃねえ、バカ！」

ビスコは歯《は》噛《が》みしてその表情を引き締め、翡翠《ひすい》の眼光をぎらりと光らせる。深く息を吸えば、錆《さび》喰《く》いの太陽の胞子がふつふつと、その皮膚から空中に舞い散ってゆく。

その様子を、変わらぬ歪《ゆが》んだ笑みで見守りながら――

「おーっと？　赤星《あかほし》、ちょっと落ち着いたほうがいいな。なるほど本気の錆《さび》喰《く》いの弓なら、猫《ねこ》柳《やなぎ》パウーのディフェンスを貫いてオレに届くかも知れん」

「………！」

何かを察したようにびくりと緊張するビスコへ向けて、黒革《くろかわ》は満足そうに続ける。

「ただその場合、この美貌の自警団長、お前の妻は……己の身を挺《てい》してオレをかばうように洗脳されている。はたして赤星《あかぼし》ビスコは、愛した妻の身体《からだ》をキノコでグチャグチャに爆発させてまで、オレを倒す選択をするだろうか？」

「……こいつ……ッ‼」

弓を引いたまま、ぎりぎり、と音のするほど、ビスコは奥歯を強く嚙《か》み締《し》めた。

ミロにとっても、ここまで感情を剝《む》き身《み》にするビスコは久々のことだ。邪悪のペースに吞《の》まれかけている相棒へ、咄嗟《とっさ》に耳打ちする。

「黒革《くろかわ》のいつものやり方だ。相手にしないで！」

「解《わか》ってる、くそっ！」

「賢明なブレーンが居て羨ましいぜ、赤星《あかぼし》。オレなんか一人っきりだもんな……この女ゴリラは、何度ジョークを言ってもくすりともしない」

「それ以上パウーを侮辱したら、僕がお前を殺すぞ、黒革《くろかわ》！」

「怖──え──。その顔でドスを利《き》かすな。かなわん、退散だ……」

黒革《くろかわ》がぱちりと指を鳴らすと、不気味に佇《たたず》んでいたイミーくん達はそのまま茂みの奥へ引っ込み、見えなくなっていく。「チャオ」と手を振って踵《きびす》を返《かえ》す黒革《くろかわ》を、二人は手出しできずに見送るしかない。

「あ！　そうそう。忘れるところだった。次の撮影予定地だがぁ」

黒革《くろかわ》は最後に振り返って、二人へ呼び掛けた。

「山形《やまがた》北部、硝灰山《しょうかいざん》の頂上に、大掛かりなセットを作った。中には、女王シシをはじめとした紅菱《べにびし》の連中を捕らえてある。爆撃は二日後だからな、遅れないでくれよ……せっかく力を入れたセットが砲撃でコナゴナ、なんてことになったら、悲しくてやりきれんからな」

6

子泣《こな》き幽谷《ゆうごく》からはるかに下り、秋田《あきた》県は南端。

それぞれが3m近く伸びあがる「なびき麦《むぎ》」が一面に萌《も》える、通称「なびき原《ばら》」と呼ばれる野生の麦の群生地がそこにはある。

その麦の群れを名前どおりになびかせ、陽光にオレンジ色をきらめかせながら地表すれすれを飛んでゆくのは……

背中に少年二人を乗せた、アクタガワである。

なびき原《ばら》は人の目線から見れば、眼前を麦に覆われるばかりで何がなんだかわからないのだが、いざ滑空するアクタガワから見下ろしてみると、それはさながら金色の海をかきわけて泳ぐような荘厳《そうごん》な美しさであった。

とはいえ。

使命に追い立てられる少年二人からしてみれば、そうした美しさに心を取られている余裕は、到底なかったと言っていいだろう。

「……うーん、そうか……！　あとは、ここの癒着をはがせれば……！」

「なんだブツブツと。何かわかったのかよ？」

アクタガワの手綱当番は珍しくビスコが請け負っている。一方のミロは、鞍《くら》の上で器用に広げた調剤機《ちょうざいき》をいじくりまわしながら、顎に手を当ててしきりに独り言を呟《つぶや》いている。

「やっと、錆花《しょうか》の構造式がわかりかけてきたんだ。もう少し時間がいるけど……黒革《くろかわ》のやつ、ワクチンを作らせないように、相当に入り組んだ調剤をしてる」

「でも、相手がお前だ。ワクチンは完成する」

「当然！」

アクタガワのスピードが広大なななびき原《ばら》を瞬く間《またたま》に抜け、麦もまばらになってきたあたりで、二人の前方に灰色の山が聳《そび》え立《た》つのが目に入った。

「見えてきたぞ。あれだ、硝灰山《しょうかいざん》」

硝灰山《しょうかいざん》はその名の通り、自然発生した赤硝石《せきしょうせき》が土の中に混在する山岳地帯である。

硝石の濃い一帯は採掘場としていまだに現役で稼働《かどう》しており、掘り出した赤硝石《せきしょうせき》を的場《まとば》重《じゅう》工《こう》へ卸せば、それこそ一月の労働で一年暮らせるぐらいの稼ぎになるのだ。

とはいえ……

硝石を喰《く》らってその身体《からだ》にため込み、爆発して幼虫をばらまく『焔硝《えんしょう》ダンゴ』なる危険虫の存在から、これもまた命懸けの採掘業に他ならないのだった。

「火薬みたいな匂いだし、殺風景だし……」

ミロが訝《いぶか》しむように言う。

「こんなとこ、撮っても見栄《みば》えしないよ。僕ならロケ地にはしないなあ」

「俺たちの知ったことか。行くぞ、アクタガワ！」

ビスコが手綱を操って勢いづけると、ごうッッ、と背部バーニアを噴かし、アクタガワは山の斜面に沿うようにして上昇していった。


硝灰山《しょうかいざん》、頂上。

地表のところどころに赤硝石《せきしょうせき》がのぞくそこは、さながら山が至る所に擦り傷を作ったような有様《ありさま》であり、お世辞にも気分の良《い》い景色とは言えない。

しかし、そんな不気味な眺めすら、霞《かす》むような……

一際《ひときわ》異質な建造物が、その山頂に聳《そび》え立《た》っている。

「……何だア、こりゃ⁉」

土と赤硝石《せきしょうせき》を吹き飛ばしながら、アクタガワがどすんと山頂へ着地する。

「うわっ！　ちょっとビスコ、慎重に降ろしてよ！」

「くろかわ、ぷろ……サイコスリラーかん……？」

ビスコは、相棒の抗議も耳に入らないほど呆気《あっけ》に取《と》られた様子で、その異様な建造物をゴーグル越しに眺めた。

いかにも急ごしらえといったような、黒塗りの真四角の建築の正面入り口に、

『黒革《くろかわ》プロ　サイコスリラー館』

と、ゴシック体の飾り気のない文字がでかでかと印字されている。その上には笑顔のイミーくんの、どう見ても素人《しろうと》が描いたとおぼしきイラストが添えられ、どうやらそれで精一杯の意匠としたつもりであるらしかった。

「「………。」」

少年たちはアクタガワを降り、てこてことその場まで歩み寄って、やはりそこで呆然《ぼうぜん》と立ち止まってしまった。よく見れば建造物の入り口脇には、取って付けたような案内ボードが

『赤星《あかほし》様　猫柳《ねこやなぎ》様　御控室←』

などと書かれて、少し斜めに傾いて立っている。

「控室だって。お弁当つくかも！」

「悪乗りも程々にしろ、このボケ！」

ビスコは相棒の頭を平手でべしんと叩《たた》くと、苦々し気にその表情を歪《ゆが》ませる。

「まんまと中に入るバカがいるかよ。外側から、錆喰《さびく》いでコナゴナにぶち砕いてやる！」

「それはまずいよ、ビスコ！　もしも——」

『中に人質がいたら？　そう考えるのが普通だぜ、赤星《あかぼし》ィ』

ミロの言葉を引き継ぐようにして、建物上部に据えられたスピーカーから、黒革《くろかわ》の声が山頂に響き渡った。

『それぐらいのことがわからないお前じゃないはずだ……血の気の多さもお前の魅力だが、今回のシーンは毛色を変えて、クレバーなお前を見せたいと思ってる』

「黒革《くろかわ》!!」

『んやあ、すまん、安っぽいハコに見えちゃうだろ？　外観にも凝りたかったんだが、工事がどうしても間に合わなくてな……でも心配ない、肝心の中のセットは完璧に仕上がってるから、問題ないぜ。『SAW』も外のシーンなんか使わなかったろ？』

「野郎……いつもいつも、矢の届かねえところから……!!」

黒革《くろかわ》の言葉に、ビスコは奥歯を噛《か》み締《し》め、こめかみに血管を浮かす。一方のミロはしばらくその横顔を見守って、突然相棒の頬肉を、ぎゅう！　とつねった。

「⁉　痛ぃってで!!　お、お前、急に何すんだ⁉」

「冷静になりなさい。ほら、行くよ」

「い、行くよってお前⁉」

物怖《ものお》じもせず、すたすたと建物の中へ入っていく相棒を唖然《あぜん》と見つめ、ビスコは慌ててその後を追い、隣に並ぶ。

「本気か！　こんな罠《わな》丸出しの、何があるかわからねえ場所に！」

「今までだってその気になれば、黒革《くろかわ》は僕たちを仕留められた」

ミロは歩みを止めず、慌てるビスコに澄ました顔でささやく。

「ビスコは直情的だから、黒革《くろかわ》の思う通りに振り回される……でも、それじゃあいつにいつまでも隙は生まれないんだ。まず、あいつに『疑念』を持たせる……僕らを警戒させるには、完全にあいつの言いなりになる、のが一番手っ取り早い」

「…………。」

「『あの赤星《あかぼし》が、そんな素直なわけない』と思うはずだよ。ビスコが自分に対して、勝算を握ったのかと疑うはず。黒革《くろかわ》に隙ができるとしたら、そこしかない」

「…………。よしそのとおりだ。俺もそう思ってた。カマをかけた」

「はいはい」

「ほんとだぞ」

『おおっ⁉ 今日の赤星《あかぼし》は聞き分けがいいな。そうだ奥へ進んで、準備が済むまで控室でくつろいでくれ……おい、菓子や弁当は高級なのを用意したろうな！ ……あのキリンの脳味噌《のうみそ》を⁉ バカ野郎、演者になんてもん出しやがる。お前はクビだ‼』

やかましく喜ぶ黒革《くろかわ》の声を聴きながら、少年二人は通路のガイドに従い、得体の知れない建物の奥へ歩を進めてゆくのだった。

備え付けられた裸電球が、キンキンと弾《はじ》けるような熱を持って通路を照らしている。それが狭い通路に舞う埃《ほこり》をちりちりと焼き散らして、焦げっぽい香りを周囲に放っている。

打ちっぱなしの壁やそこらじゅうに引かれた照明の配線など、いかにも撮影所の舞台裏という具合であった。

「熱《あ》っづ！」

「ビスコ！　どうしたの⁉」

「電球に当たった……くそ、火傷《やけど》したぞ。なんだよこの雑なスタッフ通用路は⁉　裏方のことを何も考えてねえな」

「ほんとだ、おでこが焼けてる。あとで薬を塗ろう……あ、ここじゃない？」

ミロの示す方向を振り向けば、なるほどそこに

『赤星《あかぼし》様　猫柳《ねこやなぎ》様　御控室』

と張り出されたドアが、やけにそこだけ清潔な佇《たたず》まいで存在している。

「……不気味だぜ。気をつけろ、中に胞子ガスとかを仕込んで……」

「お邪魔しまあす」

「うおおおいっっ‼　５歳児かてめえはっ⁉」

ドアを訝《いぶか》しがるビスコに全く構わず、ミロはドアノブをがちゃりと開けてすたすたと部屋の中へと入っていく。

「わ〜〜、けっこう広い。大丈夫だってビスコ、何もないよ！」

（ここんところ、訳わからんほど肝が据わっとるな、こいつ）

確かに黒革《くろかわ》を相手取って戦う場合、度重なる策謀に疑心暗鬼に陥って精神力を摩耗させてしまうというのが、一番の負け筋と思って間違いない。

しかしそれにしても、この虎穴の中でこうまで『しれ～っ』と心を保っていられるミロの成長ぶりには、ビスコも感嘆と危なっかしさを覚えずにはいられなかった。

「化粧台がある。メイク道具も……パンダ痣《あざ》、隠したほうがいいかな？」

「なんだぁ……？　この部屋は……？」

ビスコはいまだに警戒心を解き切れずに、そろりそろりと控室の中に入ってゆく。部屋の中は通路と打って変わって、空調、加湿器、姿見など、演者のコンディションをどこまでも気遣ったとおぼしき備え付けになっている。

部屋中央の長机には、纏火茶《てんかちゃ》、金象茶《こんぞうちゃ》、みかんジュース、ファンタグレープなどのペットボトルに加え、火蛇《ひへび》ドリンクなどの強壮剤も揃《そろ》えてある念の入りようだ。

「……うん。確かに、毒はねえようだ」

「ビスコ！　こっち来て。お弁当もあるよ‼」

敵の腹の中でこうまではしゃげる相棒の心胆に呆《あき》れながらも、ビスコはのそのそとミロの隣、給湯コーナーまで歩き、その輝く視線の先を追った。

『猫柳《ねこやなぎ》様　ご昼食』と書かれたのし紙の下には、高級紙で梱包《こんぽう》された、いかにも高級そうな重箱弁当が置いてある。

「うわっっ。金色の重箱だよ、これ。すごい高級品！」

「そんなの見たことないぞ。おい、開けてみろ！」

「待っててね……こ、これはっっ!!」

ミロはいそいそと結んである金色の紐《ひも》を解き、重箱の蓋をそっと開ける。まだ温かいそこから、なんとも言えない上品な香りが二人の鼻をくすぐってきた。

「姫山椒魚《ひめさんしょううお》の、蒲焼《かばやき》だよっ!!　これひとつで千日貨《にっか》はくだらない、最高級品だっ」

「な、何いい！」

黒米《くろまい》の上で艶《つや》やかに輝く山椒魚《さんしょううお》の肉を見て、思わずビスコの喉が鳴る。

ジャビに師事してよりこのかた、類まれなる弓術と引き換えに、師匠の味オンチに振り回されて食の喜びを知らずに生きてきたビスコである。これまでのミロとの旅路の中でも、ジャビから解き放たれて美味《うま》いものを喰《く》うというのは、彼にとって楽しみの一つであったことは間違いないだろう。

「こんな機会滅多にないよ！　座って一緒に食べよう、ビスコ！」

「よ、よし……まあいいだろう……空《す》きっ腹《ぱら》で弓は引けねえからな」

「……あれ？　ビスコのは、違うお弁当みたいだよ」

ビスコはミロに言われて、改めて自分用の弁当を見下ろす。

『赤星様《あかぼし》　ご昼食』と書かれたのし紙……そこまでは一緒なのだが、その紙に小さなカードが

添えてあり、極めて力強い筆跡で

『妻より』

と、一言したためてあるのだ。

「……妻より？」

困惑したビスコがカードを裏返すと、軽薄な筆跡で、そこにも何事か書いてある。

『赤星《あかぼし》へ

最高の演技のために、弁当も最高のものを用意した……

はずだったんだが、お前の嫁さんが、亭主の食事は私が作ると言って聞かないんだ。

思い込みが強すぎて洗脳も全く効かん！　いや参ったよ本当に。

という訳で悪いが、昼は愛妻弁当で辛抱してくれ。

まあ、料理は愛情とも言うしな。オレは全くそう思わんが……

では、30分後に会おう　　総監督・黒革《くろかわ》ケンヂ』

「あ、愛妻、弁当？？？」

「えええっ、パウーがお弁当を!?　ビスコ、開けてみてよ！」

「バカ言うな。爆発するだろ！」

「しねえよっっ!!　嫁をなんだと思ってんだ!!」

ビスコはミロの剣幕に負けて、おそるおそる、ゆっくりと弁当の蓋を開ける。

そこには……

「……おお？」

「わあ、パウーすごい！　綺麗《きれい》にできてるじゃんっ！」

二段重ねになった弁当箱には、下段に小ぶりなおむすびが三つ、上段には色味をしっかり考えたカラフルなおかずが詰め込まれている。

メインはワニ肉のグリルに、イルカのベーコンで獅子唐《ししとう》を巻いたもの。副菜には炙《あぶ》りトマト、レンズ豆と千寿芋《せんじゆいも》のカレー煮、幼《よう》イグアナの尻尾揚げと、肉食男子の心をくぎ付けにするラインナップだ。

弁当箱の隅に添えられた、白玉に蜜柑《みかん》の蜜を垂らした小さなデザートにも、亭主を慮《おもんぱか》る良妻の心づくしが見て取れる。

「んんんんっっ」

ミロはビスコの頰を押しのけるようにパウーの弁当をまじまじと観察し、何故《なぜ》だか涙すらうかべて「百万点!!」と吼《ほ》えるように叫んだ。

「うぉおいっ！　人の弁当に唾飛ばすな！」

「パウーは決して料理上手じゃなかった。愛がパウーに、これを作らせたんだよ……ビスコは幸せだな、パウーがいて……とゆうかむしろ僕がいて……」

「わかったから！　食おう、あと三十分て書いてある」

二人はいそいそと席についてそれぞれの弁当に手をつけはじめる。山椒魚蒲焼重《さんしょううおかばやき》を口に運んだミロは、その香ばしくもとろけるような肉の脂を舌いっぱいに味わい、「ほよあああ」と思わず間抜けな声を上げた。

（ぬうう……）

「ビスコ、一口欲しいんでしょ。はいあ〜ん」

「いらん！　こっちの方が美味《うま》い」

ビスコは憮然《ぶぜん》とそれをはねつけ、妻の作ったおかずを黙々と口に運んだ。

確かに派手な美味さはないが、それぞれが非常に丁寧に思いやりを持って作られており、それは人の信念、意志に敏感なビスコをして大いに感心させた。人の技や芸術において経験はあっても、料理の志に感心するというのは、ビスコには初めての経験であった。

「いいかミロ。その山椒魚《さんしょううお》重は結局、うまいだけの飯だ。この飯には意志がある。あいつの不殺の鉄棍《てっこん》の極意が詰まっている」

「鉄棍《てっこん》の極意が⁉　お弁当に⁉」

「そうだ。この、握り飯ひとつとってみても……」

ビスコはそう言いながら、小ぶりなおむすびを一つ手に取り、それを口に運んで……

「ごがっ⁉」

「び、ビスコ⁉」

ビスコは驚愕《きょうがく》のあまり、行儀悪くも一度嚙《か》んだおむすびを口から出す。驚いたことに、しっかり嚙《か》んだはずのおむすびはその形状を全く変化させていない。

「ど、どうしたの⁉　しょっぱかった⁉」

「かっ……」

「か？」

「硬い‼」

ビスコの言葉どおり……

パウー作のおむすびは、その尋常ならざる膂力《りょりょく》を込めて握られたためか、その質量を限界ぎりぎりにまで圧縮され、人間の歯が立つ代物ではなくなっていたのである。

「これ、鉄じゃん」

もう一つのおむすびを手に取って、ミロが青ざめたように言う。

「おかしいと思った。パウーはこの手のこと、必ずどこかで失敗するんだよ。ビスコもおかずだけ食べて、無理しないで僕のを……」

「だめだ。嫁の心づくしを残したりしたら、それこそ神罰が下る」

「ええええっ！　これ、残さず食べる気⁉」

「あいつが命を賭けて握ったなら、俺も命を賭けてはじめて公平だ。俺の歯をなめるな！　いいから、それを寄越せ……」

『やあやあ！　お待たせした、赤星《あかぼし》、猫柳《ねこやなぎ》』

ビスコがミロからおむすびを奪い取ろうとする、ちょうどその時、控室のスピーカーから黒《くろ》革《かわ》の声が響き渡った。

『悪いな準備に手間取っちまって。ようやくスタンバイOKだ！　悪いが飯はそこで切り上げて、すぐに出てきてくれ』

「つくづく勝手な野郎だぜ」ビスコがスピーカーに向けて吼《ほ》える。「撮影のほうを遅らせたらどうだ。こっちはまだ食ってんだよ！」

『くくくっ。別に、食いたきゃ食っててもいいぜ、赤星《あかぼし》ィ』

黒革《くろかわ》のねばっこい笑い声が、それまでの和らいだ気分を一瞬で吹き飛ばす。

『ただ、ついさっきタイマーは始動した。紅菱《べにびし》の女王、シシ……囚《とら》われの彼女の頭がトマトみてえにはじけ飛ぶまで、呑気《のんき》に茶をしばいてるお前じゃないと思うが、どうだ？』

7

「急いで、ビスコ！」

「この部屋か⁉」

通路を抜け、ばんっっ！　と扉を蹴破って入り込んだ場所は、それまでの舞台裏が嘘《うそ》のように、白塗りで清潔な場所であった。

小さめのパーティホールのような、殺風景なその部屋。

その、中央部を、一枚の分厚い強化ガラスで隔てて……

年端《としは》もいかない紅菱《べにびし》の子供達が、お互いに身体《からだ》を寄せ合い、ぶるぶると震えている。

「紅菱《べにびし》の子供達だ。黒革《くろかわ》、いったい何のつもり……」

『さあ！　いよいよ、シーン3の撮影に入るぞォ』

どこかに備え付けてあるスピーカーから、黒革《くろかわ》のはしゃいだ声が響く。刺客の集団にでも囲まれるのだと構えていた少年二人は、予想しなかった展開に面食らってしまっている。

『シーン1、シーン2と、アクションの出来栄《できば》えは上々さ。しかしな赤星《あかぼし》、暴れまくるだけじゃ観客も飽きちまう。この手の映画には、サスペンス——ある種の謎解き要素というのがアクセントとして必要なんだ。『CUBE』なんかは最高だぞ。今度貸してやる』

「その下らねえ口上は聞き飽きたぜッ！　さっさと、何をやらせたいか言え！」

『グレイト！　主演としての自覚が出てきたな』

黒革《くろかわ》は満足げに続ける。

『まずは手ならしといこう。お前たちの目の前、強化ガラス越しに見えるのは、見ての通り何の罪もない紅菱《べにびし》の子供達だ……いやあ、肌が白くて可愛《かわい》らしいよなあ。好事家《こうずか》がこぞって手を出すわけだぜ』

「その子たちを、どうするつもりなんだっっ!!」

『正面上にタイマーが見えるだろう。残り三分……あいつがゼロになってしまうとお』

くくく、と黒革《くろかわ》は喉の奥で笑い、もったいつけて間を持たせる。

『オレ特製の枯葉ガスがその部屋に散布されて、そのガキどもは枯れはてて死んじまう』

「黒革《くろかわ》っっ!!」

『そんな哀《かな》しい結末を許すお前ら二人じゃないはずさ。お前たちはこれから、オレの用意した知能クイズを見事クリアして、そいつらを助け……おおっと!!　早まるなよ赤星《あかぼし》。お前が弓に指一本触れた瞬間、タイマーはゼロになるぜ』

「こいつ……!!」

歯嚙《はが》みするビスコの前に、何やらごろごろと移動式のテーブルが運ばれ、それを押してきた一人のイミーくんが「ぺこり」と二人に頭を下げた。

『ルールを説明しよう。えーと……45ページ……あれ？　ここじゃないな』

台本をぺらぺらとめくる音がスピーカーから鳴る間も、タイマーは刻一刻とゼロへ近づいている。「てめえ、さっさとしろ!!」と吼《ほ》えるビスコへ、黒革《くろかわ》が慌てて応えた。

『いやすまんすまん。ゴホン、一度しか説明しないぞ……

ルールはこうだ。

お前たちの目の前に、赤と青、二つのボタンがあるはずだ。

どちらかがタイマーのストップ。反対側は、枯葉ガスの射出装置になってる。

クイズのカギは目の前のイミーくんだ。

こいつは「真実を言う正直イミー」か「必ず嘘《うそ》をつく嘘《うそ》つきイミー」のどちらかだが、どっちか判断することはお前らにはできない。

お前たちは一度だけ……一度だけだぞ、このイミーくんに、○か×かでだけ答えられる質問を、一度だけすることができる！

一回こっきりの質問だけで、はたして主人公・赤星《あかぼし》ビスコは、無事に罪なき子供達の命を救うことができるのであろうか⁉』

「……なんだこいつ⁇」

その集中力をフルに働かせて、じっと黒革《くろかわ》の声に聞き入っていたミロは、眉間にしわを寄せて思案しながら、ふと……

やけに冷静な、相棒のほうを振り向いた。

「ビスコ、自信ありげだね。何かわかったの？」

「わかったもわからないもねえ。こんなシンプルな話はねえだろ」

「ええっ、すごい!!　じゃあ、どうやって……」

「二分の一を引きゃいいだろうが」ビスコはさも当然のように、ずかずかとボタンの方へ歩み寄る。「今まで百分の一を引き続けて生き延びたんだ。丁半で負けるわけない」

「うぉーい!!　ちょっと!!」

『やめろぉ――!!』

ミロと黒革《くろかわ》の、慌ててビスコを止める声が重なった。ずんずん歩くビスコのお腹《なか》に抱き着いて辛《かろ》うじてそれを食い止め、ミロ（と黒革《くろかわ》）は一息つく。

『それじゃ画《え》になんねえだろ、赤星《あかぼし》！　真剣にゲームしないやつはボタンを押すな。ルールに追記だ、考えなしで押したら、その場でゲームオーバー！』

「バカ言うな。俺は真剣だぞ！」

「とにかく、この場は今までみたいな力押しじゃだめなんだよ。知恵で問題を解いて、黒革《くろかわ》を納得させなくちゃ……」

「なら、そいつの被《かぶ》りもんを脱がそう。目を見りゃ嘘《うそ》か本当かわかる！」

『ダメだダメだ、それは知恵とは言わん‼　本能とかキレで問題を解くのも禁止！』

心当たり（？）をことごとく潰されて、ビスコは「ムウウウ」と唸《うな》り、どうにも身動きが取れなくなって腕を組んだ。ミロはひとまず落ち着いたビスコを横目に見て、自らの内にひらめきを探り、思考の海に脳を沈めていく。

「質問は一回だけ……か」

「バカバカしいぜ、こんなのに正解があるわけない。嘘《うそ》か本当かわからねえのに、何を質問しても意味がねえだろ！」

「………。」

「くそ！　時間がねえ。どっちでもいい、早く押せ、ミロ！」

「いや、わかった！　正直者も、嘘《うそ》つきも、絡《から》めとるような質問……‼」

ミロは蒼《あお》い瞳にきらりと智《ち》の輝きをきらめかせ、○と×の札を持ったイミーくんにずいと近寄ると、淀《よど》みなく質問を投げかけた。

「『青いボタンが正解か？』と僕があなたに聞いたら、あなたは『○』と答えますか？」

「………？？？」

ビスコはミロが何を言っているのかよくわからずに、訝《いぶか》し気な顔でその横顔を見つめている。

一方のイミーくんはしばらく沈黙したあとで、ゆっくりと……

左手に持った「×」の札を上げた。

「ビスコ、赤！」

「！　わかった！」と、相棒の言葉に弾《はじ》かれるように、ビスコは電光のような素早さで赤のボタンを叩《たた》いた。二人の目が、同時にガラス壁越しのタイマーに注がれる。

タイマーは、残り二秒の時点で、見事に停止していた。

『カウントダウンを停止　ガス散布を　中止いたします』

機械音声がスピーカーから流れると、固唾を呑《の》んでミロを見守っていた紅菱《べにびし》の子供達が、お互いに抱き合ってワッと歓声を上げる。

「……や、やった、成功だ!!」

「よくわからねえ」

喜ぶミロの一方、ビスコは顔をしかめて首を捻《ひね》っている。

「あいつが正直か嘘《うそ》つきか、あれでどうしてわかる？　怪しいぜ。解いたふうにしてるだけで、やっぱり勘なんじゃねえのか？」

「きみと一緒にしないで!!」

ミロはビスコの眼前に、びしっ！　と指をさし、「ウッ」と怯《ひる》む相棒に向けて、講釈を始めた。

「あのイミーくんが正直か嘘《うそ》つきかは、未《いま》だに僕もわからない、関係ないんだ。要は、嘘《うそ》つきでも正解を喋《しゃべ》るような質問を投げただけ」

「嘘《うそ》つきが、正解を喋《しゃべ》る⁇」

「つまり……」

『猫柳《ねこやなぎ》はひとつの質問の中で、イミーくんに「二回」嘘《うそ》をつかせたのさ』

黒革《くろかわ》が極めて満足そうに、スピーカーからミロの言葉を引き継ぐ。

『正解が二択の場合、表の表は表。そして裏の裏は……やはり表だ。なるほどオレが見込んだ忌浜《いみはま》の名医、頭の冴《さ》えは相変わらずらしい』

「……？？？」

「む、無理にわからなくてもいいよ、ビスコ……」

『なんにせよデモンストレーションは見事クリアだ！　安心したよ、ちゃんと謎解きができなければ、どっちのボタンも外れにするつもりだったんだ』

「何だそりゃ⁉　汚《きた》ねえぞ‼」

『次のフロアにご案内しろ』

黒革《くろかわ》の言葉にイミーくんはぺこりと頷《うなず》き、二人を促して、次のフロアへ続くドアへと歩いてゆく。ビスコは足早にそれへと追いついて、挑みかかるようにイミーくんへ問いかけた。

「で。本当はどうなんだ。お前、嘘《うそ》つきなのか？」

「正直者です」

イミーくんは言葉少なにそう返した。ビスコはその返答の意味についてしばらく考え、すぐにばかばかしくなって考えるのはやめた。

（う、う……）

シシは朦朧《もうろう》とする意識をなんとか覚醒させようと、心の中で唸《うな》った。

左右に振ろうとする頭は何故《なぜ》か異様に重く、こめかみや首に触れる冷ややかな血錆《ちさび》の感触から、何か鋼鉄製の、拷問兜《かぶと》のようなものを身につけさせられているのがわかる。

（な、何だ。何をされたんだ……!!）

同じく鋼鉄製の椅子に、両脚をベルトで括《くく》り付《つ》けられ、後ろに回された両手首には手錠のようなものが嵌《は》められている。その全身の中で自由に動くのは、首から上のみ……といった有様《ありさま》であった。

（縛られて、いるのか。……おのれ。また……またもおれに、虜囚の辱《はずかし》めを！）

常人であれば、その意識は恐怖にすくみあがり、まともな思考もままならないところだが。

（……………焦《あせ》るな。憤《いきどお》るな、シシ！　未《いま》だ王を殺さぬ慢心、先王ならかならず逆手に取ったはず。父上ならどうする。この時、父上なら……！）

この場において紅菱《べにびし》新王・シシ、六道囚獄《りくどうしゅうごく》にて培《つちか》った極限状況下の延命術が、鋼の精神力を以《も》ってその思考を氷のように澄み渡らせた。シシは深呼吸をひとつして、拘束をいかにして解くか、すばやく考えを巡らせる。

(派手で威圧感のある拘束だが、見た目がごついほど造りは単純のはず)

眼前には、一枚の分厚いガラスを隔てて白い部屋が広がるばかりで、見張りの気配はなく、これはシシにとって僥倖《ぎょうこう》といえた。

シシが後ろ手に縛られた手首に意識を集中し、わずかに花粉を舞い散らせると……

(頼む。伸びてくれ……!)

しるしるしる、と小さな蛇の這《は》うように、手首から深緑のツタが伸び、鋼鉄の手錠にからみついた。ツタはそのまま小さな鍵穴を探し当て、その中へもぐりこんでゆく。

(よし! まだ、おれの花力《かりょく》は失われたわけではない)

頭部の拷問具と同じく、重厚な鋼鉄でできているらしいその手錠は、厳重にも三つもの鍵穴を持ってはいたが、シシの思惑通り強度に反して単純な造りであった。シシの伸ばしたツタは着実に鍵穴の中を進み、ほどなくひとつめの鍵穴の奥に触れる。

(ようし、これで……!)

勇んで鍵穴を外そうとするシシの思考の奥を、

(……………。待て。事がそう、簡単に運ぶものか?)

父王ホウセンの怜悧《れいり》な眼差《まなざ》しがちらりと掠《かす》めた。

相手は六道の中にじっと潜み、法務官サタハバキはおろか、六道囚獄《りくどうしゅうごく》をまるごと騙《だま》しおおせたメパオシャその人である。北海道《ほっかいどう》で嫌というほど体感した椿《つばき》の花力《かりょく》を知ってなお、この拘束でシシを拘束できると思うだろうか？

（…………。いや、逡巡《しゅんじゅん》すれば機を失う！　鍵を外せっ、『発花《はっか》』！）

シシが気合とともに、ぼうん、と鍵穴に椿《つばき》を咲かせ、がちりとそれを外した、その瞬間。

『ばりばりばりばり!!』

（っっ!!??）

シシの全身が一瞬にして硬直し、大きく痙攣《けいれん》する。

頭に装着された拷問具が、手錠への干渉に反応して凄《すさ》まじい電流をシシの身体《からだ》へと流し込んだのである。

「う、あ、あ、ぎゃあああああああ──────ツッ!!」

つよくしなやかなシシの剣士の身体《からだ》は、容赦のない電流によって骨の軋《きし》むほどに仰《の》け反《ぞ》り、細い喉が千切れんばかりの悲鳴を上げた。頼みのツタは電流の熱によって黒く焼け焦げ、消し炭になってぼろぼろと床に落ちてゆく。

『さあ次の部屋はここだ、ってどうした何の騒ぎ……ああっ、このガキ、バカなことを！　早く電流を止めろ、死ぬ死ぬ、死んじゃうって!!』

どこからか響く、慌てた黒革《くろかわ》の声をシシは遠くに聞いている。シシの意識が遠く落ちかけたところで、ごぎゅん、と駆動音を立てて電流が収まった。

解放されたシシが、がくんっ、と椅子の上で項垂《うなだ》れる。身体《からだ》は白煙を上げ、紅色の瞳は虚《うつ》ろに落ち、身体《からだ》は細かい痙攣《けいれん》を繰り返すのみになっている。

「シシぃっっ!! 黒革《くろかわ》、てめえええッッ!!」

『お……おい!! 誰だ電流を致死設定にしたのは。おしおきモードにしておけと言ったはずだ! こ、これじゃ、もしかして……!!』

ドアを蹴破って入ってきた何者かが、スピーカーに怒声を吐きかけている。

シシは血の焦げた匂いで鼻の奥を焼かれながらも、精一杯の力を奮い立てて顔を上げ、その敬愛する声に向けて顔を上げた。

「あ、に、うえ……!」

「「シシっっ!」」

ビスコとミロが、シシの座らされている台、張られたガラス前まで駆け寄ってくる。ミロはシシの紅色の瞳をじっくりと観察し、ほっとひとつ息をついた。

「よかった、まだ大丈夫……! ……黒革《くろかわ》、アンフェアだぞっ!! 僕らはまだ、何の説明も受けてないのに!!」

『そいつが手錠を外す……ところまでは演出のうちだったが、いやあすまん、電流の強さを間違えた、担当者はクビにしたよ、そう怒らんでくれ。でも、結果オーライじゃないか? これで二人の少年は、次のゲームをトチると、どうなるのか……』

部屋のスポットライトが、電撃で焦げつかされたシシへと向けられる。

『目と耳で理解できたわけだ。そうだろ？』

「く、そう……‼」

強い悔恨が、シシの唇を強く噛《か》み締《し》めさせた。

（あまりに、未熟！）

まんまとメパオシャの奸計《かんけい》に嵌《は》まり、師であるビスコの前で醜態を晒《さら》してしまう。全力を込めて堪《こら》える瞼《まぶた》の隙間から、一筋の涙が零《こぼ》れ落《お》ち、シシの膝を濡《ぬ》らした。

その痛々しいシシの有様《ありさま》を見て、ミロの瞳が憤怒《ふんぬ》に燃え上がる。

『その顔でドスを利《き》かすなパンダくん。興奮してしまうじゃないか……さて次のゲームはこれだ！　ドドン』

黒革《くろかわ》が楽し気に言い終わるころには、二人の眼前のテーブルに、なんだか大きめのおもちゃのようなものが運ばれてきていた。肩にタオルを下げたＡＤイミーくんはそれを「よいしょ」とテーブルに置き、ひとつ「ペコリ」とお辞儀をして去ってゆく。

「こりゃ、なんだ……いや、これは見たことあるぞ！」

『さすがに国民的ゲーム、世間知らずの人喰《ひとく》い赤星《あかぼし》もご存じと見えるな。そう。これから二人には、この「黒革《くろかわ》危機一髪」をプレイしてもらう』

「……黒革《くろかわ》危機一髪？」

『お人形を良く見ろ』

テーブルの上にあるのは、パーティゲームを好むキノコ守り達もよく遊ぶ、日本ではポピュラーなおもちゃだ。大きな樽《たる》を模したおもちゃ本体には短剣を刺すいくつもの穴があり、その樽《たる》から顔を出すようにして……

可愛《かわい》らしい三頭身の黒革《くろかわ》が、ちょこんと樽《たる》の中に納まっている。

『黒革《くろかわ》ちゃん人形だ。可愛《かわい》いだろ？　十六回リテイクを出した』

「どうでもいいっっ!!　早く説明をしろよっ!!」

『パンダがやたら怖いので説明に移る。この手のゲームは樽《たる》に一本ずつ短剣を刺し、人形が飛び出したら負けのゲームだ。しかし「黒革《くろかわ》危機一髪」においてこれは逆で、当たりの穴に刺して黒革《くろかわ》ちゃんを飛び出させれば、きみらの勝ちとなる』

「……？　だったら片っ端から刺しゃいい！　急ぐぞ、ミロ！」

『あっバカ、ちょっ待っ……』

ビスコがテーブルに置かれた短剣を大きな樽《たる》めがけて突き刺すと、ばちっ！　と火花が弾《はじ》けるような音とともに、シシの身体《からだ》が仰《の》け反《ぞ》った。

「があっ！」

「……シシっっ!?」

『説明は最後まで聞け、馬鹿者ぉ』黒革《くろかわ》が呆《あき》れたように言う。『いいか、はずれの穴に短剣を刺した場合……そこの女王様の身体《からだ》に流される電流のレベルが上がっていくんだ。今のでレベル1……常人がレベル4を五秒も受ければ、脳が焼き切れる』

「そ、そんなの……!!」

痛みを殺してうめき、小さな痙攣《けいれん》を続けるシシに、ミロが慄《おのの》いた。

「クイズでもなんでもない、解きようがないよ!!　ただ、ただ運だけに、シシの命を賭けさせろっていうのか!!」

『謎解きだけがサスペンスじゃないぞ、猫柳《ねこやなぎ》。結局人生ってのは、赤を切るか、青を切るか……命を賭けた選択、そのものがこのシーンの』

「あ、にうえ！　ミロ、っ！」

黒革《くろかわ》の台詞《せりふ》をさえぎって、シシが懸命に声を張った。

「おれ、はっ、すでに、二度死んだ男。今更いのちなどっ、お、惜しくはっ、ありません！　師の手で引導を渡されるなら、本望！　どうぞ、ひ、ひとおもいにっ！」

『泣かせるじゃァねえか。しかしわかってないぜ、女王サマ！　そういう献身こそ、赤星《あかぼし》の判断を鈍らせて……』

「わかった」

『……んえっ？』

ビスコはシシと視線を交錯させてひとつ頷《うなず》くと、全く躊躇《ためら》いもなく、短剣を力いっぱい次の穴へ突き立てた。ばちぃっ！　と火花が散り、シシが大きく仰《の》け反《ぞ》る。

「ビスコ‼　そんな、待って、何か手が‼」

『そ、そうだ、ちょっと待て！　お前、弟子の命がかかってるんだぞ。怖くないのか⁉　もう少しこう、悩みの画《え》を……』

「長引けばそれだけ苦しむ。次だ」

ビスコは更に続けざまに、三本目、四本目と短剣を突き立ててゆく。そのたびに青白い電流がシシの身体《からだ》を突き抜け、白く美しい身体《からだ》を焼き焦がしてゆく。

「ビスコ……‼」

ミロは心臓を握りつぶされるような思いで、ビスコの横顔を見つめている。決意みなぎるビスコの表情はそれでもシシの悲鳴に歪《ゆが》み、尋常ならぬ脂汗を浮かせている。

突き立てられた短剣は六本になったが、まだ残りの穴はじつに三十個以上にもなる。

『さあ、もう次でレベル7だ、エンマガメでもくたばる電撃だぞ‼　即死黒焦げ間違いなし、だから少しは考えてくれ、赤星《あかぼし》――っっ‼』

「あに、うえええっ‼　どうか、とどめをおお――――っ‼」

もはや絶叫となったシシの声に後押しされて、ビスコは赤色の短剣を選び、それを見定めた穴に思い切り突き刺した。

『ああっもう！　なんてこった、これでゲームオーバー……』

ぼんっっ!!

黒革《くろかわ》の嘆きの声を遮って、樽《たる》の中央部分からピストン機構が動作し、樽《たる》から顔を出していた黒革《くろかわ》ちゃん人形を撥《は》ね上げた。

『「ああっっ⁉」』

黒革《くろかわ》ちゃん人形の撥《は》ね上がる勢いたるやすさまじく、それは白い部屋の天井をへし割って、そこに頭を埋めるほどの威力であった。見上げるミロとビスコの眼《め》には人形の下半身だけが映り、そこからポロポロと砕けた天井を零《こぼ》している。

『ば、バカな。当てやがった……!!』

黒革《くろかわ》の驚愕《きょうがく》の声と同時に、ぷしゅうう、と音を立てて、シシの拷問具に流れる電流のスイッチが切られた。シシの身体《からだ》は白煙を上げ、ぐったりとそこに俯《うつむ》く。ミロは慌てて近くへ駆け寄ってシシを数秒見つめ、ビスコを振り返って力強く頷《うなず》いた。

「判断が早かったのが効いたんだ。シシは大丈夫だよ！」

『……なァるほど……予想している画《え》とは、確かに違ったが……』

黒革《くろかわ》はしばらくの沈黙の後、いかにも感心したといったふうに言葉を続けた。

『つまりは迷いを完全に断ち切ることで、電流の流れる時間を最小限にし……この小さな女王様の生存率を上げたということだ。極めて簡単な理屈でも、なかなかできることじゃあない……いよいよ、赤星《あかぼし》のヒーロー性が引き立つ画《え》になったわけだ』

「黙れよ、黒革《くろかわ》!! このガラスをどけて、僕に治療をさせろ!!」

『心配するな、治療はこちらでやる……しかし困った、いい画《え》は撮れたが、すぐ終わっちゃったから撮れ高がないんだよな……没にしたあのシーンをやるか。ちょっと待ってくれ……』

黒革《くろかわ》はそう言ったきり、スピーカーの電源を切って黙り込んでしまった。気絶したシシは、先ほどのADイミーくんがガラス越しに登場し、「ぺこり」と一礼してその軽い身体《からだ》を抱きかかえ、舞台袖へ消えてゆく。

それを憎々しげに見送ってから、ミロは気が付いたようにビスコを振り返り、その元へ走り寄った。ビスコの脂汗はすっかり引き、いつもの仏頂面《ぶっちょうづら》に戻っている。

「すごい勇気だったね、ビスコ……!! 僕じゃ、とてもあんなこと……」

「何がだ? 勇気も何もねえ。七発目で咲くのはわかってた」

「咲く……?」

「最初の短剣の先に、俺の血を塗った」

ビスコはそう言って、左手の指先に滲《にじ》む血液を、ちらりとミロに見せた。ビスコの錆喰《さびく》いの血は、極めて絶妙な覚醒具合で、ほんの僅かに太陽の輝きを宿している。

「あの野郎、ルールを読み上げるのに気をとられて、俺の手元を見れてなかった。……あとは、刺す短剣のショックで錆喰《さびく》いを発芽させるだけだ」

「じゃ、じゃあ、ビスコは正解を引き当てたわけじゃなくて……!!」

「キノコの発芽力で人形を弾《はじ》き飛《と》ばした。バレない程度の発芽力でな。その前にシシがくたばるかどうかは、たしかに賭けだったけど。まあ、あいつのことだ、簡単に死にゃしない」

ミロは相棒の憮然《ぶぜん》とした表情を見つめながら、しばらく唖然《あぜん》としていた。

（ち……知略だ、これが、ビスコなりの！）

黒革《くろかわ》の口車に翻弄される、直情型のキノコ守り……ビスコはそのステレオタイプな「ビスコ像」を逆手にとって、黒革《くろかわ》を出し抜く機会を窺《うかが》っていたのである。

胞子を用いる手段は珍しくないものではあったが、あの突発的な局面で、ルールの外側の選択ができる脳の回転の速さは凄《すさ》まじいものである。

「……ジャビならどうするか？　って考えただけだ。十年間、あのタヌキジジイの悪知恵、ずっと横で見てたから」

ビスコが腕を組みながら、ぽつりと言う。

「ジジイならもっと上手《うま》くやるよ。お前に駆け引きは向かねえ、ってよく言われたしな」

「でも、あの黒革《くろかわ》を出し抜いたんだよ!?　もう駆け引きのできないビスコじゃない。ジャビさんだって、きっと誇りに思うよ！」

「……俺を？　ジャビがか？」

「そうだよっ！　当たり前じゃん！」

ビスコはミロの喜色に溢《あふ》れた声を聞いて、不思議そうに顔を上げ……

返事の代わりに、顔をわずかに赤くした。

ミロはその相棒の有様《ありさま》に愛《いと》しさを堪《こら》え切れなくなり、突然その手を取ると、ぶんぶんぶん！と強く上下に振りたくった。ビスコは「わぁッ」と小さく悲鳴をあげてそれを厄介そうに振り払い、「しいい――っっ」と口に指を充《あ》てる。

「バカ！　イカサマがバレるだろ。シシもパウーも、まだあいつの手の内なんだぞ！」

「黒革《くろかわ》だったら、イカサマでも喜ぶと思うけどな」

『赤星《あかぼし》、猫柳《ねこやなぎ》！　待たせて悪かった。次の部屋の用意ができそうだぞ』

黒革《くろかわ》の声に、二人は咳払《せきばら》いし、思わず姿勢を正す。

『そこで待っててくれ、いま案内させる……そうそう、黒革《くろかわ》ちゃん人形は、記念に持って帰ってくれていいからな――』

ずがんっっ!!

突如、黒革《くろかわ》の声を遮って、部屋全体が轟音《ごうおん》とともに大きく揺れた。

『⁉　な、なんだ、なんだ⁉』

『黒革《くろかわ》監督っ!!　た、大変です！』

にわかに騒がしくなるスピーカー越しの声に、ビスコとミロは顔を見合わせる。

『人質が、次の人質が目を覚ましました！　まだ朦朧《もうろう》としていますが、ものすごい怪力でっ』

『目を、覚ましただぁ？』

焦《あせ》りと呆《あき》れをないまぜにしたような黒革《くろかわ》の声が、ADに返す。

『バカ言うな。エンマガメ十頭でも眠らせる超強力睡眠薬だぞ。万が一にも、解毒《げどく》剤なしで目を覚ますはずが……』

ずがん、ずがんっっ!!

「ヌゥゥゥウウウ」

一層激しさを増す轟音《ごうおん》とともに二人の耳が捉えたのは、地獄から閻魔《えんま》が吼《ほ》えるような——すっかり聞き慣れた野太い咆哮《ほうこう》であった。

「ビスコ、あの声！」

「……!!　ミロ、危ねえっっ！」

隣室の様子を窺《うかが》おうとするミロを咄嗟《とっさ》に庇《かば》って、後ろへ跳び退《すさ》るビスコの、その眼前に。

ばがあんっっ!!　と分厚いコンクリの壁をブチ破って、全身から蒸気を噴き上げる青鎧《よろい》の巨体が、まるで仁王のようにそこへ姿を現した。

「これはなにごとか」

「ほ、法務官……!!」

無論のこと、その仁王というのは……

日本の法にその名とどろく、沙汰《さた》晴《は》吐《ば》華《き》蘇《か》守《そのかみ》染吉《そめよし》その人に間違いない。

「何の故あって。何の咎《とが》もて　某《それがし》を　虜囚としよるかァァ」

サタハバキは、その両腕から上半身を繋《つな》ぎ止《と》める極太の拘束具に目をやり、白柱のような歯をぎりぎりと喰《く》いしばる。筋肉の塊のような全身に万力のような力が籠もり、鋼鉄の拘束具に、ばぎばぎばぎ、とみるみるヒビを入れていく。

「冤罪《えんざい》　無礼　千万ンン」

『あ、足枷《あしかせ》を筋肉だけで解いたのか!!　んなバカな人質がいるかよ!?　おい、サスペンス編はもういい、撤収だ！　ちゃんと機材を守れ！』

「この、華蘇守《かそのかみ》に！　無礼千万　無礼千万なりィイイ――――ッツ」

ばぎぃんっ！　と拘束具をぶち割り、振りかぶった拳で床をぶっ叩《たた》くサタハバキ。衝撃で天井から照明器具がばらばらと落ち、脆弱《ぜいじゃく》なセットは紙屑《かみくず》のように破壊されてゆく。

「おわぁっっ!!　おいっ、閻魔《えんま》様、少しは加減しろぉっ!!」

「睡眠薬が抜けきってないんだ！　酩酊《めいてい》状態で、怒りだけで動いてる。僕たちも逃げよう、巻き添えになったら、笑えないよ！」

「かァァア――――ッツ」

サタハバキはその大木のごとき腕を地面に打ち込み、脈動させる。どうやら全身にみなぎる花力《かりょく》をこの黒革《くろかわ》サイコスリラー館全体に流し込んでいるらしく、すぐさまそこらじゅうの壁を突き破って、どんっ！　どんっ!!　と桜の木が咲き出した。

「んおわあ――――っ!?」

全方位から襲い掛かる桜の木に突き飛ばされながらも、桜の木が突き破った壁から転がり出るようにして、二人は命からがらサイコスリラー館を抜け出す。

ビスコが蹴躓《けつまず》いたミロの手を引いて出口から引っ張り出したところで、一際《ひときわ》大きな桜の木が建物中央から、どうんっ!!　と咲き誇り、二人を硝灰山《しょうかいざん》の上へゴロゴロと転がした。

「あ、あっぶな〜〜……!」

『な、なんてイカれきった野郎なんだ……あ〜あ。セットがペシャンコじゃねえか。誰だ、あんなのキャスティングしたのは⁉』

『監督ですが』

脱力して座り込む二人の上空を、這《ほ》う這《ほ》うの体でダカラビアが通過していく。

『まあいいや。あいつのシーンはカットするにしても、撮れ高は悪くなかった……おーい赤星《あかぼし》、ことづては残したからな。詳しくは、あのシシ女王様に聞いてくれぇ――っ』

ダカラビアから響く拡声器越しの声を、二人は半ば呆然《ぼうぜん》と聞き、見送るしかなかった。その髪の毛には、ひらひらと舞い落ちる桜の花びらが、雪のように降り積もっていた。

8

「はいシシ、こっち見て。舌出して、あーん」

「あ、あ――ん」

「舌の根に注射を打つよ……よし、大丈夫！」

ミロの施術を受けて、舌に広がる薬液のなんとも言えぬ苦みに顔をしかめるシシへ、先の第一関門で助けた紅菱《べにびし》の子供達が走り寄ってきた。

「シシ王さま！　ねえパンダさま。シシ王さま、死んじゃわない？」

「平気だよ！　シシ王さまはすごい鍛錬で、普通の紅菱《べにびし》の何倍も強くできてるんだ。そうじゃなきゃあの桜の嵐から、みんなを助けて逃げてこれないよ」

「やめてくれ、ミロ。王として当たり前のことだ」

「でも、王さま、息が焦げくさいよ。焼きすぎの華蘇餅《かそもち》みたいだ」

「ふふ、言ったなこいつめ。これでどうだっ。はァア――っっ」

「んきゃ～っ!!」

子供達を捕まえてその焦げた息を吐きかけ、大勢にもみくちゃにされてはしゃぐシシを見て、ミロも何か肩の荷が下りたように一息つく。

「でも、後遺症もなくて本当によかった。いくらシシが頑丈でも、女の子の身体《からだ》で……」

ミロが「はっ」と口を噤《つぐ》むのを、シシは笑って制した。

「気にしないで。身体《からだ》は女に違いない……でも、民を人質に取られて、まんまとメパオシャの言うままになった自分の愚かさは恨めしい」

「……。」

「父上なら、こんなことには。おれは、やはり……」

「それは違うよ、シシ。それ以上言わないで」

ミロが静かにシシの前へ屈《かが》み、俯《うつむ》きかける顔を自分へ向けさせる。シシはミロの星の瞳にあてられて、わずかに怯《ひる》んだように口を噤《つぐ》む。

「ホウセン王が、最初からホウセン王だったと思う？」

「……ミロ。それは、どういう……」

「しくじって、地を這《は》って……今のシシみたいな思いを沢山して、清いものも、悪いものもぜんぶ呑《の》み込《こ》んで。そうやってホウセン王は、王様になったんだよ。まだ少年のきみが王才で太刀打ちできないのは、当然のことだと思わない？」

ともすれば父のことから目を逸《そ》らしてきたシシも、ミロの瞳に捕まえられて、逃げ場を失ったように静かに頷《うなず》く。

「その上で、あの人は……あの知恵と王才を手に入れる過程で、自分が汚れすぎたことを知っていた。だから……紅菱《べにびし》の浄化のために、きみを最期《さいご》の計略に嵌《は》めたんだ」

「最期《さいご》の、計略……」

「きみに……」

「斬られること」

ミロとシシの声が重なる。

その一言を吐いて、シシは己の身体《からだ》を静かに抱きしめた。

父の首を刎《は》ねた、あの決意の一刀。

その手応えが「許容と愛」であったことは——

シシ以外の誰も、知りえぬところであった。シシはその感触と涙をかつては鮮血で塗り替え、今日までをかろうじて正気で生きてきたのである。

「シシを許してないのは、シシだけ」

「……………。」

「きみが王冠を戴《いただ》いてから、紅菱《べにびし》は自我を獲得しつつある。きみはホウセン王の背中を追い掛けながら、少しづつ前に進んでるんだ。後悔ばかりじゃ、ホウセン王が心配するよ」

シシはそこまで聞いて、少し沈黙し……

やがて大きく息を吸って、少し悔しそうな笑みを、ミロの前に晒《さら》した。

「王に対して、なんて不遜な物言いだ。普段なら斬首だぞ」

「えっ。ほ、本気じゃないよね⁉」

「ははは！　羨ましいな。ミロは強い……無論、兄上はもっとだけれど。誰かの影を追い掛けずにいられる人生、おれも見習わなくては」

「……んや～～？　案外、そうでもないよお」

ミロはにやにやと目を細めて遠くの相棒の方を振り返り、きょとんとするシシを横目に、小さな声で呟《つぶや》いた。

「あれもあれで、ずっと追いかけてるんだよ。自分の師匠《おとうさん》の背中をね」

一方でその相棒のビスコは、

「見よ、赤星《あかぼし》！　この満開の桜吹雪、久々の仕事にしては悪くない。衰えたりとはいえ某《それがし》が花力《かりょく》、いまだ健在と言ったところ」

囚《とら》われていた館を突き破った桜の巨木を見上げる、沙汰晴吐《さたはばき》法務官につかまっていた。

いかにも満足気なサタハバキに向けて、不満顔のビスコが吼《ほ》えかかる。

「満開なのはてめえのドタマだ、クソバカ！　助けに来た俺たちも、なんならシシ達まで、巻き添えにされるとこだったんだぞ！」

「しかしそうはならなかった。某《それがし》の日頃の心掛けか、はたまたお主らの天運か。いづれにしても、あこいつは春からァ」

「秋だ、秋！」

「縁起がええ〜わえ〜〜ッッ」

手持ちの尺を「べべんっ」と振り上げ、降り注ぐ桜吹雪を舞い散らすサタハバキに対して、流石《さすが》のビスコもぐったりと目元をひくつかせた。会話のペースを持っていくことに関してこの法務官の強さは圧倒的で、それは黒革《くろかわ》すら辟易《へきえき》させるものであったに違いない。

「染吉《そめよし》。見事な桜なことは認めるが、今は花見に興じている場合ではない。それよりおまえ、あのメパオシャの秘密について、何か知らないのか？」

助け船を出すシシの後ろに、ビスコがそそくさと隠れる。

「某《それがし》もそれについては思案していたところ。あの女……たしか、的場重工《まとばじゅうこう》のお偉方の口添えがあり、某《それがし》の独裁を監視する目的でゴピス共々副獄長の職に就いたものである。仕事ぶりは有能、ゴピスに隠れてさしたる野望も見せぬゆえ、警戒せなんだが……」

（監視……⁇）

（ふつうに独裁してたよね？　法務官）

「いずれにせよ、シシ王の椿《つばき》の花力《かりょく》を取り込んだメパオシャ軍を相手どって、我ら紅菱《べにびし》の敗北は必定。どうにかしろ、赤星《あかぼし》」

「無茶苦茶な振りをするな‼　今、ミロがそれをなんとかしてるんだ‼」

ビスコの声にミロが頷《うなず》き、座るシシと視線を合わせる。

「うん。今、錆花《しょうか》の支配を解くワクチンを研究してる。それが完成すれば、パウーやみんなの洗脳も解けるはずなんだ」

「ミロならきっと成功するよ。おれや染吉《そめよし》が、何か手伝えないか？」

シシの視線を受けて、ミロは少し間を置いて頷《うなず》くと、

「……じつは、錆花《しょうか》ワクチンの生成のために、紅菱《べにびし》の花力《かりょく》を凝縮した『進花《しんか》』の力が必要なんだ。一輪だけでいいから、シシの花を貰《もら》えないかな？」

と、おそるおそる口にした。

寒椿《かんつばき》に支配されたトラウマを気遣えば、シシにその頼みは酷にも思えたが……シシは二つ返事で力強く頷《うなず》き、ミロの眼《め》を見つめ返す。

「お安い御用だよ、ミロ。進花《しんか》だけといわず、どうかこれを持って行って……」

シシはそう言って静かに念じ、右の手首を太陽の色に輝かせると、そこから伸びる無数のツタを輝く一本の剣へと変えた。

「これは……！　獅子紅剣《ししこうけん》！」

シシは少し眉を寄せて手首からツタを引きちぎり、獅子紅剣《ししこうけん》を自分から切り離す。慌てて駆け寄ってくるミロに笑い掛けながら、シシはその手に輝く進花《しんか》の剣を手渡した。

「二人と、共に行きたいけれど……おれも染吉《そめよし》も、民草を守ることだけで精一杯。兄上たちの力になるには不足です。だからせめて、この剣をミロに」

「ありがとう、シシ！」

「おれを、『剣術』で破ったのは、この生涯で二人だけ」

シシはミロの空色の髪をそっと撫《な》で、敬愛と、ほんの少しの悔しさを滲《にじ》ませながら、続く言葉を投げかけた。

「父上と、ミロだけなんだ。……どうかおれの剣で兄上を守って。少しでも、おれがそこに居られるように……」

ミロがシシの真摯な視線を受け、静かに頷《うなず》く、その一方で、

「ミロだけずるいぞ。俺にもなんかくれ」

「赤星《あかぼし》の言い分、あいわかった。某《それがし》の尺を持ってゆけ」

「……っっ重い!! 持ってけるか、こんな鉄塊!!」

不本意な漫才をさせられるビスコを気遣い、シシがサタハバキを諫《いさ》めた。

「さあ、名残は尽きないが、お引止めするな、染吉《そめよし》。兄上たちが次なる場所へ向かわねば、今度はそこで罪なき人が犠牲になる」

シシのその言葉に、緩みかけていた少年たちの表情が引き締まった。

「メパオシャが言い残していきました。お二人を待つ、次の場所は——」

＊＊＊

「万霊寺《ばんりようじ》、ですか」

「そうだ？」

「岩手《いわて》県北部……万霊寺《ばんりようじ》が総本山を、次のロケ地とするにお間違いない？」

「そう言ってるだるぉ？」

　パウーの問いかけに、黒革《くろかわ》が気のない返事を返す。

　黒革《くろかわ》は先程から撮れたフィルムの山を見返しては、「そこで……バーン！　だ」「いいぞ赤《あか》星《ぼし》」「最高にセクシーだ」などと、うきうきの独り言をしきりに繰り返している。そして時折思いついたように台本を捲《めく》っては、すでに書き込みまみれのそれに赤ペンを追加していく。

「いいか？　これまで赤星《あかぼし》に導かれた女達、全員に会うシーンを撮らないと中盤が締まらないんだ。あの女王サマがちゃんと伝えてくれてれば、赤星《あかぼし》の奴《やつ》、スッ飛んでくるはずさ」

「しかし黒革《くろかわ》監督。万霊寺《ばんりようじ》はこれまでと違い一筋縄ではいきません。忌浜《いみはま》の占領区の外……いわば、信仰を司《つかさど》る人間達の最後の砦《とりで》といえます」

「あーはん？」

「中でも、万霊寺《ばんりようじ》が最高司祭・大茶釜大僧正《おおちゃがまだいそうじょう》の法力はただならぬもの。それだけではない、今や集合した他宗教も、クサビラ宗僧正《しゅうそうじょう》を筆頭とし……」

「あーうるさいうるさい。それをなんとかするのが！　AD（アタックディレクター）のお前の仕事だろうが！　あの紅菱《べにびし》の連中も、アクタガワも倒してきた今のお前だ。多少の法力がなんだ？　オレの錆花《しょうか》の力に吸われてお前の力になるだけだ」

「……御意」

パウーの表情は、深くかぶった鉢金のおかげで窺《うかが》い知ることはできない。一方の黒革《くろかわ》は自分の錆花《しょうか》洗脳に余程の自信があるのか、警戒心の欠片《かけら》も見せない有様《ありさま》である。

「ただし！　今回はちょっと注文がある。クサビラ宗《しゅう》の尼僧《にそう》達は美人ばっかりだって言うじゃないか、ええ？　エキストラにはお誂《あつら》えだ、女には傷をつけるな」

監督の自分勝手な要求に、美人ADは言葉少なに抗議する。

「女を、無傷で……と、仰《おっしゃ》られるか。しかしかの尼僧《にそう》達は、極めて手強《てごわ》く……」

「不殺の棍《こん》なんだろ〜。できるよな？」返事を聞かず、黒革《くろかわ》は鼻歌混じりに続ける。「次はラブロマンスのシーンだ、赤星《あかぼし》にはいい想《おも》いをしてもらいたいからな。今回は隠し撮りで……」

「……ラブ、ロマンス？」

「あっ」

上々の撮れ高に流暢《りゅうちょう》にくっちゃべっていた黒革《くろかわ》は、それまでと露骨に一変したパウーの声色に、思わず喉を詰まらせた。感情を消し去ったような洗脳時の声とは違い、明らかに殺意の色にざらついた、女修羅の声である。

「誰と、誰の、ラブロマンスを、お撮りになられるのです？」

「ああいや!! 違う違う、ヒーローの演出によくある手法さ、引き裂かれた恋人たちを、無頼漢赤星《あかぼし》が助ける……『用心棒』にもあったシーンだ。だろ？」

黒革《くろかわ》は取り繕うようにそう言い、パウーもなんとなくその言葉に納得して元の洗脳状態に戻ったようであった。

「……監督、じき、万霊寺《ばんりょうじ》に到着します」

「お、おう！　そうだったな。……ちょっとトイレ」

黒革《くろかわ》はそそくさとダカラビアの手洗い室に移動し、鏡の前で冷や汗を拭いた。

（……あの女、妙な切っ掛けで変な動きをしやがる。洗脳が解けるわけじゃないんだが、思い込みが強いというか……下手なことを口にしねえほうがいい。台本も渡さない方が……）

「……あれっ。そういや、台本！」

黒革《くろかわ》監督が慌てて監督室に戻ると、そこにパウーの姿はなく、すでに手下のイミー軍団を引き連れて出撃した後のようであった。

そして、黒革《くろかわ》の簡易デスクの上には……

「うあちゃあああぁ……」

『赤星《あかぼし》ビスコ　ハーレムシーン』なる新章を開いた台本が、人外膂力《りょりょく》の怪物に握りしめられたようにクチャクチャになって、そこに転がっていたのだった。

＊＊＊

万霊寺《ばんりょうじ》総本山。

一面の荒野にずうんとそびえる巨大な岩に、蛇がとぐろを巻くような無骨な登り坂が削り抜かれている。壁の至る所に経文が記されており、旅人はこれを詠《よ》みながら登頂することによって、一層の徳を積むことができる仕組みであるらしい。

そしてその坂を越えた先、本尊へ向かうには、万霊寺《ばんりょうじ》名物・百八石段《ひゃくはちせきだん》を登っていかなければならない。この石段は一段一段が五尺の高さを持つと言われていて、この存在により「膂力《りょりょく》なくして解脱《げだつ》ならず」なる常識が僧達に生まれ、現代日本の宗教人がおしなべて強靭《きょうじん》なことの原因であるとも言われる。

そんな聖なる教えのすべてを、ことごとく無視して……

夜の空中を星のようにカッ飛んできたロケットアクタガワが、ちょうど百七段目の石段へ向けて思い切り突っ込んだ。

どばがんっっ!!

砕け散る石の中から弾《はじ》き出《だ》されるようにして、ビスコとミロが前方にゴロゴロと転がる。背後に石段に突き刺さって、ぷしゅううう、と白煙を上げるアクタガワを見て、ミロが「ウワア」と慄《おのの》くように呟《つぶや》いた。

「アクタガワ、大丈夫!?　……よかった、疲れて寝てるだけだ」

「お、お前、なんつー罰当たりなことさせんだっっ」

しばらく呆然《ぼうぜん》と周囲を見渡し、ずうんと威厳を持ってそびえる万霊寺《ばんりようじ》本尊を認めたビスコは、途端に我に返ってミロを揺さぶった。

「自分の足で石段を登らねえどころか、空から落ちてくるなんて冒瀆《ぼうとく》的だぞっ！　万霊寺《ばんりようじ》の神様はキノコ守りとも近しいんだ、もし、機嫌を損ねるようなこと……!!」

「うるさ〜いっっ!!　今、それどころじゃないでしょっっ!!」

吠《ほ》え掛かってくる猛犬を厳しく躾《しつ》けるように、ミロは相棒の鼻っ柱をひっ摑《つか》み、顔に似合わぬ強力でギュッとひねりあげた。「ギャアッ」と真っ赤にされた鼻を抑え涙目になるビスコへ、ミロは口に指を充《あ》てて「し――ッ」とジェスチャーした。

「できるだけアクタガワをかっ飛ばしたけど、黒革《くろかわ》のダカラビアは追い抜けなかった、先回りされたと思ったほうがいい。中で何が襲ってくるか、わからないよ！」

「……よし。二手に分かれて踏み込む」

ビスコは鼻をさすりながらも、表情を引き締める。

「黒革《くろかわ》の視線は完全に俺に向いてる、別方向から来る二人を同時に嵌《は》めることはできないはずだ。片方が無事なら、お互いを助けられる」

「了解！　じゃあ、正面口からは……」

「俺に決まってんだろ。ミロは裏へ回れ！」

「知ってました～。無茶しないでよ！」

ミロは相棒の言葉が終わる前にすでに外套《がいとう》を翻《ひるがえ》し、本尊の裏手へと走っていくところだった。

ビスコはその後ろ姿を横目に見送って、自らは正面から本尊の中へ歩を進め──

ようとして、

（……そういや、本尊へ参るのは初めてだ……やはり、さっきの非礼を詫《わ》びねば）

引き抜きかけた弓を鞘《さや》へ戻し、正門前できちんと一礼すると、やけに豪華な賽銭《さいせん》箱に向けて、硬貨を数枚投げ入れた。

「我ら茸《きのこ》守り、炎弥《えんび》、陽《よう》、血爬《けつぱ》、上三天《じようさんてん》につき御社と信奉同じくするものなり。願わくば同信の誼《よしみ》もて何卒《なにとぞ》此度《たび》の……」

「何を、ぶつぶつ仰《おつしや》っているんですの？」

「非礼赦《ゆる》したま……え？」

目を開けると、本尊の入り口で、見慣れた顔がビスコを見つめている。

「……ああっ、お前っ！」

ふわふわの白い髪、華奢《きやしや》な身体《からだ》。何より開眼器で見開かれた、左の義眼……

その外見はまさしく、かつて島根《しまね》にその人ありと崇《あが》められたクサビラ宗僧正《しゅうそうじょう》のそれであり、ビスコでなくとも見間違えようはずがない。

「アムリィ!!　こんなとこで何してっ」

「何してたか聞きたいのは、こっちの方ですわ」

アムリィはそう言いながらも、興味深そうにビスコの顔を見つめ……なんだか愉快そうに、笑みをうかべながら言葉を続けた。

「神をも恐れぬ無頼のキノコ守りが、そうまで信心深いというのもおかしな話ですわね」

「何もおかしかない。己に神がいなきゃ弓は当たらない」

「お心がけはご立派だけれど、あまり余所《よそ》様の神様を拝まれては困りますわ。われらクサビラ宗《しゅう》は、ビスコお兄様その人を神としているのだから」

ビスコはそこまで聞いて、アムリィから感じるかすかな違和感に、わずかに眉を寄せる。いつもの活発なアムリィにしては、いささか再会のリアクションが淡泊にも思える。

「さあ。靴も脱がずにおもてなしはできませんわ。お上がりになって……」

「お上がりに、って、お前の寺じゃねえだろ⁉」

「さあ、尼僧《にそう》達。我らが主神の御来臨。奥へご案内さしあげなさい」

「話を聞けよ！　大茶釜《おおちゃがま》のジジイはどうし……うわっ⁉」

困惑に叫ぶビスコの両脇から、アムリィの指示で二人の尼僧《にそう》が気配もなく現れる。尼僧《にそう》達は美貌に微笑《ほほえ》みを浮かべながら、ビスコの身体《からだ》を軽々と抱え上げた。

「うわあっっ⁉　なん、な、なんだお前らぁっ⁉」

「大茶釜大僧正《おおちゃがまだいそうじょう》のご心配だなんて、もうあの頃の修羅はどこへやら……」アムリィはくすくすと笑う。「すっかり万人を照らす善神となられましたわね、ビスコ兄さま」

「はなっ、離せコラ！　アムリィ、こいつらに何とか言え！」

「でも、そればかりではストレスですわ。どうか身体《からだ》をお任せになって」

運ばれていくビスコの前を悠々と歩きながら、ひらひらとアムリィが楽し気に踊った。

「すべてはひととき、胡蝶《こちょう》の夢。とびきりの悦楽を、お約束しましてよ」


「こら、赤星《あかぼし》君。あまり暴れては、施術ができないぞ」

「だから何をするつもりなんだよ⁉　やめろ、俺はお前らを助けに……‼」

「怖がることはない。私の按摩《あんま》の術は、一度味わえば抜け出せない特上のものだよ……神格を持つ英雄にこそ、磨き抜かれた私の技を受けてもらいたいのだ」

「お母さま、抜け駆けはずるいですわよ！　わたくしの術だって、一級品ですわっ」

「コドモの遊びとはちょっと違うのだ、アムリィ」

「むき――っ‼」

「うるせ――！　放せ―――っっ」

本尊内の一室、寝所とおぼしき場所に通されたビスコは……

なまじ騒ぎ散らしていたため、室内にもうもうと焚《た》かれる香の煙を思い切り吸い込んでしまった。それが毒の類であればすぐさまビスコも対応できたであろうが、その独特な濃い香りは何か強い薬効があるらしく、ビスコの思考をぼんやりと緩ませていく。

加えて、寝所で肌もあらわに待ち受けていたラスケニーに摑《つか》まると、これが大女特有のすごい膂力《りょりょく》でもってビスコを押さえつけてくる上に、周囲を固める尼僧《にそう》達も相まって一向に脱出の糸口を摑《つか》むことができない。

（お……おかしい！　悪ふざけにしちゃ度が過ぎてる）

「しなやかで厚い、獣のような筋肉……そして、背筋をぞくりと射抜くような瞳。ああ。私はどうかしていた。あんな男に傅《かしず》くのではなく、この子をこそ手籠めに……」

ラスケニーの長い爪がビスコの首を絶妙な加減でなぞりあげれば、ぞぞぞ、とこれまでにない感覚にビスコは襲われ、純然たる恐怖に恐れおののいた。

「んぎゅおわ――――っっ‼」

「あ、あの、お母さま？　ちょ、ちょっと、興奮しすぎじゃ……」

「うるさいっ」

普段から冷静な物腰を崩さないラスケニーが、この時ばかりは餓《う》えた獣のように眼《め》を剝《む》いて、アムリィに吼《ほ》え返す。

「ずるいのだ、お前は！　子供だということを免罪符に、いつも赤星君《あかぼし》や猫柳《ねこやなぎ》君といちゃついて。おまえの母親という立場がなければ、私だって!!」

「きゅ、急に何をドエグいことを仰《おっしゃ》るの、お母さま!!」

「では赤星《あかぼし》君……はじめに、呼気を肺に吹き込むよ……これは必要な処置だからね。決して私欲からくるものではない」

「肺に、呼気を……ええっ!?　や、やめろっ、うわあっ」

「さあ。力を抜いて……」

肩と首を押さえつけられ、さかさまになったラスケニーの妖艶《ようえん》な双眸《そうぼう》が、ビスコの唇を仕留めようと覆いかぶさってくる。ビスコはそれまで見せたことのないような恐怖にひきつった顔で、腹の底から叫んだ。

「わああ――――っ!!　助けてくれっっ、ミロ――――――――!!」

ばずがんっっ!!

寝所の天井を貫いて、何か黒い流星のようなものが地面に着地し、部屋に秋の寒風を呼び込んだ。蒸《む》し風呂《ぶろ》のようだった寝所の空気は外気に触れて冷やされ、得体の知れぬ幻惑の香も風に流れて霧散していく。

「ちぃッ！　邪魔をっ……！」

ラスケニーは突然の襲撃に跳び起き、咄嗟《とっさ》に真言《しんごん》の槍《やり》をその手に顕現させる。

「何奴《なにやつ》！　我らが神への奉公の場に、割って入るとは無作法千万！」

「どこの、誰が、無作法者だと？」

相手を喝破せんと張ったラスケニーの声に、低くドスの利《き》いた声が返した。

「人の亭主を、かように弄んだ女が……」

ざり、と、木屑《きくず》を踏みつぶすブーツの音。

「どこの」

ぶんぶんぶん、と指の間で回り……

「誰を！」

びしりと握られる、十二キロの六角鉄棍《てっこん》。

「無作法者と抜かすか！　私に教えてみろぉおおお――――ッッ‼」

ごうッッ‼　とパウーの一喝とともに覇気が立ち昇り、その場に崩れ散った木屑《きくず》や瓦礫《がれき》を一斉に弾《はじ》き飛《と》ばした。

「うわあッ」「きゃーーッ！」

ビスコの上から転げ落ちるアムリィ親子の間に、がうんッ！　と閃《ひらめ》く鉄棍《てっこん》を叩《たた》き込《こ》めば、風圧で薄い服も千切れんばかりの一撃が、寝所の地面を、ずがあんっ！　と砕き散らした。

「あ、ああっ、パウー‼」

ふらつく頭をようやく覚醒させたビスコは、黒いボンデージスーツの女にその半身を助け起こされ、鉢金越しにその瞳を見つめた。

「助かったぜ!!　……ん？　お前、洗脳されてる筈《はず》じゃ……」

「よかったのか？」

「は、はぁ⁉」

「唇を奪われたのだろう。私より、よかったのかと聞いている」

（なんだコイツは⁉）

ビスコにはパウーの問いかけの意味は皆目理解しかねたが、とんでもない殺気を込めた質問だということだけはわかったので、慎重に言葉の意味を反芻《はんすう》しながら、

（ふるふるふる）

と首をとりあえず横に振った。

「…………。」

「…………。」

「……当然だ。一応聞いただけだ」

洗脳支配に黒く塗られた瞳が、一瞬の喜色にぱっと輝くのを、ビスコは見てとり、どうやらとりあえずそれで正しい選択をしたことになるようであった。

「説教は後だ。今はあの女狐《めぎつね》どもを、」

「そ、そうだ。あいつらも何かしらの洗脳を受けてる！　なんとか、」

「皆殺しにする」

「えっ」

「キャアラアア──ッッ!!」

黒い旋風が部屋に逆巻き、二人を囲むように迫っていた尼僧《にそう》達を、棍《こん》の風圧で纏《まと》めて弾《はじ》き飛《と》ばした。「きゃぁーっ」と口々に叫ぶ尼僧《にそう》達は、寝所の壁のことごとくを突き破り、その向こうに備え付けられていたカメラの群れを露《あら》わにした。

「げえっ。撮《と》ってやがったのか!?」

「心配いらない。後でそのフィルムも破壊する……が、まずは女どもが先だ。特に、あの、ラスケニー……!!　許さない、殺す、挽《ひ》き肉《にく》にしてやるッ」

「や、やめろバカ、殺すな!!」

『そうだ──っっ!!　やめろ団長!!　お前のせいでシーンまるごと滅茶苦茶《めちゃくちゃ》だ。おまえはただのADなんだ、これは越権行為だぞ──っっ!!』

パウーを止めるビスコの声に、上空から響く黒革《くろかわ》の声が重なった。

漆黒の殺意を辺りに振りまいていたパウーは黒革《くろかわ》の声にびくりと硬直し、振り下ろさんとする鉄棍《てっこん》を止める。

『あ～あ、途中までは良かったのに、赤星《あかほし》の表情も最高で……まあいい、編集でなんとかなるだろ。ちょうどテープも切れたし、丁度いい』

「黒革《くろかわ》ッ！　人質に手を出すのはルール違反だぞッ。アムリィ達を元に戻しやがれっ！」

『心配せんでもパンダ先生なら難なく治せるさ。鋳花《しょうか》洗脳じゃ色っぽい演技はできんからな、ちょっとした酩酊《めいてい》薬を投与しただけだ』

黒革《くろかわ》はもうすっかり意気消沈したような様子で、つまらなそうに続ける。

『今回のロケの失敗で、一度スタジオに戻らないといけなくなった。撮影予定は追って知らせるから、ちょっと待っててくれ……おい、ＡＤ！　帰るぞ!!』

どうやら忌浜《いみはま》に帰還するらしいダカラビアへ向け、跳び上がろうとするパウーの腕を、ビスコの手が摑《つか》んだ。

「パウー!!」

「離せ。仕事に戻る」

「お前にばっかり世話かけたな。待ってろ。俺が必ず、お前を助ける」

「…………。」

翡翠《ひすい》の瞳と藍色の瞳はそこで磁力に惹《ひ》かれるようにしばらく見つめあい、やがてパウーの方からそれを引きはがした。パウーは腕を払ってそのまま本尊の屋根へ跳び上がり、ダカラビアから垂れた梯子《はしご》へと飛びついた。

ビスコはその様子をしばらく見送ってから、粉々に粉砕された万霊寺《ばんりょうじ》の寝所を見渡し……

そこで、

「あ、赤星君《あかぼし》、助けてくれ……」

「ほ、骨が全部折れましたわ〜〜！」

崩れた建材の下敷きになったアムリィ親子を救うべく、

「骨が折れんのはこっちだぜ、全くよォ」

すっかり疲れたふうに首をごきりと鳴らし、のしのしと歩みを進めるのだった。

9

「……だめだ、これじゃ純度が足りない！　アムリィ、もっと集中して！」

「ええっ、またですの。せ、せめて休憩させて。これ以上吸われたら、わたくし干上がってしまいますわっ」

「既婚者を誘惑した罰だよ！　僕が調剤に成功するまで、やめないから」

「だってそれは黒革《くろかわ》のせい、わたくしだって被害者で……ひいいっ、そんな強引にっ」

ミロは慄《おのの》くアムリィの頭を、逃げられないように摑《つか》み……

その眼前に小さな真言《しんごん》のキューブをひらめかせると、アムリィのぽかりと空いた眼窩《がんか》から、僧正《そうじょう》の身体《からだ》に眠る銹《さび》の力を吸い出しはじめた。

『ごおおおお』と轟音《ごうおん》を立てて、夥《おびただ》しい量の銹《さび》が紫色の輝きを放ち、ミロの小さなキューブに吸い込まれてゆく。

「よし、いい感じだ、アムリィ……！　もうちょっと!!」

「もう終わってええ――っっ!!」

本来はエメラルド色の性質を持つミロのキューブが、ほとんど漆黒に近い紫色に染め抜かれた時、凝縮された銹《さび》に飽和したキューブが、ぎらりと暗黒のきらめきを放つ。

「！　よしっ！」

「はう」

こてっ、と気絶するように倒れるアムリィを慌てて支え、優しく横たえてやってから、ミロは己の手の上で回る暗黒のキューブを改めて見直し、ごくりと唾を飲んだ。

ミロの眼前に立ち上げてある調剤機《ちょうざいき》には、ものものしく駆動音を立てる三本のシリンダが、天才医師お手製の調剤液をごぽごぽと泡立てている。

そして、そのうち二本の中には、
チャイカからの『霊雹結晶《れいひょう》』、
シシの『獅子紅剣の花《ししこうけん》』、
それぞれがシリンダの薬液の中を揺蕩《たゆた》っていた。

「あとは、これさえあれば……!!」

ミロは残る一本のシリンダに、ゆっくりと手のひらの『純粋錆《さび》のキューブ』を移す……するとにわかに、それぞれのシリンダの薬液が輝き出し、ガタガタと調剤機《ちょうざいき》全体を揺らし始めた。

「！　まずい！」

ミロは咄嗟《とっさ》に調剤機《ちょうざいき》の駆動レバーを一杯まで押し込み、全開で駆動させる。三本のシリンダはそれぞれが目もくらむほどに発光しながら脈動し、やがて……

ぼんっっ!!

「⁉　ミロっっ‼」

突然の爆発音に、それまで泥のように眠っていたビスコが、瞬時に跳び起きた。

眼前には、もうもうと黒煙が立ち昇るばかりで、一様にその中を窺《うかが》い知ることができない。

「ミロ、どうした⁉　やられたのか……くそッ‼」

短刀をずらりと引き抜き、咄嗟《とっさ》に煙の中へ跳び込もうとするビスコの前に、

『ぬうっ』

と黒煙の中からミロが現れ、ビスコをその場に固めてしまった。

「ミ……ミロ？」

「できた」

ミロは一言だけそう言って、「ぶほっ」と口から黒煙を吐き出した。美しい白い肌は先の爆発によって黒く煤塗《すすまみ》れになってしまっており、空色の髪も、熱に焼け焦げてくるくるとパーマがかかったような有様《ありさま》になっている。

「で、できた、って、何がだよ⁉」

「ちょいまち」

ミロは脇に抱えていたアムリィの身体《からだ》を寝床へ置くと、懐《ふところ》の中をごそごそと漁《あさ》り、そこから銀色に輝く不可思議なアンプルを取り出した。

「……な、なんだこれ⁇」

アンプルの中では、銀色の胞子が常に沸騰するように躍っており、ひとときも落ち着いてはいない。素人目《しろうとめ》に見ただけでも、超常的な力を秘めていることがわかる。

「アンプル。見た目には霊雹《れいびょう》の胞子みたいだけど、進花《しんか》と錆《さび》に由来する抗生物質も配合してある。これで、黒革《くろかわ》の錆花《しょうか》を分解できる」

「ワクチンのことか!?　お前、ついに作ったんだな!!」

「黒革《くろかわ》との知恵比べにはもう勝ってた。でも、答えを具現化できる素材がなかった……キノコ、花、錆《さび》、三つの要素を高純度で合成する必要があった」

ミロはぽわぽわと黒煙を口から零《こぼ》しながらそう呟《つぶや》いて、改めてアンプルを見つめる。銀色の光が、煤《すす》けたミロの顔をぴかぴかと照らした。

「とにかく、これで錆花《しょうか》を撃ち抜ければ、いちころだよ！　ビスコの矢に塗れば、パウーを助け出せる！」

「あいつの錆花《しょうか》はうなじに咲いてるんだぞ。どうやって撃ち抜く？」

「それは、えっと……！」

「まあいい。こっからは俺の仕事だ」

ビスコは相棒を見つめて一つ頷《うなず》くと、自分の外套《がいとう》で、煤塗《すすまみ》れのパンダ顔をぐしぐしと拭いてやった。

「んむぎゅっ」

「白黒が反転してる……動くな、拭いてやる」

「ねえ、ビスコさあ」

「もう後手に回る必要はなくなった。こっちから仕掛ける」

「パウーとラスケニーさん、どっちが良かったの？」

「明日早朝に忌浜《いみはま》へ向かう。しっかり寝とけよ」

「答えないってことはやましいことがあるんだな。おまえはわるいやつだあ。弟として、みすごすわけにはいかない」

「何もされてねえって言ってんだ‼　何なんだよ姉弟揃《そろ》って⁉」

少年二人がいつもの下らない喧嘩《けんか》に興じる一方、アクタガワは本尊の屋根の上、まるでそういう神像がもともとそこにあったかのように座っている。

月光に照らされた大蟹《おおがに》はさながらそこの守り神のように、ただのんびりと夜の荒野を眺め下ろしているのだった。

＊＊＊

「ビスコにいちゃ〜〜ん！　がんばって〜〜〜っ‼」

「赤星《あかぼし》い〜〜っ！　あん黒革《くろかわ》の外道なんぞに、負けたら承知せんぞ！　地獄まで追いかけてって、二回目のとどめ刺しちゃるからなぁ〜〜っ」

陽光に虹色に輝く、カルベロ貝砂海《かいさかい》の水面を眼下に見下ろし……

アクタガワは再興したテツジンの街をぐるりと一度旋回し、ナッツやコースケといったカルベロの子供達の声援を浴びてから、再び南へ向けて飛び去っていく。

「あいつら、忌浜《いみはま》から逃げ延びてたのか」

「パウーが、あの子たちだけは命を賭けて逃がしたんだって……でも、元気そうでよかった」

ミロは後ろを向いて手を大きく振りながら、ふと、すっかり大人びたプラムと視線を合わせる。プラムは、びくり！　と身体《からだ》を緊張させてから、顔を真っ赤にしてうつむき、それきり何かミロへ呼び掛けることはなかった。

「しかし、あの頃あんだけ苦労した旅路が、今じゃ空の旅だもんな……」

「案外、悪くないと思い始めたんでしょ？　僕は快適だし、かっこいいと思うなあ、ロケットアクタガワ！」

「それとこれとは別だ、バカ野郎。黒革《くろかわ》を倒したら、この機械は外す！」

かつては三日以上もかかったカルベロ貝砂海《かいさかい》の横断。

これがじつに半日もかからぬスピードで達成できるのだから、『東京』のもたらした古代科学がいかに優秀なものか、ビスコも納得せざるを得ない。

すでに地上は貝砂の浜を抜け、野原の色が見え始めている。

見下ろす秋の浮き藻原《もばら》では、枯葉色に変色した浮き藻の玉が地面に落ち、風にコロコロと転がっては、そこらに新たな種を撒《ま》いていた。

「もう浮き藻原《もばら》へ入った。黒革《くろかわ》に気付かれる距離だぞ」

「了解！」

ミロが意気込んで表情を引き締める、その眼前に……

「……ビスコ。あれは、何⁉」

「んん？」

空の上、アクタガワの進行方向上で、ぼん、ぼんっ！　と連鎖的に小さく炸裂《さくれつ》するものがある。それは空中をふわふわとパラシュートのように落ちながら鈍色に光り、丸みを帯びた肌から時折『じじじ』と磁場のようなものを発している。

「あれって……き、キノコ？」

「……電磁《でんじ》ダケだ‼」

ビスコはその正体を確認してくわりと目を見開き、咄嗟《とっさ》に引き絞った弓で目の前のキノコを打ち抜いた。徐々に磁場を強めていたその電磁《でんじ》ダケは、ビスコの矢に風穴を開けられ、ぶしゅう！　と潰れるようにして落下していく。

「ミロ！　引き返そう、何かおかしい！」

「おかしいって、何が⁉」

「電磁《でんじ》ダケは本格的な蟹《かに》狩りの手法だ、黒革《くろかわ》の手口とは違う！　今度の敵は、クソッ、信じがたいが、たぶん……!!」

しかし、ビスコが言葉を迷う間に、すでに先手は撃たれていた。ばしゅん、ばしゅん、ばしゅんっ！　と、地上から空へ弓矢が放たれるたび、空気中に霧散した電磁《でんじ》ダケの胞子が反応し、ぼんぼんぼんっ！　と連鎖的に咲き誇り、アクタガワの行く手を塞ぐ。

「うわあっ！　アクタガワ、動いて、お願いっ！」

ぼん、ぼん、ぼん！

すでにその空域一帯に、電磁《でんじ》ダケの胞子を巡らせていたのだろう。弓矢による引き金を一斉に引かれ、空中でアクタガワは電磁《でんじ》ダケの檻《おり》に囲まれてしまった。

『じじじじじ』と、テツガザミの甲殻を通して筋肉を麻痺《まひ》させる電磁波は、アクタガワの空中制御を確実に奪い、装着したロケット機構から白煙を上げさせる。

「アクタガワが落ちる！　ミロ、舞茸《まいたけ》で合わせろ！」

「わかったッ！」

数個の電磁《でんじ》ダケを身体《からだ》に引っ掛けながら落ちてゆくアクタガワ、その墜落する地面に向かって、二人は弓を引き絞る。

ばしゅん！　ぼぐんっ！

咲き誇った舞茸《まいたけ》のクッションが、間一髪でアクタガワの巨大な身体《からだ》を受け止めた。

「「うわあぁッッ」」

二人はそのまま前方へ投げ出され、枯れた浮き藻の上へ着地して一命を取り留める。

「いったた……いったい誰が、あんな……」

「ミロ、休むな！　追撃が来る！」

すぱん‼　と放たれた一筋の閃光《せんこう》が、二人の間に突き刺さる。ぼぐんっっ！　と咲く黄《き》ヒラタケが、そこから二人の身体《からだ》を弾《はじ》き飛《と》ばした。

咄嗟《とっさ》に空中で受け身をとりながら、ミロが咲いたキノコに驚愕《きょうがく》する。

「こ、これは、キノコ‼　そんな、じゃあ！」

「ヒラタケは、俺が里のみんなに教えたキノコだ」

ビスコの表情が、これまでにない、万感の悔しさを込めたものに変わる。

「敵は、四国のキノコ守りだ……俺の里の、仲間たちだッッ‼」

『そ――おゆうことだぜ、赤星《あかほし》ィィ――ッッ』

あ――っはっはっは！　という狂笑の後に続けて、黒革《くろかわ》の声が浮き藻原《もばら》全域に響く。

『苦労したぜ、五十人そこらのキノコ守りどもに、まとめて錆花《しょうか》洗脳を施すのはな。しかしこいつらは、舞台装置としては絶対に必要だった……』

「黒革《くろかわ》ぁぁ――っ‼　てめえ、どこだ、姿を見せやがれ――ッッ‼」

『ロケの先々で、スポアコ・紅菱《べにびし》・真言士《しんごん》の三女から見事に素材を手に入れ、錆花《しょうか》ワクチンを作ったであろう天才パンダ医師だがァ』

（!?）

『流石《さすが》に、出来上がったのは三人分が限度ってとこだろ。違うか？』

（……こいつ！　僕がワクチンを作ることを、最初から織り込み済みで……！）

少年二人の考えなど読み切っていると言うように、黒革《くろかわ》は喉の奥で『くくくく』と心底楽しそうに笑っている。

『これは葛藤のシーンだよ。はたして我らがヒーロー・赤星《あかぼし》ビスコは、この局面でいかなる選択をするのか。てめえの嫁一人救うために、大事な仲間五十人、無慈悲にブッ殺すってのか？　殺してもいいってのかァ!!　どうなんだよ、赤星《あかぼし》いいい――――ッッ!!』

「うるせえええええ――――ッッ!!」

「ビスコ！　危ないっっ!!」

物陰から天狗《てんぐ》のように飛び出してきたキノコ守りが、激昂《げきこう》するビスコを狙う。咄嗟《とっさ》に相棒に押し倒されて矢をかわすビスコだが、すぐさま、ぼぐんっっ!!　と咲いた黄《き》ヒラタケに弾《はじ》き飛《と》ばされ、相棒ともども強《したた》かに地面に身体《からだ》を打ち付けた。

間髪入れず、着地した場所へキノコ矢が刺さり、再び二人を跳ね飛ばす。浮き藻の影から次々に襲い掛かってくるキノコ守り達は、直撃すればキノコによって爆散してしまう危険極まりない矢を、少年二人へ向けて間断なく放ち続ける。

どがぁんっっ！　と、ついに弾《はじ》かれたミロの身体《からだ》が廃戦車にぶち当たり、その砲塔ごと破壊して車体にめり込んだ。咄嗟《とっさ》に動けない相棒をビスコが間一髪で助ければ、直後にそこへ、どどどっっ、とキノコ矢が突き立ち、ばがんっっ！　と咲き誇って戦車を爆散させた。

「げほっ、がはっ！」

「ミロ！　しっかりしろ‼」

「逃げよう、ビスコ！」ミロが脱臼した肩を自ら戻して呻《うめ》きながら、吐き出すようにビスコへ訴えた。「ここできみに手を汚させるのが、黒革《くろかわ》のシナリオなんだ‼　これ以上きみを、あいつのオモチャになんかさせない！」

「わかってる！　でも、こいつらは……‼」

この現代日本に、筒蛇《つつへび》や浮雲5号、果ては北海道《ほっかいどう》など、人智《じんち》を超えた驚異的な生物は数多く生息している。

しかし、キノコ守り、こと四国の里の者においては、それら脅威の生物たちを相手取って狩りとってきたものたちなのだ。それを敵に回したとなれば、到底逃げ切れるものではない。そもそもキノコ弓は、逃げるものを狩り殺《と》ることを最も得手とする武器でもある。

「突破口を開かないと。誰か、一人だけでも……‼」

「殺す気か⁉　よせミロ、こいつらは仲間なんだぞ‼」

「きみは絶対に汚れちゃだめだ。だったら、僕の手で‼」

「ミロ、お前⁉　……待て、前だッ！」

二人が転がるように避ける先から、着古した外套《がいとう》をなびかせて四人のキノコ守りが跳び出す。二人が少年たちを狙い、残る二人で逃げる退路を狙う狩人《かりゅうど》の布陣だ。ミロは咄嗟《とっさ》の判断で眼前に右手を掲げ、簡略した真言《しんごん》を発現させた。

「『障壁』っっ！」

展開したエメラルドの障壁に二本の矢が突き立ち、直後、

ぼぐんっっ‼

「うわぁっっ⁉」

炸裂《さくれつ》した黄ヒラタケが障壁を喰《く》い破り、ミロの真言《しんごん》を一瞬で消し飛ばしてしまう。錆《さび》を喰《く》い破るキノコ相手に、真言《しんごん》の盾は本来の実力を発揮できないのだ。

（しまっ……‼）

ばしゅん、ばしゅんっ‼　と、残る二人のキノコ守りから、疾風の矢が放たれる。それはミロの白い喉首を狙って、一直線に襲い掛かり――

どすんっ‼

肉を引き裂く鈍い音とともに、『ぶしゅり』と辺りに血しぶきをふり撒《ま》いた。

「っ……。」

「……？」

「……あ、あ、」

痺《しび》れから回復する半身に、ず、と寄り掛かるもの。赤い髪の放つ太陽の香りと、支える手にぬるりと感じる燃えるような血の温度に、ミロは戦慄する。

「ビスコっっ‼」

「撃、つな。ミロ……」

身を挺《てい》してキノコ矢に貫かれた肺から、ビスコの口にごぽりと血が溢《あふ》れ、びたびたびたっ‼と、相棒の白い胸元に鮮血をこぼした。

「どっちが汚れても、おなじだ、バカ。ふたつでひとつだ。業も、いのちも……」

「うわあああっっ‼　ビスコ、ビスコ――ッッ‼」

ビスコから止《と》めどなく溢《あふ》れる血液に、ミロも慟哭《どうこく》し、ただ力いっぱいに相棒を抱きしめることしかできない。

常人にとっての致命打程度、錆喰《さびく》い脅威の再生力でこれまで塞いできたビスコだが、キノコ守り熟練の弓が相手となるとそれは勝手が違う。

巨大な力を持つ生物ほど、その体内に大きな生命力の出処を抱えており、キノコ守り達はその気のツボを打ち抜くことで大怪物を狩ってきた。つまりはビスコは巨大な力を持つがゆえに、皮肉にもキノコ守りの得意とする『大物狩り』に遭ったのであった。

「がはぁっ……クソ、妙なところを撃たれた……胞子が、出ねえっ……‼」

（すぐに手術しないと。ああ、でも！）

黄《き》ヒラタケの発芽を食い止めるのが精一杯のビスコを必死に支えて、ミロが思考を巡らす。

しかし無情にも、歴戦のキノコ守り達は……

「錆喰《さびく》いの気ィが弱まった」

「菌床を射抜けたわい。次の矢で、ビスコは死ぬ」

「ジイ様がた、気を抜くな。相手は当代一のキノコ守り、手負いとなれば、何を繰り出すかわからんぞ」

影のように二人の周囲を囲み、油断なく間合いを詰めてくる。

絶体絶命、熟練キノコ守りの包囲網を前にして、

「来るなッッ‼」

ミロは星の瞳をくわりと見開き、相棒を抱きながら一喝した。

爛々《らんらん》と輝くそれに、周囲の影が『びくり』と気圧《けお》され、思わずにじり寄る足を止める。

（僕は、医者だ。命を護《まも》ることを使命に、戦ってきた）

「こいつ。新入りだったな。何じゃ、この覇気は？」

「赤星《あかぼし》が相棒と呼んだ男だ。見た目で侮《あなど》るな！　この間合いから殺せ！」

（それでも。ビスコのためなら。ビスコのためなら!!）

悲壮をケモノに変えて、ミロが牙を剝《む》きだして吼《ほ》える。

「たとえ誰の血にまみれようと、かまわない。そこを踏み越えてみろ……！　何百人、何千人かかってきても、皆殺しにしてやるぞッ、おまえら――ッッ!!」

決意の咆哮《ほうこう》に応えて、ミロの周囲の空間に無数のキューブが顕現しだす。それらはすでに超高速で回転し、ミロの命令を待って緊張に張り詰めている。

「よ、せ、ミロ……!!」

「何かやる気だ！　新入りを狙え。殺せ！」

「won《ウォン》 / shandareber《シャンダリバ》 / vakyuler《バキュラ》…」

キノコ守り達が引き絞る弓と、ビスコの危機に尋常ならぬ力を引き出したミロの真言《しんごん》とが今まさにぶつかりあう、その瞬間。

ばすんっ、ぼんっっ!!

「sn…　ん、むぐぅっ!?」

突如、頭上から地面に突き立った一筋の矢がミロの足元で発芽し、一瞬で二人を巨大な綿のようなもので包む。一瞬対応の遅れたキノコ守り達が矢を放とうとするも、ぼんっ、ぼんっっ、と急激に咲くエノキがそれらの弓を破壊して、ビスコたちへ攻撃させない。

「何だ!?　弓がやられた!!」

「構うな、ビスコはその中だ。殺せ、短刀で仕留めろ！」

キノコ守りが巨大な綿の中へ突撃してくる前に、その上を尾を引くように突き破って、少年二人を抱えた一人のキノコ守りが跳び上がった。小さく丸まったその背中からは、考えられない膂力《りょりょく》である。

「他と比べりゃ手練《てだ》れとはいえ、四国の奴《やつ》らもワシに比べりゃひよっこよ。お主らに気ィとられて、弓にエノキの胞子がつくのに気が付かなんだ」

「げほっごほっ⁉　い、一体、なにが……⁉」

「ウヒョホホ」

空中、風の中で、白い髭《ひげ》が揺れる――

その顔を目の当《ま》《あ》たりにして、少年二人の表情が驚愕《きょうがく》に染まった。

「千人皆殺しとはな。甘ァい顔して、えげつねえ物言いじゃのォ」

「ジャビさんっっ‼」

「ジャビ‼」

「アクタガワを逃がしてたんでな、ちいっと遅れたワイ」

「どうしてここが⁉　そもそも今までどこに⁉」

「案内人がおる。ホレ」

ジャビが前方を顎でしゃくると、浮き藻原《もばら》にはめずらしく切り立った崖の横穴の前で、何かピンク色のものが跳び跳ねているのが見える。

「こーっち！　こっち——っ！　ジイさん、はやくっ!!」

「「ち、チロル!?」」

「話はあのちびに聞けい。わしゃ、身内の相手があるでな」

ジャビはそのまま風のように草原を跳ねてチロルの元へ着地すると、洞穴の前で血塗《ちまみ》れの少年たちを降ろし、そのまま元来た方へ戻ろうとする。

「ジャビ！　待て、俺も行くっ！」

「その有様《ありさま》でよう言うワイ。おとなしくパンダ小僧の世話んなりな……小僧、ビスコは菌床を打ち抜かれて錆喰《さびく》いがビビっとるだけで、見た目ほど大事はない。菌床から鏃《やじり》を抜いてやれば、ものの十分とかからず治る」

「わ、わかりました!!」

「ひ、一人で平気なの!?　赤星《あかほし》が治るまで、ここで待てば!?」

「無理くり連れ出しといて、よく言うワイ。ワシはそこのガキんちょと違うでな」

ジャビは帽子をクイと持ち上げて、問いかけるチロルににやりと笑う。

「それに連中、ビスコを当代一だと抜かしやがった。まだ先代になった覚えはねえ……連中にそこんとこ、お灸《きゅう》を据えてやるワイ」

ジャビはそのまま草を蹴って跳び、再び枯れ浮き藻の海の中へと跳び込んでいく。風のようなその後ろ姿が視界から消えるまでに、三秒とかからなかった。

「もっと奥へ入って！　入り口を閉じるから！」

「バカ言うな、ジジイ一人で行かせられるか……！」

「助けたいならさっさと治れ！　いい!?　発破!!」

チロルが押し込むポンプに合わせて、どがんっっ、と洞窟の入り口に小規模の爆発が起き、連続する落石でそこを塞ぐ。

燃虫ランタンの明かりに汗を光らせて、チロルが「ふうっ」と額を腕で拭った。

「あ、ありがとう、チロル！」

「いろいろ聞きたそうな顔だけど、パンダ君はまず赤星《あかぼし》を治して。あたしはあたしで、爺《じい》さんのサポートをしないと！」

なにやらディスプレイを備えた箱型の携帯コンピュータを取り出し、がちゃがちゃといじりだすチロルを横目に、慌ててミロはビスコの治療にかかる。

「ビスコ、治癒力が弱まるから、麻酔なしだよ。痛いけど我慢して！」

「誰にモノ申してんだ、バカ。ジャビが危ない、急いでくれ！」

ミロは全く怯《ひる》みを見せない相棒の視線に力強く頷《うなず》き返すと、広げた医療キットの中から鋭く研いだ銀色のメスを取り出し、戸惑いなく、腹部を貫いた鏃《やじり》の周囲を切り裂いてゆく。

(ビスコのお腹《なか》の中見るの、ひさびさだ……だめだ、筋肉が強すぎて、メスが通らないよ！)

肉を切り裂かれる痛みにもビスコは表情ひとつ変えず、静かに瞑想《めいそう》するように呼吸を整えている。感覚を閉じて生命力の流出を抑える、かつて師匠ジャビも用いた延命法である。当然ながら、およそ常人に可能な技ではない。

ミロはその様子に感嘆しながらも、メスをトカゲ爪の短刀に持ち替え、半ば強引にビスコの腹を切り裂いていく。その内側には『どぐん、どぐん』と暴れるように脈打つ、ビスコの臓腑《ぞうふ》が文字通り腹腔《ふっこう》の中を『照らしていた』。

それぞれの臓腑《ぞうふ》が、腹の暗黒の中で太陽の色に輝く様は、さながら生きた宇宙を眺めるように美しく、それは百戦錬磨の医師・ミロをして

(……きれいだ……)

と、しばしその手を止めさせるほどであった。

「……なに、相棒のモツに見惚《みと》れてんの？　ははあん。パンダくんって、そういう……」

「へ、変なこと言わないで!!　ちょっとびっくりしただけだから!!」

振り向いたチロルに茶々を入れられて、ミロは大仰に咳払《せきばら》いをすると、ふたたびビスコの体内と向き合う。なるほどジャビの言った通り、腹部に刺さった矢は一際錆喰《ひときわさびく》いに輝く臓腑《ぞうふ》を貫いており、どうやらそこで錆喰《さびく》いの胞子の生産を食い止めているらしかった。

(菌床、って、これのこと……!?　なんだこの臓器、いつの間に!?)

丁度肝臓の上っ側あたりにぽつんと出現しているその輝く臓腑《ぞうふ》は、尋常の人間には存在しないものである。

いわゆる、北海道《ほっかいどう》の『霊雹巣《れいびょうそう》』に相当する器官であろうか？　錆喰《さびく》いの血に目覚めたビスコの身体《からだ》に適合すべく生成されたものに違いないが、この短期間で自己の組成を進化させてしまう相棒の身体《からだ》に、ミロも驚嘆せざるを得ない。

とはいえ、いちいち驚いてばかりもいられないので、ミロは手早く貫かれた矢を処理し、引き裂かれたその菌床を縫合してやる。傷口から閃光《せんこう》花火のように霧散するばかりだった錆喰《さびく》いの胞子は、無事にその菌床から血中に流れ込むようになった。

「う、お……」

ぴくりとビスコが反応し、青ざめていた顔に徐々に血色を取り戻す。手術の効果を目に見えて実感したミロは、急いで肺に刺さった矢も丁寧に除去する。驚くことに、肺は縫合を始める前に自らの治癒力で塞がってしまった。

「お、終わった……!!」

「終わったの？　死んだ？　赤星《あかぼし》」

「僕がしくじるわけないよ！　ビスコは無事……でも、まだ休ませないと。今、流しすぎた血を、錆喰《さびく》いが猛スピードで作ってる」

「さっさと起こして……って言いたいとこだけど、案外、大丈夫みたい」

「どういうこと？」

「ま～なんて言うか、そこのバカの師匠だけあるわ。経験の差っつ～か……素人目《しろうとめ》にも、相手を手玉に取ってるのがわかるもん」

ミロは止血を終え、ビスコの血に塗《まみ》れた格好のまま、チロルの操るディスプレイを覗《のぞ》き込《こ》んだ。チロルはどうやらお手製のドローンをそこから操っているらしく、素早い蜘蛛《くも》のように草原を這《は》うドローンの視点が、多少のノイズとともにそこに映っている。

「チロル。これは、ジャビさんを追ってるの？」

「ま～見てなって。ほら、次が来るよ！」

ドローンが見上げる視線の先で、三つの影が中空で跳び上がった。二人は先に少年たちを襲ったキノコ守り、もう一人は……

「ジャビさん！　危ない！」

ミロの声と同時に、二筋の矢がジャビの身体《からだ》目掛け放たれた。あわや矢が老体を貫く直前、ジャビは蛇のように身体《からだ》をしゅるりとしならせてそれを躱《かわ》し、さらにあろうことか二本の矢をそれぞれ素手に摑《つか》んでのけたのである。

「ええっっ⁉」

「わーお」

ミロとチロルが驚く中、ジャビはしならせた身体《からだ》をそのまま旋風のように回転させ、二本の矢を素手でそれぞれに投げ返した。矢はキノコ守りの外套《がいとう》に引っかかり、それぞれを地上へ打ち落として、ぼぐんっっ！　と黄《き》ヒラタケを炸裂《さくれつ》させる。

（手加減してる……殺してないんだ、あれだけやって！）

ビスコの弓術を剛とすれば、柔の弓術がジャビのそれであった。ジャビは草むらを走るチロルドローンを目ざとく見つけると、

「お〜い。もう矢がねえ。矢筒をくれぃ」

「はいよ――っ」

ドローンが投げる矢筒を受け取って、また霞《かすみ》のように草原の中へ隠れてしまった。

「ね？」

チロルはひとつ大きく伸びをすると、ようやくひと段落といったように、金色の眼《め》をミロのそれと合わせた。

「この分じゃ、赤星《あかぼし》が出てく必要はない……ごえっ。パンダくん、血の匂いめっちゃする！　いくらその顔でも、それじゃ女の子ついてこないよ」

「チロルが、ジャビさんを連れてきてくれたの!?　助かったよ、ありがとう！」

「黒革《くろかわ》の眼《め》は、あんたたちに釘付《くぎづ》けだった。実際、抵抗できる人間も限られてたし……その中で、唯一黒革《くろかわ》を横合いから刺せる人間が、ジャビだったの」

チロルは言いながら、「お腹《なか》減ったあ」などと呟《つぶや》き、大荷物を漁《あさ》って緑糖揚《りょくとうあ》げ豆の大袋を取

り出すと、それをぼりぼりと咀嚼《そしゃく》しはじめた。

「な～んであたしがあんたら助けなきゃいけないのか、わかんないけど。ぼちぼちこの仕事も飽きたし？　黒革《くろかわ》倒してもらわないと、転職できないから」

「ビスコと僕に、ジャビさんが力を合わせれば、絶対に負けないよ！　ビスコが治ったら、すぐにジャビさんと一緒に……」

心強い味方の出現にはずむミロの声を、かき消すように。

『んアメ～イジング!!　手練《てだ》れのキノコ守り、不殺の五十人抜きだァ。その老いさらばえた身体《からだ》で、やるもんだな、ジャビ!!』

ねばついた声がディスプレイから響く。跳びついたチロルがカタカタと装置をいじれば、ドローンのカメラが動き、浮き藻原《もばら》で向かい合うジャビとダカラビアを大映しにした。

「ビスコをオモチャにして、いい画《え》が欲しかったんだろうが、それもワシの弓でご破算よ。くだらんゴッコ遊びはおしまいじゃ、黒革《くろかわ》」

『くくくく……それがァ、そうでもないんだぜ、ジャビよォ』

見事に歴戦のキノコ守り達を倒してのけたジャビの声に対し、不敵な余裕の声を返す黒革《くろかわ》。

『そもそも、赤星《あかぼし》へ吹っ掛けたシーンが撒《ま》き餌《え》で……まんまと引っかかったお前こそ、このシーンの主役だとしたら、どうだ？』

「何じゃとォ……？」

『オビ・ワンにまつわるシーンを作るためには……まずはオビ・ワンが、圧倒的な強い師であることを示さねばならん。そしてオレの期待通り！　お前は見事にやってのけた……愛弟子《まなでし》ビスコの炎の弓を、静水の弓で越えてみせたわけだ』

胸を持ち上げて腕を組む黒革《くろかわ》の余裕たっぷりの瞳と、帽子の下から刺すようなジャビのそれが、空中で火花を散らす。

『しかし。撮れ高はもう充分……所詮サブキャラにそこまで時間は割けん』

人を侮《あなど》るようないつもの口調から、黒革《くろかわ》のそれが殺意を込めた低い声に変わる。

『お役御免の役者には、退場してもらおう』

「素直に言ったらどうだ？　ワシが怖えから、ここで殺してえとよ」

『ン～～～最高の啖呵《たんか》だ。あと二十年若けりゃ、アンタが主役だった……』

黒革《くろかわ》は「ニィィイ」とギザッ歯《ば》を覗《のぞ》かせて笑い、ぱちりと指を鳴らす。瞬間、ばさりと黒髪をなびかせて、戦鬼パウーがダカラビアから草原に降り立った。

ぶんぶんぶん、ずばん！と浮き藻原《もばら》の空気を切り裂いて、パウーの鉄棍《てっこん》がジャビの眼前に突き出された。一方のジャビは表情を変えず、じっとその先端を見つめている。

『老い先短いお前が、これからを生きる愛弟子《まなでし》夫婦を引き裂いていいものか？　ジジイなりの身の振り方、ちょっと考えりゃわかるだろ？』

ディスプレイから視線を離して、ミロが叫ぶ。

「黒革《くろかわ》が直接出てきた！　まずい、ジャビさんはワクチンを持ってない！」

「行くんなら、ふさいだ壁をどけないと！　えーと、発破セットは、たしかこの辺に……」

「どけぇっ、チロル!!」

怒号に「ぎゃぁっ」と飛びのいたチロルのお下げをかすめて、真っ赤な閃光《せんこう》が洞穴の入り口目掛けて飛び、その岩盤に突き立った。そして、
ばがんっっっ!!

先のキノコ守りのものとは比較にならない、凄《すさ》まじい発芽力の赤ヒラタケでもって、入り口をふさいでいた岩をまとめて吹き飛ばす。

「ミロ！　急げ！」

「わかったっ!!」

「おまっ、ちょっ、挟まっ……おい——っ!!　外してから行けぇ——っ!!」

落石にお下げを挟まれたチロルを背後に、ビスコとミロは師匠の危機へ向かって、二発の弾丸のように駆け抜けてゆく。

「ビスコ!!　もう身体《からだ》はいいの!?」

「良いも悪いもねぇッ！　師匠と嫁が無理矢理殺し合いさせられてんだぞ。心臓潰れてたって、黙ってられるか!!」

「あそこだッ！　まずい、パウーが!!」

ミロの視線の先では、パウーの繰り出す黒旋風の鉄棍《てっこん》が、二閃《にせん》、三閃《さんせん》と一切の容赦なしに振り抜かれ、ジャビの身体《からだ》を捉えようとしている。

　達人のパウーをして、なおも技量で大きく上回るジャビだが、如何《いかん》せんその老体はパウーの鉄棍《てっこん》相手には軽すぎる。ジャビは先程からパウーの筋肉の動きを読んで棍撃《こんげき》をかわしつづけてはいるが、その際に生じる風圧が、いつものぬるりと動く蛇のような動きを封じ、ジャビの思う動きをさせないのである。

「ウヒョハハ。なんちゅう膂力《りょりょく》じゃ!!　こりゃ、旦那は大変じゃァ」

「ジャビ――ッッ!!　退け、パウーは俺たちに任せろ!!」

『おっ、赤星《あかぼし》も出てきやがったぞ。こりゃ撮影チャンス……ん?　待てよ……』

　黒革《くろかわ》のうきうきした声が思案に沈み、口からメガホンを離す。

「三人……!?　ガキどもだけならともかく、あの女一人で三人食い止められるのか?」

「ビスコ!!　僕らでパウーを抑えれば!!」

「わかってる!!」

「邪魔立て、するかァァ――ッッ!!」

　鉢金の下の瞳を藍色に燃やし、激昂《げきこう》するパウーの鉄棍《てっこん》が亭主を襲う。直上からの一撃、切り返して横薙《な》ぎの一閃《いっせん》を続けざまに受けるビスコの弓が、その尋常ならぬ衝撃に「みしぃッ」と嫌な音を立てた。

「げぇッ。だめだ、弓がへし折れる！」

「替わって、ビスコ！」

ビスコと体を入れ替えるようにして、がぎぃんッ！　と次の一撃を受け止めたのは、ミロが懐《ふところ》から引き抜いた獅子紅剣《ししこうけん》であった。先の手術で浴びたビスコの血を吸って、太陽の色に輝く獅子紅剣《ししこうけん》は、パウーの阿修羅《あしゅら》の一撃を受けてなお、刃こぼれひとつしていない。

「おのれ……姉の言うことが、聞けないのか、ミロ!!」

「そういうの、姉弟間パワハラって言うんだよ！」

パウーの勢いは萎えるどころか増すばかりだが、ビスコとミロが入れ替わりで弱点を補い合うディフェンス術に、なかなか決定打を与えられないでいる。

「ええい畜生。埒《らち》が明かねえ！　おい、誰か救援に……」

「か、監督っ！　上に、ダカラビアの上に登られましたぁっ!!」

「……何ぃぃ!?」

黒革《くろかわ》がジャビから眼《め》を離したのはほんの一瞬の隙であった。ジャビはシメジの発芽に合わせて撃ち込んだワイヤー矢で己の軽い身体《からだ》を半月のように振り回し、回転飛行を続けるダカラビアのヒトデ部分に着地したのである。

「撃て撃てェ」「エンジンを護《まも》れ……ぐわぁっ」

ぼぐん、ぼぐん！　と、キノコが弾《はじ》ける不穏な音を頭上に聞き、黒革《くろかわ》は焦《あせ》りから喉元に汗を伝わせる。やがて、ばぐんっっ！　と火薬の弾《はじ》ける音とともにゴンドラにアラートが鳴り、ダカラビアの船体全体が傾いて、緩やかに降下しはじめた。

「何てことだ、動力炉をやられたな。バカ者ども、ジジイ一人に何をてこずってる！　さっさと上へ行って、直してこいッツ」

「ウヒョハハ……流石《さすが》にぃ？」

「げェッ」

ゴンドラの窓から、逆さまに覗《のぞ》き込《こ》む老爺《ろうや》の不気味な笑顔に、黒革《くろかわ》の表情が引《ひ》き攣《つ》る。

「これは台本になかったかよ、黒革《くろかわ》ァ。ぼちぼち、引退っちゅうことじゃな」

「監督！　危な……」

黒革《くろかわ》をかばって飛び出してくる護衛をジャビの蹴りが三、四人吹っ飛ばすと、「ワアア——ッツ」と悲鳴を上げてスーツのイミーくんが浮き藻原《もばら》へ落下してゆく。ジャビは使い込んだ短弓を引き抜いて、黒革《くろかわ》へ向けてじり、じりと間合いを詰めた。

「いや、いやははは……参った、こりゃ計算外だ。正直、台本通りにいけば、さっきの五十人にアンタは殺《や》られてるはずだったんだ。そこへ、怒った赤星《あかぼし》が——」

「ビスコを、オモチャにしやがったな」

飄々《ひょうひょう》と、常に風に吹かれる草のようであった、ジャビの……

漆黒の短刀《ドス》のような声が、黒革《くろかわ》の脳髄をぞくりと震わせた。それはかつて里にその人ありと言われた、弓修羅・蛇皮明見《へびかわあけみ》のそれである。

「丁度、冥途の道連れじゃァ。三途《さんず》の船で、たっぷり説教しちゃるわい」

「な、なんて……」

黒革《くろかわ》の喉が、ごくりと鳴り……

そして。

次の瞬間、『にゃぁぁぁ』と歪《ゆが》んだ。

「いい表情《かお》なんだ、ジャビ……」

「シィッ!!」

「うらぁっ!!」

黒革《くろかわ》が懐《ふところ》から拳銃を引き抜き、弾丸を放った直後……ジャビはすでに後方宙がえりにその外套《がいとう》をはためかせ、銃弾を躱《かわ》している。

空中をひらめくジャビの視線が黒革《くろかわ》と合った瞬間、どどどどっ!! と四本の矢が、銃を突き出した黒革《くろかわ》の腕から肩にかけて突き刺さった。

「うおぉぉあっ!?」

「咲くまで、念仏唱える時間は残した。先に逝《い》っとけい」

「うおあああぁぁぁ……」

「ああ……」

「あ……は……」

「あ――っはっはっはっはぁ――――っっ!!」

「!!」

　しゅばんっ!!　と何の前触れもなく、空気を切り裂いて何か鋭い閃光《せんこう》がジャビを襲った。身を翻《ひるがえ》して咄嗟《とっさ》に躱《かわ》すジャビの動きを読みきっていたように、しゅばんっっ！　と二閃目《にせんめ》の槍《やり》が音速を越えて突き出され……

　ずばんっっ!!

「ご、ばあっ!!」

「初見の不意打ちを、よく躱《かわ》してくれる……恐れ入るよ、まったく」

　ジャビの喉笛を貫き、ぐぐ、と宙に持ち上げる、その黒いものは……

　細槍《ほそやり》のように長く変形した、黒革《くろかわ》の『指』であった。

「だがアンタにしちゃ早計だった、ジイさん……オレのような小心者が、はたして……あのメスゴリラの護衛一人だけで、赤星《あかぼし》の前に姿を現すだろうか？」

　ぐじゅる、ぐじゅる……今や脈動する黒い金属のようなものが黒革《くろかわ》の肌を覆い、突き立ったジャビの矢を呑《の》み込《こ》んでゆく。

「が、ぱっ。き、さま……」

「黒革《くろかわ》はすでに、赤星《あかぼし》を相手取っても後れを取らない、正体不明の力を手に入れているんじゃないか……？　こう考えるのが、自然だ」

講釈を垂れながら、ずずず、とジャビごと指を引き戻してゆく、黒革《くろかわ》のその半身は……

真っ黒な機械装甲に覆われた、人間サイズの『テツジン』そのものであった。それも、錆《さ》び風に晒《さら》されて風化したものや、不完全に覚醒されたものとは違う、いわば兵器としての『完全体』である。

「ビスコ!!　あれっっ!!」

「ジャビっっ!!」

「む……！」

棍《こん》、弓、剣の打ち合いで火花を散らしていた三人が、黒煙を上げて傾くダカラビアの、そのゴンドラの様子に釘付《くぎづ》けになる。黒革《くろかわ》はその視線に気づいてわざとらしく一礼すると、その機械の半身を少年たちの眼《め》に晒《さら》して見せた。

「悪いなァ。幻滅したろ？　妖艶美女の中身が、まさかテツジンだなんて……」

「ジャビを放せ、黒革《くろかわ》ッ！」

「お前らの矢にブチ抜かれて、オレがミンチ肉になったあの日」黒革《くろかわ》はジャビをぶら下げたまま、うっとりと過去を回想した。「破砕されたテツジンの残留組織を回収した連中がいた。そのヘッドが的場禅寿郎《まとばぜんじゅうろう》……誰もが知ってる、的場《まとば》グループの会長さ」

「的場重工《まとばじゅうこう》が、テツジンを回収したって……⁉」

「連中の狙いは当然、テツジンの量産化だったわけだが、オレと一度結合してしまったあのテツジンにはオレの意識片が残ったままだった」

黒革《くろかわ》の指が上下に揺れ、ジャビの身体《からだ》を揺さぶる。

「オレには監視役に的場《まとば》の技術顧問が付き、培養槽の中で『絶対テツジン』として完成した……ついでにそん時、女のほうが人生楽しそうだと思って女にしてもらったんだが、まあそれはいい、とにかくテツジンの身体《からだ》をまんまと手に入れたオレは……」

「シイッ‼」

黒革《くろかわ》の話を最後まで聞くビスコではなかった。瞬時に引き絞った弓が黒革《くろかわ》へ向けて放たれ、咄嗟《とっさ》に防ごうとするパウーの鉄棍《てっこん》もミロの獅子紅剣《ししこうけん》に阻《はば》まれる。

赤い閃光《せんこう》はそのまま、狙い違わず黒革《くろかわ》の脳天目掛けて飛んでゆく……

が、それを前に。

「おおっとすまん。退屈な昔話を……なら、これでどうだ」

黒革《くろかわ》が逆の手をかざし、黒く広がる波紋のような力場を眼前に展開させた。ビスコの放った赤い矢はその力場の中に『しゅん』と吸い込まれ、間違いなく捉えたはずの黒革《くろかわ》に傷一つ負わせることができない。

「⁉　外した⁉」

　ぼぐんっっ‼

　ビスコの戸惑いから一瞬の後、黒革《くろかわ》に咲くはずだった赤ヒラタケは、全く見当違いの……浮き藻原《もばら》の地表に突き立って盛大にキノコを咲かす。

「次〜元〜編〜集〜《アフターエフェクト》。お前の矢はどっか別の場所へ跳んだ」

　ドラ声を作って、黒革《くろかわ》がからからと笑う。

「古代21世紀のひみつ道具の前には、いかにお前の神威《かむい》の弓とて通用しない……だって絶対当たんないんだから」

「黒革《くろかわ》……‼」

「いいか？　オレは『監督』だ……オレだけが‼　ルールの外側にいてお前を観測している。お前を、オレの最高のヒーローにしてやることこそ……お前への恩返しだ、赤星《あかぼし》……」

「！　ぐお、ぐおおおあ」

「ジャビ！」

「撮影を再開しよう」

『にゃあああ』と粘ついた笑みとともに、ジャビの喉を貫いた黒革《くろかわ》の指先から、じくじくと錆《さび》のツタがジャビの首元を這《は》い、その脊椎から、ぼん！　と錆花《しょうか》を咲かせた。ジャビは炸裂《さくれつ》の衝撃に一度がくんと跳ねて、やがて静かに俯《うつむ》いて動かなくなる。

「誰も望まぬ、師弟対決……赤星《あかぼし》はその弓で、愛する師を貫けるのか？　……なんてシーンだ、己の才能が怖い。ルーカスにはできなかったシーンだ」

「ジャビさん……そんな!!」

「戻れ、ＡＤ！　カメラマンが一人死んだ。お前が回すんだ」

パウーはわずかに困惑したような流し目をくれて、墜落しかけのダカラビアに戻っていく。

一方のダカラビアは、黒革《くろかわ》がテツジンの腕を繊維状にしてエンジン部に走らせることで、どうにか機能を回復したようであった。

「だめだ、逃がしちゃ！　パウーにワクチンを……」

「待て、ミロ！」

ビスコは決然と……いや、どこか憤然と吼《ほ》え、駆け出しかける相棒を守るように、風に揺れる浮き藻原《もばら》を一歩進み出た。

そこへ……。

とす、と影のように降り立つ、小さな影。

白い髭《ひげ》が風に揺れ、被《かぶ》りなおした三角帽から、鷹《たか》のような眼《め》がのぞく。

「とうとう、耄碌《もうろく》したかよ、老いぼれェ」

低く咬《か》み付くような声が、ビスコの嚙《か》み締《し》めた歯の間から洩《も》れる。

「先代最強だか何だか言われて、浮かれた結果がこのザマだぜ。たるんでんだよ、たかだか外《げ》法《ほう》の一つ二つに、いいように操られてんじゃァねェッ」

「……クヒヒ」

わずかに顔を上げたジャビの表情に、後ろに控えたミロがぞくりと戦慄した。

その顔は、これまで自分に見せてきたものとは違う……ビスコの思い出話の中でのみ聞く、鬼殺の弓使い・ジャビのそれである。

「操られて、おるなら……」

全盛期を髣髴《ほうふつ》とさせる声色に、ビスコがかつての記憶から汗をにじませる。

「それはそれで、丁度ええワイ」

「何だと……！」

「ワシは、歴代最強のキノコ守りを育てた。それに間違いはねえ」

しわくちゃの唇がにやりと笑い、欠けた歯をぎらりと覗《のぞ》かせた。

「師匠として悔いはない……はず、なんじゃァ。でもよォ。それだけじゃあ。死んでいくのに、どうもしこりが残る。この心残りが何か、おめえに解《わか》らねえわけがねえ」

「何が、言いてえんだ、ジジイ！」

「戦士だろうが、ビスコ。おめえも、ワシも」

老爺《ろうや》のぎらりと放つ眼光が、ビスコの翡翠《ひすい》の瞳を真っ向から打ち抜いた。

「この六十年、貫くために生きてきた。撃ち破って、破って破って、なにもかも貫ききったと思っちょった、が……。今、おめえがそこに居る」

「…………。」

「戦《や》ってみてえ」

「っ……！」

「ワシの育てた最強の男。それに、どこまでワシの弓が通じるか……戦ってみてえ。老いさらばえたワシの心に、お前がもう一度火を入れたのよ」

「ジャビさんっ!! そんな、そんなことって!!」

「黙れミロ、下がれッ!!」

ぶわっ!! とビスコの全身が沸騰するように胞子を巻き上げ、太陽の色に輝いた。これまでにない本気のビスコの表情に、ミロもただ唖然《あぜん》と固まるしかない。

「ジジイは本気だ。これは弟子の俺の仕事だ……全力で、黙らせる!!」

「黙らせる、か。シシシ……甘ぇなァ」

「シィッ」

瞬時に矢を番《つが》えるビスコの技術は、およそ常人の反応できる域にない。しかしその歳《とし》六十を数えるはずの老爺《ろうや》ジャビの猿神のごとき動きは、さらにその上を行っている。

「これでも、俺が甘いかよッ、ジジイッ!!」

「シシシッ、虫歯にならァッ」

ばぎゅん、ばしゅん!!

まるで早撃ちのように、合図もなしに同時に矢を放つ師弟。膂力《りょりょく》で勝るビスコの矢は、全く対角線から狙うジャビの矢と見事にかち合い、その鏃《やじり》を砕き散らす。

しかし。

「！」

「バァカ。何年同じ手に掛かりよる」

相打ちを見越し、ぼふん!! とそこで発芽した炭撒《すみま》きダケの黒煙が、高く立ち昇ってジャビの姿を隠した。そのビスコの視覚の外側から、煙の間を抜けてジャビの矢が連なって飛び、どどっ！ と飛び去るビスコの足元に危ういところで突き刺さる。

「はッ！ ジジイが昔通り動けるか、試しただけだぜ！」

「ヒョホ。昔通りなら、三手先で詰みじゃァぞい」

「てめえと違って！ 俺は成長期なんだよォ――――ッッ!!」

ビスコは歯を喰《く》いしばって弓を引き絞り、立ち昇る黒煙の根元へ向けて、ばぎゅん！ と太陽の矢を撃ッぱなした。

ぼぐんっ!! とくぐもった爆音とともに、巨大な錆喰《さびく》いが力強くそびえ立ち、暗黒の煙を胞子でからめとり、消し飛ばしてしまう。

「ウヒョハハ」錆喰《さびく》いの発芽で吹き飛びそうな帽子を押さえ、暗煙から姿を現したジャビが不敵に笑った。「派手にやるのォ。ジジイ一人仕留めるのに、そんな威力いらんワイ」

「その歯ァ全部ヘシ折って、無駄口叩《たた》けねえようにしてやる!!」

空中を自在に跳ね跳ぶジャビを仕留めようと、ビスコの弓が次々と錆喰《さびく》いを発芽させ、槍《やり》のように伸び上がってジャビを狙う。

しかし、ひらり、ひらりと、伸び上がったキノコの幹を次々と蹴り飛んで、ジャビはビスコに狙いを絞らせようとはしない。

「くそ……!!　相変わらずだ、捕まえられねえ!」

「……!　ビスコ、だめだ、撃っちゃだめ!!」

「ああ!?」

闘牛を煽《あお》るようにひらひらと跳ぶジャビにばかり目を取られて、ビスコの判断が鈍った。見れば、連続して生やした錆喰《さびく》いの一本一本、大きく開かれた傘が徐々に炭色に染まり、その性質をじわじわと変化させられつつあるのだ。

「何だ、ありゃ……錆喰《さびく》いが!!」

「キノコを上書きしたんだ!!」ミロが驚愕《きょうがく》に目を見開く。「ジャビさんは、ビスコの生やした錆喰《さびく》いに、さっきの炭撒《すみま》きダケの毒を打ちこんで……キノコの組織をまるごと乗っ取ったんだよ。し、信じられない。どれだけ菌術に通じれば、そんな……!」

「俺の……錆喰《さびく》いを、塗り替えただぁ!?」

太陽の輝きを放っていた眼前の錆喰《さびく》いが、次々と黒雲のような暗黒を放つ炭撒《すみま》きダケに変貌していくのを見て、ビスコの喉に汗が伝った。長く師事したが、これまでジャビがこんな芸当をやってのけたのを見たことはない。

「弟子とはいえ同じキノコ守り。全部手の内見せるかい、あほぅ」

「！　そこか！」

ジャビの声に振り返り矢を放つも、そこは既に黒煙の中。

今やその周辺一帯が、錆喰《さびく》いを素体とした炭撒《すみま》きダケの胞子で深く覆われ、一寸先も見えない状態にされていた。

ビスコの生命力を逆手に取ったジャビが、完全に上手となった形である。

「何も見えない……！　ビスコ、ゴーグルを！」

「今見てる！　……でも、やっぱりだめだ……ジャビはゴーグルに映らない」

「映らない!?　どういうこと!?」

「死人《しびと》タケの毒で自分の体温を下げるんだ！　そんな芸当、ジジイにしか……ぐおっっ!?」

しゅばんっっ!!　と闇を切り裂いて飛んだ一本の矢が、とうとうビスコの右腿《みぎもも》を捉えた。抉《えぐ》るように回転して放たれる達人の矢は、膂力《りょりょく》に劣る老体でも、たやすくビスコの鋼の筋肉を切り裂き、肉に食い込む。

「ビスコ!!　だめだ、止まってちゃ!!」

「くそ……じじぃぃ〜っっ……!!」

(なんとか、首筋の鋳花《しょうか》にワクチンの矢を当てないと。でも、この状況、ジャビさん相手にどうやって……!?)

深い暗闇の中を闇雲に駆けていく二人を嘲笑《あざわら》うように、しゅばん、しゅばんっ！　と立て続けに矢が暗闇から飛び出し、ビスコの肩、腕を射抜いていく。「ぐううっ」とその度喉の奥でうめくビスコは、悔しさと怒りで痛みを殺している。

「そ、そんな……!?　どうして向こうからは、ビスコが見えるんだ!?」

「丸見えじゃァ、まぬけ。そんな太陽みてえな気配させとったら、嫌でも狙うワイ」

暗闇の向こうで、冷酷な声が静かに言う。

「そんな単純なことに気がつけねえほど、曇ったか。淀《よど》んだか、ビスコ」

「畜生、居所さえわかれば……ぐああっ!?」

「ビスコ――ッッ!!」

どすんっ！　と左の腿《もも》を抜かれて、とうとうビスコが地上に膝を折る。ミロは相棒を抱きしめるようにして、なんとか暗闇の矢から射線を遮ろうとする。

しばし……

間を置いて。

矢の代わりに、じっとりと圧《お》し殺《ころ》したような声が、ビスコの背筋を射抜いた。

「……………。」

「……拍子、抜けじゃァ。」

「神様の力を手に入れて、お前は弱くなった。」

「……弱く、なった……!?」

ビスコは僅かに瞳を震わせ、首筋に汗を伝わせる。

「俺が、弱くなった……だと……!」

弟子の慟哭《どうこく》を受けて、暗闇はなおも言いつのる。

「お前は弱くなった。何を貫くにも、命を賭けてたあの頃と、違う」

その声はもはや飄々《ひょうひょう》とした老爺《ろうや》でも、鬼のような師匠のそれですらない。ただ一介の戦士が、狂的なまでに強者を欲《ほっ》する、修羅のごときものであった。

「おまえは、世界に祈られすぎて……。」

「自分に祈ることを忘れた。」

「救うことに溺れて、自分が一本の矢であることを、忘れたのよ。」

「つまらねえ。」

「どうすれば思い出す？　目を抉《えぐ》るか。耳を削《そ》ぐか。どうすれば、本当のお前に戻る？」

「…………。」

「……ふむゥ。」

「こうか？」


ぱしゅん!!　と、背後から再び放たれる矢。襲い来る痛みにビスコが全身の筋肉を緊張させた、次の瞬間。

ずばんっっ！

「……？　が、ぼぉっ!?」

「!!　ミロっっ!!」

ジャビの矢はビスコの耳を掠《かす》めて、それを庇《かば》っていたミロの白い喉笛、その頸動脈《けいどうみゃく》をねじり切る短刀のように貫き、ビスコの眼前におびただしい鮮血を振りまいた。

ミロは喀血《かっけつ》しつつも、遠のきかける意識を必死に繋《つな》ぎ止《と》め、首の動脈を押さえて腰のアンプルサックを漁《あさ》る。それを縫い留《とど》めるように、再び、ずばんっっ！　と一筋の矢が白い手の甲を突き破って、手の内のヒソミタケアンプルを砕き散らした。

「あああっっ!!」

「ミロ――ッッ!!」

ビスコの瞳が一気に血走り、その表情が目に見えて焦燥に染まる。

「よせ、ジャビッッ!! てめえ、本当に!! これ以上は本当に、許さねえぞっっ!!」

「そいつの、せいだな?」

ビスコは腰から素早く短刀を引き抜くと、ばしゅん! と飛んでくる矢を横っ飛びに斬り落とす。しかしすぐさま別の方向から二筋の矢が飛来し、ビスコの死角からミロの腰、腿《もも》に突き刺さって、

「いぎぁあああ――――っっ!?」

と、白い喉が裂けんばかりの悲鳴を上げさせる。

「ぜんぶ、そいつのせいじゃァ。そいつがお前を、満たしちまったのよ。これからその小僧をいたぶり殺す。そうすれば、お前の矢は餓《う》えを取り戻す」

「やめろ……やめてくれ、ジャビ! 嫌なんだ……あんたを撃ちたくないッッ!! たった一人の、俺の親父《おやじ》なんだッ!!」

「それじゃァ。弱い。弱い弱い。おめえは神でも悪魔でもない、矢だ! 思い出せ。矢にできることなんざ、一ツっきりじゃろうがァっ」

ずばんっ、ずばんっっ! と、連続するジャビの矢が、器用にビスコを避けてミロだけを撃ち抜いてゆく。血を喉に詰まらせたミロはもはや声を上げることもできず、蜂の巣になって踊るように血をまき散らしている。

「び、すこ……」

「ミロッ!!　しっかりしろ、死ぬな!!」

「一緒に居て……」

もはや自分の死を眼前に見つめ、流血とともに相棒の胸に倒れ込むミロ。

その、血の温度が――

それまで慟哭《どうこく》に震えていたビスコの翡翠《ひすい》の瞳を、
ぎらり!!

と、乾坤《けんこん》の色に輝かせ、キノコのごとく心中に咲いた脅威の意志力で、一瞬にして迷いのすべてを決意に変えさせた。

何よりも、奪われてはならぬもののために……

己の全てをひとつの矢に賭ける、無我の輝きである。

「次は、急所を狙うぞ」

（弓に、大事なのは……）

深い呼吸。

引き絞る弓が、徐々に光を帯び……

ミロとビスコ、二人の血が混ざりあって、矢羽根にじんわりと染《し》みていく。

（二つ。……違う。弓に大事なのは！）

それが。

少年二人の混ざった血が、ビスコの決意に呼応して、ばあっ、と輝き。

矢羽根から一直線に虹をかけるように、七色に点滅する奇跡の胞子で矢を包み込んだ。

かつてビスコが、体内に宿した奇跡の胞子の力……

『ナナイロ』の輝きである。

「こぉオオ――ツッ……」

「!!」

ジャビは暗闇を通して、ビスコの髪が虹色の胞子を振りまいて光り、夜空のオーロラのようにゆらめくのを見た。

(出たッツ!!)

暗闇の中で老爺《ろうや》の修羅が、ぎらりと光る歯を覗《のぞ》かせ、戦意も露《あら》わに呟《つぶや》く。

(ようやく。ようやく、出やがったな、化物!)

ジャビはこれまでの少年たちを弄ぶような弓術から一転、引き絞った弓に残る寿命のすべてを込めるがごとく、老体にあるまじき膂力《りょりょく》を持って弓を引き絞る。

(お前になら、撃てると信じとった、ビスコ。)

(この『志紋弓《しもんきゆう》』は、己より強い奴《やつ》にしか撃てん、渇望《かつぼう》の奥義《おうぎ》。)

（ワシにお前への渇望《かつぼう》ある限り、延々と軌道を捻《ね》じ曲《ま》げてお前を撃ち抜く！）

黒革《くろかわ》によって付加された錆花《しょうか》の力が、矢全体に錆《さび》のツタを這《は》わせ、おぞましく脈動した。

「ワシの寿命の全てを、この一弓に賭ける!!」

暗闇の中で、ビスコは眼《め》を閉じている。

（弓に大事なのは、ひとつだけ）

（信じること）

相棒が静かにその身を寄せる、その体温だけを、ビスコは感じている。

「勝負じゃアッ！　ビスコ——ッッ!!」

ビスコはただ、

（信じること……）

ジャビのことを、心の底から、想《おも》い——

眼《め》を閉じたまま、放った。

ばしゅん‼

ばきゅんッ‼

輝くナナイロの矢は、眼《め》もくらむような閃光《せんこう》を放ちながら――

しかし、ジャビからは遠くあらぬ方向へ向かってゆく。

一方、完璧なフォームから放たれたジャビの乾坤《けんこん》の矢は、その延長線上にしっかりとビスコを捉えていた。

(勝……勝ったッ‼)

圧勝……

の、はずである。

それにもかかわらず、ジャビの全身はプレッシャーによる夥《おびただ》しい発汗に濡《ぬ》れており、まるで今の一瞬で、百の死線を一度に潜ったかのような有様《ありさま》であった。

(ワシの弓は完璧だった。生涯一の弓じゃ！ この『志紋弓《しもんきゅう》』、奴《やつ》が如何《いか》にして逃げようとも、かならずその頭を撃ち抜くように放ってある！)

ジャビの錆花《しょうか》の矢は、一分のブレもなく、暗闇で眼《め》を閉じるビスコの額へ向けて一直線に飛んで行き、

（さらば。ビスコ！）

その手前で、ぴたり!!　と、

『止まった』。

「………ぬうおっ⁉」

ぽとり、と……

浮力を失って落ちる、ジャビの必殺の矢。

「し、志紋弓《しもんきゅう》が。『止まった』⁉」

「俺に『勝てない』、って……」

ぽつりと、ビスコが呟《つぶや》いた。

「思ったんだな、ジャビ。ほんの、一瞬でも……」

「……シャアラァッ!!」

ばぎゅん、ばぎゅん、ばぎゅんっっ!!

ジャビは慟哭《どうこく》の隙を隠して旋風のように体を回転させ、二矢、三矢と放ち、再び暗黒の中からビスコを襲う。しかしその鈍く光る鏃《やじり》はいずれもビスコの身体《からだ》を捉えることかなわず、その寸前でぴたりと空中で静止し、やがて力なく落下することを繰り返した。

「……ば、ばかな。こんな、ことが！」

矢が、相手の前で『止まる』という、理《ことわり》を外れた事象。

何か想像もつかない、大きな力の奔流に呑《の》まれつつあるのを感じて、荒い息とともにジャビが戦慄《わなな》く。

「『志紋弓《しもんきゅう》』は軌道を捻《ね》じ曲《ま》げる弓。外れるはずがない……とすれば！　こやつは何をしたのだ！　ビスコは今、何か、途方もないものを撃って……⁉」

虹の輝きにゆらりと髪を揺らして、ビスコが立ち上がる。

「俺は。信じただけだよ、ジャビ。」

静謐《せいひつ》な表情を伝うのは、涙であった。

「信じただけだ。あんたが、教えてくれたとおりに……」

その、かつての少年の面影を想起させる表情に、見惚《みと》れるうち……

ぎゅんっっ‼　と、炭撒《すみま》きダケの暗黒の胞子を引き裂いて、ナナイロの閃光《せんこう》がジャビ目掛けて突っ込んできた。

「うおおおっっ‼」

先ほどあらぬ方向に放ったはずの、ビスコの矢である。ジャビは達人の体捌《たいさば》きで地面にシメジを放ち、間一髪、炸裂《さくれつ》の衝撃で跳ねとんでナナイロの矢から逃れる。

「志紋弓《しもんきゅう》⁉　……いや、これは！　ぬうッ⁉」

通り過ぎてゆく虹色の矢を目で追って、ジャビが再び驚愕《きょうがく》に目を見開いた。矢は暗黒を払いながら、ぎゅんッ、と獲物を追う猛禽《もうきん》のように折り返し、再びジャビに向けて襲い掛かったのである。

ばしゅん、ばしゅん！　と立て続けにジャビはナマリダケの矢を咲かせて虹の矢の進路を塞ぐも、硬質のナマリダケは、ばがん、ばがんっ、とすべて砕き散らされ、閃光《せんこう》の矢の勢いを少しも衰えさせることはない。

「……違う！　これは、志紋弓《しもんきゅう》じゃあ、ねえ！」

矢の閃光《せんこう》に見惚《みと》れるように瞳を輝かせながら、何かとんでもなく美しいものを見るように、ジャビは逃げながら感嘆の声を上げる。

「ビスコが曲げたのは、矢の軌道なんて生易しいもんじゃあねえんだ。この矢がワシを射抜くことは、もう『決まっとる』！」

無限の追跡力を以《も》って、延々と己を追い続けるビスコの奇跡の一弓をかわしながら、ジャビはすっかり暗闇の晴れた空へ跳んで、

「ウヒョホホ！　こんなすげえことがあるか！　ビスコの奴《やつ》、『理《ことわり》』を変えちまった！　この世のルールを、あいつが信じきった通りに！」

と……

愉快そうに、子供のように笑った。

「信じる意志の力だけで、この世の理《ことわり》までひんまげる！」

ジャビの心底嬉《うれ》しそうな笑みと、縋《すが》るようなビスコの貌が交錯する。

「命名『超信弓《ちょうしんきゅう》』じゃ。ビスコ！　よく撃った、悔しいがおめえの勝ちだ。いや？　この場合……おめえを育てたワシの勝ちじゃァな！　ヒョホホ」

「ジャビっっ!!　いやだ、逝《い》くなっ!!」

あるいはビスコは、この結末をわかって……錆花《しょうか》によって蝕《むしば》まれながら、己が弟子と会話しようとするジャビとの最期《さいご》を、予感していたのかもしれなかった。

「ずるいよ、自分だけっ！　これまで何も返してない、何もさせてくれなかったくせに！　俺だけおいてくなよっ、ジャビ――ッッ!!」

「今、したじゃろがい！　師匠を越える弓を撃つんが、キノコ守りの孝行よ！」

からりと修羅を拭った笑顔が、いちど帽子を直し……

最期《さいご》のことばを、息子に投げかけた。

「のう、ビスコ！」

「ワシらって、世界一の師弟《おやこ》じゃッたよなァーッ！」

ずばんっっ!!

虹の矢が……

月に照らされて影となった、ジャビの外套《がいとう》を貫く。

眼《め》は閉じなかった。

そのシーンを永遠に心に焼き付けんばかりに、翡翠《ひすい》の瞳はぶるぶると震えながら、射抜かれた鳥のように落下するジャビを見続けている。

その、今にも暴れ出さんばかりの慟哭《どうこく》を、心のすべてを賭けて抱きしめるものがある。

ミロであった。

傷は塞がっている。ジャビを射抜いた奥義《おうぎ》『超信弓《ちょうしんきゅう》』によって捻《ね》じ曲《ま》げられた世界は、ビスコの意志によってミロの身体《からだ》をも全快させている。

ミロは言葉のひとつも発さず、相棒の首にしがみつき……ただ、ビスコのやわらかな心から溢《あふ》れる水の受け皿になるように、全身全霊で彼を抱きしめ続けた。

ビスコは、地面に落ちたジャビの外套《がいとう》が風に吹かれるのを、片時も眼《め》を離さずに見守りながら……震える手で、相棒の空色の後ろ髪をくしゃりと握りしめた。

「おい!! 予定と違うぞ。あのジジイ炭撒《すみま》きダケなんて使いやがって、全然見えねえじゃねえか。おい、あの中でどうなってんだ!?」

「猫目《ねこめ》レンズがあります。これをカメラに付けられては」

「あのなァ。体温をアップにしてどうすんだよ、前衛映画か⁉　それにあのジジイは死人ダケを自分に打つとかいうバケモンだ。カメラには映らん……ん⁉」

浮力を取り戻したダカラビアのゴンドラ。黒革《くろかわ》は露出した機械の右半身をもはや隠すことなく、右手親指をカメラに変形させて師弟の戦場を注視している。

ふと、戦場を包んでいた炭撒《すみま》きダケの暗黒の胞子が薄くなりはじめ、そこから天狗《てんぐ》のような身軽さでジャビが飛び出してきた。

「！」

何か身体《からだ》を突き抜ける強烈な力の振動に、パウーが敏感に反応する。

「監督。退きましょう。何か凄《すさ》まじい力の誕生を感じます」

「それが何か知らんが。そうゆうのが欲しくて生ロケやってんだろが。カメラに収めねえで、みすみす退ける訳がねェだろォ？」

「しかし、お命に関わるやも。監督なくして映画は完成しません」

「バカ言え。今まさに役者が命張ってんだ、監督が手本に……おおっ⁉　見ろ‼」

黒革《くろかわ》の視線の先で、何か強烈な虹の閃光《せんこう》のようなものが、ジャビの身体《からだ》を貫いた。閃光《せんこう》が老体を通り抜けるその瞬間を、黒革《くろかわ》のカメラはばっちり押さえている。

「おほ――――っっ⁉　や、やったのか⁉　何だァ今のはっ⁉　赤星《あかぼし》がやったのか？　と、とにかく、とんでもねえ画《え》が撮れたぞっっ」

大興奮の黒革《くろかわ》を後目《しりめ》に、パウーは思わずゴンドラの縁に走り寄り、鉢金の裏で藍色の瞳を震わせる。

（………ジャビ殿……!!）

「……う〜ん何度見直してもわからん。矢……なんだと思うが軌道がありえん、ジャビに向かってひん曲がってる。猫柳《ねこやなぎ》の仕業かな。そういう真言《しんごん》なのか？」

「監督！　あれを！」

ＡＤイミーが指し示す方向を確認し、すぐさま黒革《くろかわ》はカメラを構えた。

そこには。

息絶えた師匠の軽い身体《からだ》を両手で横抱きにし、相棒ミロに支えられて……

ダカラビアを見て立ちすくむ、ビスコの姿があった。

パウーは咄嗟《とっさ》に鉄棍《てつこん》を持って黒革《くろかわ》を守ろうとするが、視線の先にやはりビスコを捉えて、その言葉にしかねる雰囲気に思わず絶句してしまう。

「……なんて……貌《かお》をしやがるんだ……赤星《あかぼし》……」

黒革《くろかわ》から零《こぼ》れる声は、感嘆とも陶酔ともつかない、蕩《とろ》けたものであった。

それだけ、ジャビの死に寄りそうビスコの顔は、純粋で……

怒りも、悲しみも、それらを十二分に腹の内に抱えてなお、澄み切っていた。

赤星《あかぼし》ビスコは、この数分間で大嵐のように襲い掛かったであろう感情を、全て喰《く》って、呑《の》み込《こ》み……無限の意志の力の一部へと変えたのである。

その、あまりにもまっすぐに澄んだ少年の健気《けなげ》さが、パウーの心を強烈に打ち据えた。それはともすれば、ひととき錆花《しょうか》の洗脳すら打ち破るものであった。

「少年は荒野に立つ。……震えてくるぜ、赤星《あかぼし》。オレだけが、お前の真実を撮ってやれる……お前をわかってやれる。さあ。ラストシーンまで、秒読みだぜ……」

黒革《くろかわ》は、まるでビスコのその透明さに当てられたように、はじめて嘲笑のない、真実の言葉を心の底から吐き出した。そして名残を振り切るようにカメラを外すと、少年二人へ向けて、メガホンで声を張り上げる。

『赤星《あかぼし》！　ここまで来りゃ、もうお膳立てはいらないだろ。物語の終わりは……忌浜《いみはま》県、オレ達が始まったところだ』

一陣の風が吹き、少年たちと、黒革《くろかわ》の髪を巻き上げ……

そこで、翡翠《ひすい》の瞳と、漆黒の瞳を、呼び合うように引き合わせた。

「……待ってるよ。愛してるぜ、赤星《あかぼし》……」

メガホンは通さなかった。ダカラビアはその言葉を最後に遠く忌浜《いみはま》県へ飛び去っていき、後にはただ、風に吹かれる少年二人が、星空の下に立ちつくしていた。

10

「なんだこの仕上がりは⁉　おい、このシーンはもっといい画《え》があったはずだろ。なぜそっちを使わん⁉」

「そ、それが、そっちのカメラには、はしゃぐ監督がずっと映りこんでいまして……」

「だったらオレを消せ、バカ！　何のためのCG班だ……やり直し！」

「ひぇぇ〜〜ッッ」

今や、巨大なモンスター編集スタジオと化した、忌浜《いみはま》県庁。

大フロアに敷き詰められた無数のコンピュータの前に、編集イミーくんがずらりと並び、一心不乱にキーボードを叩《たた》いている。新調されてピカピカの編集機材とは裏腹に、イミーくん達の座る椅子は機材の外箱を重ねただけという粗悪さ。被《かぶ》り物《もの》の笑顔の裏から、腰痛《ようつう》に呻《うめ》く悲痛な声がそこらじゅうで上がっている。

「急げ‼　赤星《あかぼし》が攻め込んでくる前に、ここまでの粗編を済ませておくんだよ。じゃないと、ラストシーンをどう撮っていいかわからないだろ」

「しかし、機材がもう限界です。レンダリングの熱で、オーバーヒートしています！」

「なら抱き着いてでも冷やせ‼　稀代《きたい》の傑作を手掛けているという自覚を持てよな、バカ者ども。今後『無理』『限界』『できません』の三語がオレの耳に聞こえたら、全員そのままクビを飛ばすから覚悟しろ」

大スクリーンの前で檄《げき》を飛ばす黒革《くろかわ》自身も、スタジオに籠もった凄《すさ》まじい熱に滝のような汗をかき、恥ずかし気もなく汗だくの胸元を開いて、ぱたぱたとメガホンで仰いでいる。

「…………くしししし……とんでもねえ傑作だ、こいつは……」

それでも上機嫌な黒革《くろかわ》は、スクリーンを前にギザッ歯を覗《のぞ》かせて笑い、三六本目のファンタグレープのボトルを投げ捨てた。

それが地面に落ちて割れる、そのタイミングと同時に――

どがうんっっ‼

建物を揺るがす爆発が起こり、けたたましくアラートの音をスタジオに響かせた。どよめくイミーくん達の一方で、黒革《くろかわ》の口角が「にゃぁ」と上がる。

「来たな。破られたのはどこだ⁉」

「四階西部フロアです！　侵入者は、機材倉庫を破壊しながら移動中！」

「パウー！　オレはフィルムチェックがまだだ。先行しろ！」

「御意」

疾風のように現場へ走り出すパウー。黒革《くろかわ》はそれを横目に見送ったあと、スクリーンに映る現状最後のシーン……師匠の亡骸《なきがら》を抱いてこちらを見る、ビスコの澄んだ目を見つめた。

「演者がこれだけ頑張ったんだ。失敗は許されねえ……監督のオレが、最高のラストシーンを撮ってやらねえと……」

そこでスクリーンはブラックアウトし、『ファイナライズ完了』との文字を映し出す。それと同時に、大掛かりな録画デッキが出来立てのマスターテープを吐き出した。

椅子から身体《からだ》を起こし、テープを取りに行く黒革《くろかわ》に対して、

「監督、座っていてください。私が持ってきます」

「んお？　おお、気が利《き》くな。頼むよ」

やたらと小柄なピンクイミーくんが、黒革《くろかわ》の肩を押さえて椅子に座らせた。ぽかんと口を開ける黒革《くろかわ》の視線の先で、ピンクイミーくんは録画デッキの方にてくてくと歩いてゆく。

「…………？　スタッフにいたかな、あんな奴《やつ》……？」

ピンクイミーは、デッキから吐き出されたテープを抜き出すと、きょろきょろと辺りを見渡して……

だっっ‼　と、スタジオの出口目掛けて駆け出した！

「……は？」

黒革《くろかわ》は咄嗟《とっさ》のことに少しの間唖然《あぜん》として、やがて全身の毛を逆立てて叫ぶ。

「おわ――っ何だあいつは⁉　泥棒！　映画泥棒――っっ‼」

「監督！　侵入者とパウーADがもうすぐ接触します」

「それどころじゃね――っっ‼　マスターテープを取られた！　追えっお前ら、何をボサっとしてやがるんだっ」

黒革《くろかわ》は檄《げき》を飛ばすが、その実スタッフは全員が業務に追い立てられており、ばさっとしている者など一人もいない。ばたん！　とスタジオの出口を締められても過労に頭をやられているスタッフ達は誰も反応できず、痺《しび》れをきらした黒革《くろかわ》が椅子を蹴倒して飛び出す。

「命より大事なテープを……あいつは何モンだァッ」

黒革《くろかわ》は駆け出しながらその両脚を、ばきばきばきっ、とテツジンの両脚に変え、スタジオの重い鉄扉《てつび》を思い切り蹴り開ける。ずがんっっ‼　と破壊的な脚力で蹴りぬかれた鉄扉《てつび》は、そのまま向かいの通路突き当りに激突して白煙を上げた。

「おひゃああっっ⁉」

鉄扉《てつび》の一部に耳が引っかかり、ピンクイミーくんの被《かぶ》り物《もの》が剝げる。その下から現れたピンク色の四本のお下げが、転がるような駆け足に合わせて大きく揺れた。

「てめえか、くらげのチビガキぃ――っっ‼」黒革《くろかわ》が叫ぶ。「ジャビを呼ぶ撒《ま》き餌《え》にと思って生かしておいてやったのに、恩を仇《あだ》で返すか！　てめえは世紀の傑作の、邪魔をしくさってくれてんだぞ――っっ」

「何が傑作だよボケ‼　アリの巣撮ってたほうが、まだ面白いわ‼」

「火砲発射ァッ」

黒革《くろかわ》が突き出した右腕から、どんっ、どんっ!!　と火砲が打ち出され、通路の壁や床に炸裂《さくれつ》する。チロルの身体《からだ》は四方へ打ち付けられて「ぎゃぼっっ！」と激痛に悲鳴を上げるが、その度に野《の》兎《うさぎ》のように受け身を取って、走る足を止めることはない。

「クソッ。赤星《あかぼし》が来てるのに、なんてことだ！　その場に監督がいないなんて……さっさとテープを取り戻さないと!!」

前方のチロルが別の部屋の扉をくぐったのを見て、黒革《くろかわ》は再びその扉を鉄拳でブチ破り、中に入った。

「……ここは、第三倉庫!?　どこへ行った、クラゲ！　出てこい！」

埃《ほこり》っぽい、広い空間である。

暗闇を見回す黒革《くろかわ》の頭上から、ばん、ばん、ばん！　と照明が何発も当たった。

「!?」

「まんまとっ、来やがったな、間抜けめ～っ」

黒革《くろかわ》の視線の先、倉庫に積み上げられた鉄箱の上に。

溢《あふ》れる鼻血をぼとぼと零《こぼ》しながら、金色の瞳を光らせるチロルの姿がある。

「辛酸を飽きるほど舐《な》めたこの一年間。このあたしが！　ぼさっと！　ただてめーの靴舐《な》めてるだけだと思ったかよっ!?」

「ほざくな。三級娼婦《しょうふ》の事情なんざ、オレが知るか！」

「だったら!! 今から思い知れやあ——ッッ!!」

チロルの咆哮《ほうこう》を合図と捉えたのか、倉庫中のそこかしこから『ぶうん』と何かの起動音が響き、暗闇に赤い眼光を光らせる。赤い光は部屋中を囲むように広がり、やがて一斉にそのボディを照明の下に露《あら》わにした。

「な、何ィ……こいつらはっ!」

「機動モクジン、チロル・ワンっっ!」乱暴に鼻血を拭って、チロルが声高に叫ぶ。「毎日ちくちく造ってその数三十体っ、てめえ一人で捌《さば》けるか、黒革《くろかわ》——ッッ!!」

ピンクのボディを照明に光らせる人型機動兵器・チロルワンは、チロルの号令に合わせて一斉に黒革《くろかわ》に襲い掛かった。左腕を変形させて放つモクジン火砲が、黒革《くろかわ》の360度を囲み連続して放たれ続ける。

「うおおおっ⁉」

咄嗟《とつさ》に己をかばう黒革《くろかわ》の身体《からだ》に火砲がはじけるたび、その服が剝げ、肉が削《そ》げて機械の装甲が露《あら》わになる。

弾丸の雨の中で、

「お気に入りの服どころか、自慢の太腿《ふともも》の肉まで剝がしやがって……」

黒革《くろかわ》の顔が悔しさに歪《ゆが》んだ。

「ダニが。図に乗っていられるのも、あと三秒だ」

「埒《らち》が明かない。チロルワン、全機突撃！　袋叩《ふくろだた》きにしろ――ッ!!」

チロルワン達が、火砲を変形させて巨大なバールに変え、一斉に黒革《くろかわ》へ殴りかかる……

それへ。

だん、だん、だんっっ!!

大型拳銃の発射音が響き、六体のチロルワンを一時に打ち抜いた。

「ベニテングマグナム……エンジンを直撃だ」

ぼぐん、ぼぐんっ!!

弾丸に忍ばせたベニテングの毒が、すっ飛んだチロルワンを連続して喰《く》い破り、赤色のキノコを咲かせる。黒革《くろかわ》は両手に顕現させた二丁拳銃をくるくると回し、薬莢《やっきょう》を床にばらばらとばらまく。

「⁉　キノコ毒の、銃⁉」

「もう見せ場はお仕舞いか？　オレのこの……」

「ひるむなっ！　叩《たた》け、スクラップにしちゃえっ!!」

「えっ。ちょっ待っ」

がづん、がづんっっ!!と、残るチロルワンから連続したバールの痛打を喰《く》らい、黒革《くろかわ》の顔が憤怒《ふんぬ》にみるみる赤く染まってゆく。

「人が、見得を切ってるときにぃ――ッ」

がちゃり！　と、マグナムの音。

「邪魔をすんじゃねえ――ッ、三下どもォッ」

どん、どん、ぼぐん、ぼぐんっっ‼

黒革《くろかわ》の膂力《りょりょく》が群がるチロルワンを弾《はじ》き飛ばし、炸裂《さくれつ》するベニテング弾が次々とエンジンを撃ち抜く。炸裂《さくれつ》するキノコとともに、飛《と》び散った部品が倉庫中に散らばる。すっ飛んできたネジの一本に、びぃッ！　と頬の肉を裂かれながら、チロルは歯を喰《く》いしばった。

「く、くそっ……だめなのかっ。あたしの力じゃ、やっぱり！」

「『東京』の技術をここまでモノにできるのは、なるほど面白いが」

煙を上げるベニテングマグナムの銃口を「ふう」と吹いて、黒革《くろかわ》がようやくその表情に余裕を取り戻し、「きししし」とギザっ歯《ば》を覗《のぞ》かせた。

「所詮は汎用兵器のモクジンだ。決戦兵器のテツジン……それも現代科学とのハイブリッドなオレ様とはモノが違う。百体がかりでも無駄だったな」

「まだだ！　あたしには、まだ……」

「引っ込め、大根女優ッ」

ばがんっっ！　とチロルの背後に炸裂《さくれつ》したベニテング弾が、鉄箱の上から小さな身体《からだ》を弾《はじ》き飛《と》ばした。床に墜落してゴロゴロと転がるチロルを、黒革《くろかわ》がヒールの先で受け止める。

「テープは……そこか。あんまり握るな、ケースが割れるだろ」

「ぐぎぎ……」

渡すまいと必死にテープを握るチロルの指が、黒革《くろかわ》の手に握られ……

ごぎぃっ！

と、嫌な音を立てる。

「にぎぃいいいい――っ!!」

「手間取らせやがって。お目こぼしを貰《もら》っておいてコレだ……いくら技術があってもダニはダニ、身体《からだ》を売って日銭を稼いでいるのがお似合いだな」

「うう。ちくしょう。商売道具っ……!!」

ひん曲がった指を押さえながら、チロルは涙の滲《にじ》む目で黒革《くろかわ》を睨《にら》む。

黒革《くろかわ》はその金色の眼光に舌打ちをひとつして、チロルの鼻っ柱に『ごづんっっ！』とヒールの先で蹴りを喰《く》らわせた。

「ぎゃばあっっ！」

黒革《くろかわ》は血を噴いて悶絶《もんぜつ》するチロルのお下げを摑《つか》んで、眼前にぶら下げる。

「……しかし金品ならともかく、テープを盗むってのはどういう狙いだ？　おい。お前、こいつを盗んで何がしたかった？」

「………。」

「まだ拷問のシーンを撮ってなくてな。お前でテストしてもいいんだぜ」

「…………く、くしし……」

「あァ……？」

顔の下半分を血で真っ赤に染めながら、それでも……

「何が、したかった、だって？」

チロルは挑みかかるように、嗤《わら》った。

「もう終わってるよ、あたしの仕事は……。お人形三十体壊したぐらいで、得意げにしやがって。あの世で先に、笑い話にしといたげる」

「ダニが……!!」

片腕を槍《やり》のように変形させ、振りかぶる、
その黒革《くろかわ》の後ろから……

「監督。こちらに居られましたか」

「少し待て」涼やかな声に、黒革《くろかわ》が視線を外さずに返す。「撮影は害虫駆除が終わってからだ。お前らはパウーのサポートを……」

そこまで言って、ふと、

「……？　その声……」

黒革《くろかわ》が振り向く、その一瞬前に。

ずばんッッ!!

舞い上がる青髪とともに振り抜かれた短刀が、チロルを掴《つか》む片腕を千切り飛ばした。その勢いで翻《ひるがえ》った身体《からだ》から、薙刀《なぎなた》のような回し蹴りが黒革《くろかわ》の喉首を蹴り飛ばす。

「ぐえええっっ⁉」

どがあんっっ‼と轟音《ごうおん》を立てて壁に埋まる黒革《くろかわ》の上へ、倉庫に積まれた無数の鉄箱が降りかかってくる。黒革《くろかわ》の身体《からだ》が完全に隠れたのを見届けて、人影はチロルへ走り寄った。

「チロル‼　ああ、血だらけだ……！　チロル、しっかりして！」

「おせえんだよ〜っ　パンダやろ〜〜っっ」

「ごめん……！　でも、パウーとビスコの一対一の状況を作れた。黒革《くろかわ》の眼《め》を引き付けてくれた、チロルのおかげだよ！」

「治療費　ひゃくまんにっか　もらうからな〜〜」

ごぽごぽと血を泡立てながら、「にやり」と笑うチロルの身体《からだ》を、ミロはひしと抱きしめる。

そして短刀を手に、ふたたび黒革《くろかわ》の方へと向き直った。

「いつまで芝居を続ける気？　おまえは演者じゃないだろ」

「……きししし……」

鉄箱の山の奥から、笑い声だけが聞こえる。

「なるほど、オレは釣られたわけだ。だが、赤星《あかぼし》ひとりでパウーの洗脳を解けるかな？　首の後ろから脊椎に食い込む錆花《しょうか》を、殺さずに撃ち抜けるはずがない」

「自分を射抜いたビスコの弓を、随分と侮《あなど》ってくれるね」

ミロの声は凜《りん》と響き、黒革《くろかわ》の言葉にも全く揺れる様子はない。

「ビスコの意志力はいま、矢で運命を捻《ね》じ曲《ま》げる域にある。もはやお前の手の内で、踊らせられる男じゃない!!」

「アゲるねェ、相方をよォ――ッ」

ひゅばんっっ!! と鉄箱の隙間を縫うように、漆黒の槍《やり》が伸びてミロに襲い掛かった。ずばんッッ! と閃《ひらめ》く短刀はそれを横へ打ち払い、先端を斬り飛ばす。

「不意打ちしかできないの? 僕は昔みたいに、甘くないぞ!」

「知ってるさ。でも、これはどうだ?」

砕けた槍《やり》の先端はそのままチロルワンの残骸に突き刺さり、その部分からじわじわと黒い蜘《く》蛛《も》の巣《す》のようなツタに覆われていく。漆黒のツタはそのまま他のチロルワンにも伝染し、瞬《また》く間《ま》に黒色に染め抜いていった。

「!」

「あ、あの野郎、あたしのモクジンをっ!」

「きしししっ……ちょっとばかしプログラムを書き換えれば、モクジン三十体ごときオレの意のままだ。足止めが仇《あだ》になったたな、ダニ女ァ～ッ」

どがんっっ!! とうず高く積もった鉄箱を弾《はじ》き飛《と》ばして、黒革《くろかわ》が再び照明の元に姿を現した。

その半身はすでに絶対テツジンの漆黒装甲で覆われており、肉を剝がれた顔半分から、赤色の眼光を『びかり』と光らせている。

「丁度いい、今度は正面から嬲《なぶ》り殺《ごろ》しにしてやる！　ちっとばかし頭が切れるからって賢しらにしやがって、気に食わなかったんだよお前は」

「学校出てますから」

「オレもじゃやボケ死ねぇ‼　起動《ランチ》・監督《ディレクター》砲《キャノン》ッッ‼」

黒革《くろかわ》は片腕を素早くメガホン型のバズーカに変形させ、空気を揺るがす火砲を撃ち出した。

咄嗟《とっさ》にチロルをかばってかわすミロの背後の壁に、ばごぉんッッ！　と大穴が開いて、県庁の外から風を呼び込む。

「ミ、ミロ！　あんなバケモンに、どうやって勝つの⁉」

「勝てないと思う」

「は、はあっ⁉」

「僕一人じゃね。退《ひ》くよ！」

ミロはチロルを抱えたまま外套《がいとう》をなびかせて、県庁に抜けた穴を飛び出して夜の闇に踊った。弓の反撃を予測してシールドを展開していた黒革《くろかわ》は、「んあ？」と拍子抜けして、すぐさま正気を取り戻す。

「逃げやがった！　お前ら、さっさと追え！」

壁の穴から次々と飛び出す絶対モクジンに続いて、黒革《くろかわ》も自分の脚部ブーストを噴かし、夜の忌浜《いみはま》をミロを追って飛び出してゆくのだった。

＊＊＊

戦士、猫柳《ねこやなぎ》パウー。

黒鉄旋風の名が示す、万物引き千切る鉄風がごとき、その棍《こん》……

その凄烈さに反して、この本質は、
不殺の極意を体現した『活人棍《こん》』──

──に、他ならない。

愛弟を、ひいては善き弱き人民を守るために磨き抜かれた活人の棍術《こんじゅつ》はその実、真の邪悪と認めるものを除き、ただの一人も殺《あや》めたことはない。

(己が内の修羅は、人を活《い》かすことにて、制する……)

達人ならば、誰もが突き当たる自己の修羅性との対話。その果てに、パウーがたどり着いた答えが、これであった。

(……私の、棍《こん》は、不殺の棍術《こんじゅつ》。)

（ゆえに……。）

（ビスコには、決して敵《かな》わぬ。）

カツ、カツ、とブーツをリノリウムの廊下に響かせて、パウーが歩を進める。

（九十九の殺の内に、一の活を込めるのがこの活人棍《こん》。そのほんの一を、隼《はやぶさ》のように射抜き続けて……ビスコは、今日までを生きてきたのだ。）

（……今日この日ほど、この身に染《し》みた、不殺の極意に感謝したことはない。）

（愛する亭主殿の手にかかって、死ねるなら。）

（それ以上の幸福はない……。）

カツ、カツ、と歩くパウーに、すでに錆花《しょうか》の根は脊椎深く喰《く》いこみ、白い肌にもドス黒いツタを這《は》わせている。パウーは洗脳下に残った僅かな理性で安堵《あんど》の息をつくと、決意とともに一室の扉の前に立ち……

「……キャラァッッ!!」

がうん、がうんッッ!!

手にした鉄棍《てっこん》を十文字に振り抜き、重い鉄扉《てっぴ》を引き千切るようにしてブチ開けた。その向こうには、がらんと広く空いた倉庫の中に、十数人のイミーくんが伸びて転がっている。

そして、その先に……

キノコによって大きく開いた壁の残骸、その上に腰掛けて、
吹き込む風に外套《がいとう》を躍らせる、見慣れた少年の貌がある。

「よお」

少年はそう発したものの、パウーを見ることはない。どうやらイミーくんが持っていた袋菓子を開けている途中で、「こちら側のどこからでも切れます」なる切り口がどこからも切れないらしく、顔を真っ赤にしてそれと悪戦苦闘している。

「また開けられないのか。貸せ、開けてやろう」

「バカにすんな……よし！　開いたっ」

ようやく菓子の袋を開けるものの、苦闘の結果、中身はぼろぼろに砕けてしまっていた。ビスコはそれに構わず菓子の残骸を口へ流し込んで、袋をそこらへ放った。

「まはへはな《またせたな》。んじゃ、戦《や》るか」

「ビスコ。お前もわかっているかもしれないが、すでに黒革《くろかわ》の銹花《しょうか》は私の深部まで根を張り、尋常の手段で治癒できる段階にない」

「ふ〜ん？」

「一度始まれば、私も手加減はできない。猫柳《ねこやなぎ》パウー、全力を以《も》ってお前を……」

「嘘《うそ》つけ、バカ野郎」

菓子を呑《の》み込《こ》んだビスコが、唇についたクリームを拭って……とす、と瓦礫《がれき》の上から床へ降り立ち、真っすぐにパウーを睨《にら》んだ。

「死ぬつもりなのが丸見えだ。弟と違って、お前は嘘《うそ》が下手だ」

「…………。」

「『洗脳されてるなら、丁度いい』って、ジャビも言ってた。お前もそうだろ。今なら、本気で夫婦の睦《むつ》み合《あ》いができるんじゃないのか？」

「何を、言っている……⁉」

「結婚はしたけど、まだ俺達には妙な溝があった。洗脳を喰《く》らってる今のうちに、そいつを取っ払おうっていうんだ」

ビスコの瞳が、震えるパウーのそれをしっかりと捉える。

「今から三分間、自分に嘘《うそ》をつくな。殺す気でこい、パウー！」

ばうっ‼　と覇気が風になって起こり、ビスコの赤髪とパウーの黒髪を、ばさばさと躍らせた。妻を睨《にら》みつけるビスコの双眸《そうぼう》は、咬《か》み付くような戦意と、確かな信頼を併せ持ち、翡翠《ひすい》の色に輝いている。

「こ、殺す気でこい、だって……！」

「不殺の活人棍術《こんじゅつ》。大したモンだよ、尊敬してる。でも、おまえは一度もその枷《かせ》を外して、俺に全力でかかってきた例《ためし》がない」

「それはっっ！」

「剝《む》き身《み》のお前を見たことがない。それは、亭主の不徳だ……俺の甲斐性《かいしょう》がなかったってんなら、癪《しゃく》だけど、謝る！」

顔を紅潮させ、わなわなと身体《からだ》を震わせるパウーに向かって、ビスコは肺一杯に息を吸って覚悟を決めると、神仏以外に下げない頭を「ぺこり」と下げた。

「ごめんなさい」

「ば、ばっ……、ばかを言うなぁ——っっ!!」

パウーは耐えかねるようにして、声を震わせて叫んだ。

「戦士として無論、おまえに尊敬の念はある！　しかし、しかしおまえは私の！　愛する伴侶なんだぞっっ！　それに向かって、己の修羅を解き放てというのかっっ!!」

「それを受け止められずに、何が旦那だ！」

年下の少年が思い切り吼《ほ》え返す言葉が、パウーを直撃する。

「『夫婦』ってのは!!　そういうモンだろうがァ——ッッ!!」

びしり!!　と……

自身の心に、何か強烈なヒビが入る音を、パウーは聞く。

ビスコの倫理観、結婚に対する道徳観、それらは荒唐無稽であるものの、パウーの深層心理が求めているものを、確かに射抜いていたのだ。

『嬲《たお》されたい』。

(愛する、男に……!!)

ぎりぎりぎりぎり。

握りしめる鉄棍《てっこん》、嚙《か》み締《し》める奥歯が、空気ごと軋《きし》ませるような音を立てる。

(全ての枷《かせ》。全ての鎖、全ての道徳を取り払って……私の持てる、完全なる自由な棍《こん》を、ぶつけてみたい。)

(そして、その、ことごとくを。)

(完膚なきまでに。打ち破って、欲しい……!!)

パウーは、尋常ならざる興奮と戦意に湧き上がる己の身体《からだ》を抱きしめて、「フーッ！　フーッ！」と、餓《う》えた狼《おおかみ》のような荒い息をつき、首を左右に振った。

(あさましい。あさましい、あさましいっっ!!)

(そんな。昏《くら》く淀《よど》んだ欲望……私の活人棍《こん》の対極にあるものだ。この、錆花《しょうか》の洗脳さえなければ、こんな戦意など！)

「パウー！」

ビスコのよく通る声に、はっと目を合わすパウー。

「そんなに亭主が信じられねえか。」

「そんなに！」

「俺は！」

「弱いかァッ、パウ──ッッ!!」

飛び掛かっていた。

ばしゅん！と地面を蹴る音を、その場に置き去りにする神速。理性が脳に到達するより、パウーの心のほうが速かった。パウーはその表情を、はるか昔に置いてきたはずの冷鬼のそれへと変えており、風圧に躍る長髪は、まるで鎌首を擡《もた》げる八又の黒蛇のようである。

「ビスコーーーーッッ!!」

がうんッッ!!

一切の躊躇《ちゅうちょ》なく、亭主の頭蓋をカチ割らんと振り下ろされる鉄棍《てっこん》を間一髪で躱《かわ》し、ビスコのはためく赤髪から犬歯が覗《のぞ》く。

「はッ！　それでいいんだ。ガードが堅いんだよ、お前はァ」

「我慢、してたのにっっ‼　ずっと、私、私ぃっ‼」

がうんッツ、ずがんッツ‼

「貞淑な。敬虔《けいけん》な妻として、ずっとお前を守ろうと決めていたのに。あさましき裸《こころ》の底を見られた上は、もう、もう！　引き返せないィッ」

さながら怨霊《おんりょう》のようにばさりと降りた前髪から、ぎろり‼　と藍色の瞳が覗《のぞ》く。それは殺意と高揚、そして溢《あふ》れんばかりの悦《よろこ》びに満ち、こじれにこじれた『パウー』という存在そのものが放つ、剝《む》き身《み》の輝きを爛々《らんらん》と放っていた。

（……お、おわあああっ、こいつ、想像以上に拗《こじ》らせてるっ）

「私の全て！　呑《の》み干してもらうぞッ、ビスコ――ッツ‼」

がうんッツ、がぎんっっ‼

横薙《な》ぎに振り抜かれる棍《こん》を、ビスコの弓が、脅威の膂力《りょりょく》でもって受け止める。みしり、と悲鳴を上げる筋肉の痛みを感じながら、ビスコが懐《ふところ》の短刀に手を伸ばす――

その隙に、

「ドォラアッツ‼」

ひゅがんっ‼　と返す二の棍《こん》が、反対側からビスコの横っ腹を捉えた。

パウーは打ち付けた鉄棍《てっこん》を身体《からだ》ごと360度翻《ひるがえ》して、ビスコのディフェンスの反対側から打ち据えたのだ。その人智《じんち》を超えたスピードは、音すらも置き去りにするほどである。

「ごぉあッッ⁉」

ビスコは骨の砕ける感触に目を見開きながら、凄《すさ》まじい勢いで倉庫の壁に激突し、そこで白煙を上げる。

「……フーッ、フーッ……！」

しかし一方のパウーも、追撃に跳び上がろうとする意志に身体《からだ》が付いていかず、危うく鉄棍《てっこん》を付いてその場に持ちこたえる。

「……禁じ手、おろち咬《か》み！」

パウーの棍《こん》は一撃必中の技。インパクトの瞬間に棍《こん》を『留《とど》める』その活人棍《こん》の性質上、瞬時に振り抜く二の太刀は本来、用意されていない。

しかし、枷《かせ》を取り払った今のパウーならば、一の太刀を防がれた場合にも真逆からフルパワーの二撃目を振り抜くことができる。パウーの筋肉にかかる負荷もこれは相当なものであるのだが、とにかくこの『おろち咬《か》み』、防御不可能の必殺撃であることに間違いはない。

しかし……

(今のでビスコが、斃《たお》れたはずはない！　立たねば。はやく……！)

上手を行ったはずのパウーの顔面は汗に塗《まみ》れ、爛々《らんらん》と輝く瞳をビスコの方向へ向けている。

パウーが両脚に力を取り戻すのとほぼ同時、白煙の中から、ばしゅん‼　と一筋の矢が閃光《せんこう》のように襲い掛かってきた。

「！　そこだアッツ!!」

がうんっ!!

鉄棍《てっこん》が振り抜かれ、閃光《せんこう》の矢を捉える。その棍《こん》のコントロールたるや凄《すさ》まじく、向かってきたビスコの鏃《やじり》を、射手に向けてそのまま弾《はじ》き返《かえ》すものであった。

（搦《から》め手《て》は一度喰《く》らっている。読めているぞ、ビスコ！）

この機を逃さぬとばかりに、パウーの両腿《りょうもも》に力が籠もり——ずがんっっ!!　と地面を打ち砕いて、ビスコ目掛けて飛びかかる。

「心中覿面《てきめん》！　私と死ねっ、ビスコ——ッツ!!」

「……お前なら。弾《はじ》き返《かえ》して、来るって……」

「っ!?」

「信じてたぜ、パウーッ!!」

ぼぐんっっ!!

パウーの前方でキノコの大きな炸裂《さくれつ》が起きる。真横に伸びたその白い身体《からだ》はビスコ謹製のエリンギであり、そして……

その真正面、猛烈な発芽の勢いを利用して、赤髪の少年が矢のようにカッ飛んできた！

「な、にいいいっっ!!　私の技量まで、見切って！」

「みんな奥義《おうぎ》持ってやがる……ずるいぞ。俺も今作る！」

必殺の気合を乗せたパウーの体勢は、今からディフェンスに切り替えることはできない。ビスコはコンマ一秒の世界でぎらりと笑い、自らのブーツの爪先にキノコ矢の鏃《やじり》を突き刺した。

「ビスコおおお――っっ!!」

「そこだアッツ!!」

がうんッツ！

一文字に振り抜かれる鉄棍《てっこん》を『踏んづけ』て跳び、返す二撃目を前宙返りで躱《かわ》しながら、ビスコはその前回転の勢いをそのままに、パウーの露《あら》わな背中に蹴りおろす。

そして、

「奥義《おうぎ》!! シメジ落としィイ――ッツ!!」

ずぼぐんっっ!!

ブーツに咲いたシメジの勢いで、とんでもない威力のカカトをパウーの身体《からだ》目掛けて叩《たた》き込《こ》んだ。もともと人外の膂力《りょりょく》から繰り出されるビスコの蹴り技に、菌術の発芽力を上乗せした代物。その破壊力たるや、到底計り知れるものではない。

そして無論のこと、そんなものを伴侶に喰《く》らわせてはいけない。

「……が……はっっ……！」

べぎべぎべぎ!! と自身の肉体に走る絶大なダメージを感じながら、パウーは一瞬で吹き飛びそうになる意識をぎりぎりで堪え……

（……す……）

（……す、）

（素敵……。）

激痛すら陶酔に変える倒錯しきった悦《よろこ》びに震え、コンマ秒の世界でひとときビスコの輝く翡翠《ひすい》の眼《め》を、その蕩《とろ》け切った貌で見上げた。

（……いや、まだだ。まだ!!）

パウーは心の底に残った最後の修羅を絞り出して、落下しつつも首をぐるりと振るうと、その長髪を鞭《むち》のように操って、ビスコのブーツを絡《から》めとった。

「!?　おわああっ！」

どがあんっっ!!

同時に地面に激突する二人を包み込むように、白煙が上がる。

ビスコは白煙の中をゴロゴロと転がりながら、打ち付けた額を流れる流血を拭い……体勢を立て直す中でふと、その血液の異様な発色に気が付いた。

ビスコの血は今や、その中にナナイロの輝きを宿し、まるで射手の祈りを待ち望むかのように、きらきらと光っている。

（……よし）

ビスコは頷《うなず》き、軋《きし》む身体《からだ》を持ち上げて、白煙が晴れるのを待った。

ジャビから授かりし神威《かむい》の弓『超信弓《ちょうしんきゅう》』。これは、ビスコが純度百の『本気』であることをトリガーとしている。

その意志力を血中のナナイロが検知し、目覚めれば、あとは——

（信じるだけだ）

口の中で呟《つぶや》くビスコの眼前で、白煙が晴れれば……

そこには、はじめて会ったときのように凛《りん》と美しく佇《たたず》む、女戦士の姿があった。


「…………。」

「……わたしは、幸せだった。」

「次のが、正真正銘、最期《さいご》の一棍《いっこん》だ。」

「ビスコ。」

「……。」

「……。」

「……愛して、いる……。」

伴侶の言葉に、ビスコは表情を全く崩さず、『ず』と鼻を啜《すす》って……

一言だけ、返した。


「知ってるよォ」


ぎゅんっっ‼

パウーの身体《からだ》が一筋の直線となり、真っすぐにビスコを急襲する。パウーは弓を構えるビスコを、スローモーションのようにその眼前に捉えた。

『恐れるな、パウー‼』

『この男は、勝つ。かならず、わたしの全てを打ち破って、わたしを救い出す！』

『ビスコは、私にっっ‼』

眼光がかち合い、お互いの意志が共鳴する。

『俺は、こいつ《パウー》に‼』

ビスコの引き絞る弓が、虹色の光に覆われていく。ナナイロの胞子が、その場に渦巻く大きな心の奔流に応え、炸裂《さくれつ》する祈りの予感に大きく震えた。

『絶対に、勝つ!!』

ばぎゅうんッッ!!

空気を切り裂くビスコの弓が、びぃッ！　とパウーのスーツを切り裂いた。咄嗟《とっさ》に身を捩《よじ》って躱《かわ》すパウーの動きはほぼ直感であったが、これが的中した。その一矢《いっし》を躱《かわ》せば、すでにビスコはパウーの間合いにある。

パウーは空中でその筋肉に力を漲《みなぎ》らせ、鉄棍《てっこん》を大きく振りかぶった。

「キャアアラァアアアア――ッッ!!」

がうんッッ!!

大上段から強《した》かに振り下ろされた鉄棍《てっこん》。

それは愛する亭主の頭を、躊躇《ちゅうちょ》なく、西瓜《すいか》のようにカチ割る……

はず、であった。

今、その鉄棍《てっこん》は――

ビスコの鼻先を掠《かす》めたのみで、足元の床を抉《えぐ》り抜き、そこに留まっている。

「……はぁッ！　はぁッ！　はぁッ！」

間一髪。

パウーはすんでの所で明確な自我を取り戻し、自ら鉄棍《てっこん》を逸《そ》らしたのである。

ビスコが放った最後の弓、その『超信弓《ちょうしんきゅう》』の矢。

これはパウーに躱《かわ》された後その軌道をぎゅるりと変えて、鉄棍《てっこん》を相手に振り抜く一瞬にして唯一の隙に、うなじに咲いた錆花《しょうか》を撃ち抜いていたのであった。

軌道を曲げたとはいえ、無論道理で言えば、矢は妻の喉首を貫いて絶命させるところを、鏃《やじり》は少し血を零《こぼ》す程度の位置に留まっている。

放った矢を、『曲げる』。『止める』……。

先ほど師から授かったばかりとは思えぬ、超常の業であった。

「……お前、すごいよ、パウー！　俺たちの勝ちだ！」

ビスコがパウーの手を取る。

翡翠《ひすい》の瞳が輝き、純然たる憧憬をもって、きらきらと妻の顔を見つめている。

今や、パウーを苛《さいな》んでいた修羅の気配、洗脳の力はすっかりと抜け落ち、今は、ただの汗だくの長身美女がそこにくずおれているだけである。

「勝ち……おれたち、の……？」

「そうだ。超信弓《ちょうしんきゅう》は本気じゃないと撃てない。お前が俺を本気にさせた」

「本気、に……」

「うーん？」

ビスコは少し間を置いて刺青を掻《か》き、

「この場合、おまえに惚《ほ》れたってことじゃないかな」

そう、臆面もなく言ってのけた。

その言葉を受けて、パウーはその眼《め》をめいっぱいに広げてビスコの顔を見つめ、身動きひとつしなくなる。

ビスコはその味わったことのない奇妙なプレッシャーに耐えかねて脂汗をかき、なんとかその視線を逸《そ》らそうと適当な言葉を紡《つむ》ぐ。

「にしてもお前、あそこまで振りかぶってよく逸《そ》らせたな。もう筋肉ガタガタだったろうに、さすがのメスゴジラでも、結構こたえたんじゃないのか？」

「…………う、う……」

「？　お、おい……」

「うえええ………」

悪童の笑みで問いかけるビスコは、予想外の妻の反応に思わず屈《かが》みこんだ。パウーは艶《つや》やかな黒髪を床に垂れるままにして俯《うつむ》き、枯れ落ちた錆花《しょうか》の上に涙を零《こぼ》している。

「おまえな、いつもの冗談じゃねえか。泣くこと……うわァッ！」

「うええええぇ!!」

パウーの剛腕がビスコの首にまわり、強く抱き寄せた。ただその抱擁には、いつもの骨まで砕くような強引さはなく、ただパウーの嗚咽《おえつ》をビスコの頬に伝えてくる。

「うれし、かった。うれしかった！　わ、わたし、あたしっ、全力で、あなたにっ」

「ぱ、パウー……」

「ごぇんな、さい。ごえんあさい!!　あたし、あなた、の、つま、なのに。こ、こんなわがまま、こんなぁぁ……」

「おい止《よ》せ、泣くな!!　俺だけ好き勝手やってるだけじゃ、夫婦とはいえねえだろ。あとあの、苦し、苦しいから、ぐえぇッ」

「あいしてるぅぅ……!!」

黒鉄旋風の異名もかなぐり捨てるかのように、パウーは鉢金を放り捨ててビスコの胸に顔をうずめ、子供のように泣きじゃくった。一方でビスコはパウーがこの状態になった時の対処法がいまだにわからず、その身体《からだ》を抱きしめようとするも、妻の柔らかな身体《からだ》に怖気《おじけ》づいて空中で手を泳がせるしかない。

そんな亭主に抗議するかのようにパウーの抱擁は一転、どんどん強さを増し、もはや熊を絞め殺す大蛇のごとき様相を呈している。ビスコは温かい涙の温度と身体《からだ》の感触、そして暴力的なまでの抱擁力（物理的な）にただただ耐えるほかない。

「ぎゃあああ！　は、はなせ〜っ、今はあやしてる暇はないんだっっ」

「やだあああ!!　あれやって！　熊殺しハグ（自分より膂力《りょりょく》の強い抱擁を受けることで安心す

ること）やってえええ!!」

「ほ、本当に、もたもたしてっと……ああっ!!」

ビスコが振り向いた壁の穴、外の夜景に、ぶわりと外套《がいとう》がはためく。それからほどなくして、何体もの黒く光る機械兵がそれを追っていく。

「ミロ！」

「……あれは機械兵？　モクジンか！」

パウーも一瞬で泣《な》き止《や》み、亭主の頭に顎を乗せてそれを見送る。そして最後にバーニアを噴かして飛ぶ漆黒のボディを認めて、カッと目を見開いた。

「黒革《くろかわ》!!」

「ミロ一人じゃ分が悪い。助けに入らねえと！」

「おのれ、おのれおのれ、」

「夫の眼《め》の前《まえ》で、屈辱の数々……!!」

「おのれ。」

パウーの泣き顔はみるみるうちに真逆の憤怒《ふんぬ》のそれへ変わり、ぎりぃっ！　とその奥歯を噛《か》み締《し》めた。握りしめる美しい指は、鉄の床を掻《か》いて抉《えぐ》るほどであり、それを見たビスコの顔からわずかに血の気を引かせた。

「あの面、棍《こん》で引き千切ってくれる！　行くぞ、ビスコ！」

「えっ、あ、うん……おいバカ、俺は一人で跳べる——うわァッ‼」

鉄棍《てっこん》を手に跳び出すパウーは、片腕にビスコを抱えて、まるで一筋の直線のように、黒革《くろかわ》めがけ忌浜《いみはま》の屋根を跳ね跳んでゆくのだった。

11

「この、すばしっこい野郎だァッ」

　空からミロを追い、夜の忌浜《いみはま》を見下ろす黒革《くろかわ》。その半面に現れた赤いカメラ・アイが、チロルを抱えて跳ねとぶその姿を捉える。

「もう一発脅《おど》かしてやる。監督砲《ディレクターキャノン》、解放《オープン》ッ」

　黒革《くろかわ》が忌浜《いみはま》の街へ向け、メガホン砲を構えた、その一瞬後……

　ばぎゅんッッ!!

「……!!　起動《ランチ》・次元編集《アフター・エフェクト》!」

　夜空の向こう側から、輝く太陽色の矢が猛スピードで突っ込んできた。黒革《くろかわ》はメガホン砲を咄嗟《とっさ》に五本指の掌《てのひら》に変形しなおして、そこから次元の壁を展開させる。

　ぼぐんっっ!!

　次元の壁に『ヴン』と吸われた直後、錆喰《さびく》いの矢は眼下の忌浜《いみはま》の街へ転移して、その一角から轟音《ごうおん》とともに巨大なキノコを咲かせた。黒革《くろかわ》はそれを横目に見ながら、一言「グゥレイト」と呟《つぶや》きを漏らす。

「……オレとしたことが、主役を見失ってたぜ。助演のパンダに、カメラ向けてる場合じゃァねぇよなァ〜ッツ」

漆黒と赤色のオッドアイが睨《にら》む、視線の先……

一際《ひときわ》高いビルの屋上で、一直線に黒革《くろかわ》を睨《にら》む、翡翠《ひすい》の光がある。その傍《かたわ》らには白い肌の女が風に黒髪をなびかせ、翡翠《ひすい》の光を守護するように鉄棍《てっこん》を構えている。

「お誂《あつら》え向《む》きの場所だ、赤星《あかぼし》。そっから動くなよォ」

黒革《くろかわ》は「きしししし」と満足気に笑い、先ほどの次元の壁を眼前に展開させ……少し退がってからバーニアを噴《ふ》かし、勢いをつけてその中に飛び込んだ。


「また逸《そ》れた。あの黒いモヤみたいなのは何だ？」

「次元編集《アフター・エフェクト》、と奴《やつ》は呼んでいた。飛来物をどこかへ転移させる兵器らしい……原理はわからんが、実体あるものではないから破壊はできない」

「矢が当たらねえってか。黒革《くろかわ》のくせに、生意気な技持ってやがる」

「でも、お前の敵ではないよ」

パウーはビスコの肩にそっと手を置いて、ささやいた。

「すべての脅威を、そのまま喰《く》って育つ……キノコのような男だ、おまえは。私を救ったあの『超信弓《ちょうしんきゅう》』が、必ず四次元の壁を超える」

「簡単に言ってくれるぜ。撃ちたくて撃てるもんじゃねえんだ、あれは！」

「！　来るぞ！」

ビスコを後ろにかばうパウーの前に、『ヴォン』と四次元壁が顕現し……

その暗闇の中から、

『ぱち、ぱち、ぱち』

とわざとらしい拍手とともに、黒革《くろかわ》が姿を現した。

「どんな手品でそこのゴリラを解き放ったかと思えば。なァるほど？」

『ジー、ジー、ジー』と、テープを回すような音。

黒革《くろかわ》はこめかみに手を当てて、なにやら脳内で録画記録を再生しているらしい。

「『超信弓《ちょうしんきゆう》』。誰もがジジイの戯言《たわごと》だと思ってた理論だ。完全に研ぎ澄まされた意志で矢を射れば、大気中に分散する錆《さび》と胞子が射手に呼応して……物事の行く先を捻《ね》じ曲《ま》げる」

「…………。」

「師弟二代で完成した究極奥義《おうぎ》か。……オレは正解だった。お前は台本なんていう紙の中におさまる存在じゃない。『本当』をカメラに収めることでしか、お前を表現できない……」

「呆《あき》れた奴《やつ》だ。まだ、下らん撮影を続ける気でいるのか？」

「当然だ？」

黒革《くろかわ》は不敵に笑いながら、赤色のカメラ・アイをコツコツと叩《たた》く。

「オレの眼《め》がそのままカメラになってる。ここから先のシーンを撮れるのは、この絶対テツジンの身体《からだ》だけだからな。人の身体《からだ》を捨ててまで、改造再生された甲斐《かい》があった……」

「こいつ、どこまでも……！」

「さあ、赤星《あかほし》。ラストバトルといこうぜ……あっちこっちへ引きずり回し、さんざっぱらお前を弄んできた、黒幕の登場だ！　その新しい奥義《おうぎ》で、このオレを射抜いてみろ！」

憤怒《ふんぬ》の表情で鉄棍《てつこん》を黒革《くろかわ》の眼前に突きつけるパウー、その一方で、
ビスコはなんだか脱力したように、

「……どうも、こう……」

構えかけた弓を降ろし……片手で自身の刺青をぽりぽりと掻《か》いた。

「怒る気になれねぇ」

「……あァ⁉」

「ビスコ⁉」

パウーが気色ばんで、背後のビスコへ言う。

「何を言い出すのだ。こいつは映画撮影とかいう下らん動機のために、日本全土を絶望の淵《ふち》に叩《たた》き込《こ》んだ、天罰覿面《てんばつてきめん》の大悪党だぞ‼」

「そりゃ確かに『下らん動機』だよ、俺たちにとっては」

意外な言葉がビスコから飛び出したので、正面の黒革《くろかわ》はきょとんと眼《め》を丸くする。

「あのさ。ずっと戦ってきてわかったけど、本気《マジ》なんだよ、こいつ。男だった時みたいに、打

算や策略で遊んでるわけじゃない。本当に映画が撮りたいんだ」

「…………っ、」

黒革《くろかわ》の顔が、徐々に赤く染まってゆく。

「役者が。監督を。測るな。赤星《あかぼし》ィイ……！」

「他人の神様の教義なんて俺にはわからない。でもこいつは敬虔《けいけん》だ。ならあとは、お互いの信仰を賭けて戦うだけだ」

まっすぐに黒革《くろかわ》を見つめるビスコの瞳は、今は翡翠《ひすい》色に澄み切っている。

「それは崇高なことだ。怒りによって行われるものじゃない」

「それじゃア、画《え》がつながらねェッつってんだアッ」

ばがんっっ!!　と黒革《くろかわ》が踏み鳴らした足が、ビルの屋上を砕き散らす。崩落してゆく屋根を蹴って、ビスコとパウーは隣のビルへ飛び移った。

「俺一人でやる、パウーは後ろで見てろ」

「わかっ……はぁっ⁉　お、お前、何を言って!!」

「礼儀が必要な相手だってわかった。俺が撮りたいなら、撮らせてやりたい」

開いた口が塞がらないパウーから、ビスコはひょいとその鉄棍《てっこん》を拝借して、がうん、がうんッ、と素振りをしてみせる。その前に、顔を真っ赤にしたままの黒革《くろかわ》が、ずがしゃあん！　と屋上のコンクリ屋根にヒビを入れて着地した。

「赤星《あかぼし》っ。どうしてだ。ここまでお膳立てをして、何故《なぜ》オレを憎まない⁉　お前はここで怒り狂って、善の力でオレを倒さないといけないんだ。悪を滅して人を救ってこそ、ヒーローのあるべき姿じゃァないのかッッ！」

「あのなあ！」

憤怒《ふんぬ》に煙を噴く、絶対テツジンに対し……

ビスコはむっとしたような。純粋な、少年の表情で、吼《ほ》え返す。

「ヒーローも悪役も、この世にはいねえんだよ、バカ！」

「ううっっ⁉」

ビスコの純潔で真っすぐな眼光が、光線のように黒革《くろかわ》を射抜き――

「ここにはただ、俺と！　おまえが居るだけだ！　勝手な配役に人を嵌《は》めといて、『本物』だなんだとほざくんじゃァね――ッッ‼」

まるで顔面をぶん殴ったかのように、その身体《からだ》を大きく仰《の》け反《ぞ》らせた。ビスコの咆哮《ほうこう》に黒革《くろかわ》は返す言葉を持たず、ただ真っ赤な顔でわなわなと震えるしかない。

「この旅の中で、俺たちは……『俺たち』と『あいつら』はただ、信念の二つをぶつけあって、生きたり死んだりしてきただけだ。祈りに善も悪もあるもんか。俺はヒーローじゃないし、あいつらも、お前も悪役じゃない！　本気で『本物』が撮りてえなら、お前も全力で戦え。はじめから悪役として死のうとするなら、俺も適当にやるぞ！」

「ぐううう────っ!!」

「な、なんだってぇっ!?」

ビスコの発した言葉に、黒革《くろかわ》は喉を詰め、パウーは驚愕《きょうがく》の叫びを上げる。

「じゃなきゃ弓は使ってやらんからな。素人《しろうと》使いの鉄棍《てっこん》で戦う」

「赤星《あかぼし》。お、おまえはっ」

黒革《くろかわ》が喉に詰めながら、必死に言葉を紡《つむ》ぐ。

「それでも。それでも、ヒーローであるべきなんだっ。高潔で、純粋で、暴力的に自由な、究極の存在なんだ!!　オレの使命はただ、お前の……！」

「ウダウダ抜かしてんじゃァねーッ、三流監督!!」

がうんッッ！　と振り抜いたビスコの鉄棍《てっこん》が、ばぎぃッ！　と音を立てて咄嗟《とっさ》に防いだ黒革《くろかわ》の右腕に食い込んだ。すかさず切り返す黒革《くろかわ》の左腕をかわしながら、再び打ち下ろす一撃が黒《くろ》革《かわ》の肩口に食い込む。

「てめえの理屈なんざ知るか、本気じゃねえ奴《やつ》に本気出せるわけがねえって言ってんだ！　やるのかやらねえのか2秒で決めろ、2、1っ」

「あぁかぼしいいい────っっ!!」

露《あら》わな太腿《ふともも》で繰り出す黒革《くろかわ》の廻《まわ》し蹴りと、「しゃぁッ」と受けるビスコの廻《まわ》し蹴りが空中でカチ合った。

びしり‼　と肌にヒビを入れる黒革《くろかわ》の脚。

「はッ！　やる気になったか。それでようやく二流だぜ！」

「起動《ランチ》・監督大鋏《ボールドシザース》ッ！」

黒革《くろかわ》の叫びとともに、その左腕が瞬《また》く間《ま》に変形し、撮影開始を知らせるボールドを模した大《おお》鋏《ばさみ》を顕現させた。間髪入れずに振り抜かれるビスコの横薙《な》ぎの鉄棍《てっこん》を、そのボールドが『カチンッ』と音を鳴らして受ける。

「そうだ……まだ、まだ足りないんだ。最高のお前を撮るには、オレはまだ弱すぎるんだ！」

べぎべぎべぎ‼　と、ボールドが万力のような力を以《も》って鉄棍《てっこん》をひしゃげさせてゆく。「うへえ」と声を漏らすビスコを、咄嗟《とっさ》にパウーが横っ飛びに抱きかかえ、振り下ろす右手から亭主を守った。

「パウー！　引っ込めっつったはずだぞ！」

「思い上がるな！　私が隙を作る間に、なんとか超信弓《ちょうしんきゅう》を練り上げろ！」

「でも、鉄棍《てっこん》がへし折られちまった。お前の武器がない」

「侮《あなど》ってくれるな。弘法筆を選ばず！」

パウーは言って、崩れかけのビルの屋上に突き出していた鉄筋を脅威の膂力《りょりょく》で引き千切ると、それを鉄棍《てっこん》に見立て、がうんッ！　と振り抜いてみせた。

「調子に乗んな、ちちゴリラ〜ッッ。お前の画《え》は欲しくない。てめえなんかヒロインにしたら、客がビビって帰っちゃうんだよ〜ッッ」

「ふん！　なら、カメラの前から私をどけてみせろ！」

鉄棍《てっこん》を構えるパウーの後ろで、ビスコは楽し気に弓を背中から引き抜いた。

「晴れて夫婦の共同作業ってわけだ」

「ふふ。では、ケーキ入刀といくか！」

「つまんねえアドリブ入れるなアッ、コラァァ——ッッ」

吼《ほ》えかかる黒革《くろかわ》に向かい、パウーのブーツが踏み抜かれる。艶《つや》やかな黒髪を直線のようにして、女修羅は鉄棍《てっこん》を絶対テツジンへ強《したた》かに振り抜いた。

「ぎゃーっ!!　右、右から来るっ！」

「わかってるってば!!　落ち着いてよ、チロル！　……ああっ、今、僕のマントで鼻かんだでしょ!?」

チロルを背中に背負い、ミロは忌浜《いみはま》の夜の中を飛び回りながら戦う。絶え間なく襲い来る黒《くろ》革《かわ》支配下の絶対モクジンは、すでに大多数がミロの放ったキノコで半壊しながらも、ゾンビのようにしぶとく襲い掛かってくる。

右から襲う一体を錨茸《いかりだけ》の毒で叩《たた》き落《お》としながら、ミロは遠くばちばちと光るビスコたちの戦いの火花を眺め、悔し気に表情を歪《ゆが》めた。

「始まってる。僕も早く、ビスコの側にいかないと……!!」

「後ろおお!! パンダ後ろ!!」

「っ!」

チロルの叫びに咄嗟《とっさ》に短刀を引き抜いたミロは、振り向きざまにそれを振り抜いた。短刀は見事に摑《つか》みかかってきていたモクジンの首筋、剝《む》き出《だ》しのケーブルを切り裂き、ばごんっ! と小さな爆発とともにその頭部を吹き飛ばす。

「や、やった! やるじゃんっ!」

「だめだ、囲まれてる。これじゃキリがない……!!」

円形の柵に囲まれた、小さな児童公園。

ミロの言う通り、もはや三十体のモクジンはお互いに連携を取り、円のようになってミロを取り囲んでいた。先ほど倒したモクジンの首からも、しゅるしゅると自律的に伸びるケーブルが本体と繫《つな》がろうとしており、終わりの見えない戦いの予感がミロの顔を曇らせた。

「こんなとき、もし……」

出かけた言葉を呑《の》み込《こ》んで、ミロが首を振る。

「頼っちゃだめだ。僕がやるんだ! ここで……」

「ミロ――! 来る、一斉に来るっ!」

「!」

ミロの立つ砂利の上に向けて、多数のモクジンが一斉に飛び掛かってきた。短刀を片手に、虎の子の真言《しんごん》を紡《つむ》ぐ、ミロの頭上から……

何か大きいものが、月明かりを遮って影を落とした。

「won《ウオン》 / shad《シャッド》... あれ？」

「ウヒョハーッ！　杭打《くいう》ちじゃい、アクタガワ‼」

ばごぉんっっ‼

オレンジ色に輝く大鋏《おおばさみ》が、ミロの眼前に打ち付けられ、砂場の砂を大きく巻き上げた。すぐ眼前まで迫っていたモクジンは、四体まとめて大鋏《おおばさみ》の餌食《えじき》になり、ぐしゃぐしゃのスクラップになってそこらに放り捨てられる。

「げほっ、げほ！　な、なに、なに⁉」

「……ああっ！」

砂埃《すなぼこり》が晴れ、月光の下にオレンジの甲殻が光り……

その鞍《くら》の上で、一人の老爺《ろうや》が帽子を直しながら、にやりと笑った。

「ちいっと遅刻したか？　まあええワイ」

「ジャビさん！」

「ジャビ！　……？　は？　ジャビ？　えっ、なんで⁉」

チロルの表情が、喜から疑、疑から恐へと、ころころ変わる。

「いや何でよっ、おばけ⁉　爺《じい》さん、し、死んだんじゃないの⁉　だってほらっ、あ、赤星《あかぼし》の矢に射抜かれて、それで……」

「死んでるよ。ジャビさんは」

「今、ジョークはいらねえんだ、バカパンダっ‼」

「ウヒョホホ。小僧は冗談を言うたわけではないぞ。ホレ」

ジャビはそう言って顎を上げ、自分の喉元をチロルの視線の先に晒《さら》した。驚いたことに、その喉は鋼鉄の鏃《やじり》によって貫かれており、そのうなじからは、雑にへし折られたワクチン矢のシャフトが突き出して、老人の錆花《しょうか》を突き破っていた。

声を出せずに口をぱくぱくさせるチロルへ向けて、ミロが喜びと寂しさの入り混じった、静かな声で言う。

「ジャビさんは、生物学的には死んでいる。心臓も止まってる。でも、あの時……」

「ビスコの超信弓《ちょうしんきゅう》は、ワシが死ぬ、という結果まで曲げたのよ」

ウヒョホホ、と笑いを付け加えて、ジャビがアクタガワの手綱を取り直す。

「余計なことまで祈りおって。お陰でオネンネの時間が延びちまった……ま、ええワイ。ポックリ逝《い》くまで暴れるとするか。小僧は早く、あいつの所へ行けい」

「ジャビさん！　ビスコと僕は必ず勝ちます。だから、そしたら……‼」

「なあにい？　耳クソ詰まっとるからな、湿っぽい話は聞こえんワイ。のう、アクタガワ！」

眼前にずらりと並んだ黒革《くろかわ》のモクジン達へ向け、アクタガワは大鋏《おおばさみ》をぎらりと光らせながら、「ポコ」とひとつ泡を吹いてみせる。

「全盛期のオウガイは、こんな奴《やつ》ら五分とかからんかったぞ。さて、お前はどうかのう？」

鞍《くら》から乗り出してささやくようなジャビの声に、アクタガワは、どすん、どすん!!　と露骨なまでにいきり立ち、六本脚で弾丸のように跳躍すると――

ずごがんっっ!!

イミーくんの意匠を施した螺旋《らせん》状の滑り台を、その一撃でペシャンコに砕き散らした。その上部で隙を窺《うかが》っていた二体のモクジンが、巻き添えになって鉄クズに変えられてゆく。

「ジャビさんっ！」

「コラ！　追うな、ミロ！」

思わず身を乗り出すミロの襟首を揺さぶって、チロルが背中から言う。

「ジャビの気持ち、あんたにだってわかるでしょ。言ってみりゃ最後の最期《さいご》に、愛娘《まなむすめ》をあんたに譲ったんだよ、あの爺《じい》さんは！　じゃあどうすんだお前は。新郎のお前が、一番しなきゃいけないことは何だ!?　言ってみろっ！」

「……新婦を、迎えにいくっ!!」

「振っといてなんだけど、少しは言いよどめ！」

だんっ！　と蹴り出したミロの脚がその身体《からだ》を中空に運び、外套《がいとう》をはためかせる。次いで引き絞った弓が、キノコ矢の狙いを高いビルの外壁に定めた。

逃すまいと追う黒モクジン達を、ジャビの瞬速の矢が貫く。それを横目に見ながら、ミロは空中で背中のチロルへ呼び掛けた。

「チロル！　ちょっと荒っぽくいくよ！」

「なぁ～にを、今更ぁ！」

ぱしゅん、ぼぐんっっ!!

ビル壁から斜め上に咲き誇った巨大なエリンギは、ミロとチロルの身体《からだ》を忌浜《いみはま》の空へ跳ね上げ、そのまま弧を描いてビスコのもとへ運んでゆくのだった。


「キャラァッツ!!」

がうんッ、ずがんっっ!!

叩《たた》きつけられる鉄棍《てっこん》に、黒革《くろかわ》の顔が忌《い》まわしげに歪《ゆが》む。

「何度も何度も……その画《え》はもう、要らねェってんだよォッ」

鉄棍《てっこん》を肩に食い込ませたまま、反撃のボールド・シザースがついにパウーを捉えた。横薙《な》ぎに振り抜かれたそれはパウーの腹筋を強《したた》かに打ち抜き、屋上の床に叩《たた》きつけて「がはっっ！」と喀血《かっけつ》させた。

「カメラから捌《は》けろ……お前はお役御免だ！」

蒸気を噴き上げながら、必殺の監督砲《ディレクターキャノン》をパウーへ向ける黒革《くろかわ》の、その横合いから。

ばぎゅんッッ！

「‼　次元編集《アフター・エフェクト》‼」

カッ飛んできた太陽の矢を、咄嗟《とっさ》に展開した四次元の渦が吸い込む。転移した矢は黒革《くろかわ》のすぐ背後に突き立ち、ぼぐんっっ！　と咲いた錆喰《さびく》いが背後から黒革《くろかわ》を弾《はじ》き飛《と》ばした。

「パウー！」

「げほっ！　平気だ、何てことはない……しかしビスコ、超信弓《ちょうしんきゅう》はまだ撃てないのか？」

「う──んんん……」

パウーを助け起こしながら、ビスコが後ろ髪を掻《か》きむしる。

「なんつうか、動機がないんだ。ミロを助けるとか、お前を取り戻すとか……そういう本気の祈りがなきゃ、超信弓《ちょうしんきゅう》は撃てない！」

「つまりはア〜っっ」

監督砲《ディレクターキャノン》が、ドカン！　と火を噴き、生えた錆喰《さびく》いを吹き飛ばす。その煙の中から、憤怒《ふんぬ》と羞恥に顔を真っ赤に染めた黒革《くろかわ》が、美女とサイボーグ半々の姿を露《あら》わにする。

「オレがまだ、弱いと。本気にするに値しねえと……そういうことかよ、赤星《あかぼし》イィ
「そうは言ってねえだろ！　ただ……」

「言ってるだろうがアア──ッッ‼」

ドカンっっ！　と放たれた火砲の着弾を、パウーを抱えてかわすビスコ。横っ飛びに転がりながら吼《ほ》え返そうとして、ビスコは黒革《くろかわ》の表情を目《ま》の当《あ》たりにし……

「……ひっく。ひっ。うう……」

唖然《あぜん》とした。

黒革《くろかわ》は嗚咽《おえつ》していた。メパオシャの面影を残す半面からは、ぽろぽろと涙が零《こぼ》れ落《お》ち、開いた胸元にまで伝っているのだ。

「オレじゃ、役者不足だってのか。」

「反省したんだ……死んでから。もっと真摯に、お前に向き合うべきだったたって。くだらねえ社会性も、恥も外聞も捨てて、剝《む》き出《だ》しになるべきだったたって。」

「だから、努力して生き恥晒《さら》して……必死に、今日を手に入れたのに……。」

「こんな！　みっともねえ機械の身体《からだ》になっても、まだ！　お前を本気にする資格が！　オレにはないってのかァ！」

邪悪の権化《ごんげ》が顔をくしゃくしゃにして見せる突然の涙に、ビスコとパウーは口をあんぐりと開けたまま固まっている。

その眼前で、黒革《くろかわ》は半ば自棄《やけ》になったように監督砲《ディレクターキャノン》を上に掲げると、その形状をみるみるうちに巨大なパラボラアンテナ状に膨らませた。

「監督砲《ディレクターキャノン》・滅亡形態《アルマゲドン》！」

「うわァッ⁉　な、何する気だ⁉」

「ひっく。あ、あと一分で日本全土に核榴弾《りゅうだん》をばらまく。お、お前一人倒せなくても、日本全土を焦土にすることはできるんだ」

ひっく、ひっく、としゃくりあげながら、黒革《くろかわ》は巨大監督砲に錆《さび》の粒子を集め続ける。次第に漆黒の砲身は輝きを帯び、ごごごご、と大気を揺るがす駆動音を立てはじめた。

「これでもか。これでもだめか。これでもオレに、本気になれねえかァァッ、あかぼしイイイ――ッッ‼」

「いい歳《とし》こいた大人が！　自棄《やけ》起こしてんじゃねえ――ッッ‼」

ビスコは体内の錆喰《さびく》いを燃え上がらせて続けざまに太陽の矢を放つも、フルオートで展開される次元編集《アフター・エフェクト》の壁が矢を吸い込み、あらぬ所へ転移させてしまう。流石《さすが》のビスコの顔にも焦《あせ》りが浮かび、額に玉のような汗を浮かせる。

「だ、だめだ。超信弓《ちょうしんきゅう》にならねえ！」

「ビスコ！　なんとかならないのか。黒革《くろかわ》は本当に、日本を破滅させる気だぞ！」

「わかる、わかるけどっ、でも！」

ビスコが子供のように困り果てて言う。

「それがなんなんだ!? 別にいいんだ、日本がどうなっても！ 理屈や建前で、本気になれるわけがねえだろ――ッッ!!」

「ううううう――っ、ちくしょう、ちくしょう――――っっ!!」

ビスコの叫びに、黒革《くろかわ》はただでさえ多かった涙の勢いを滝のように増して、頭上に掲げた監督砲の出力をどんどん上げてゆく。

「だったらほんとに一回滅ぼしてやるッッ!! ラストカットは、一面の焼野原に変更だッ。発射準備、3、2、」

鉄棍《てっこん》も弓も通らぬ、もはや制御不能の爆弾と化した黒革《くろかわ》を前に、パウーが亭主を身を挺《てい》して守ろうとした、

その直後。

しゅばっっ!! と閃《ひらめ》いたクリムゾンレッドの鞭《むち》が、黒革《くろかわ》の右肩に巻き付いた。

「1っ！ ……何だ？」

「うかれた三文芝居も、そこまでだァッ、ド阿呆《あほう》ゥめ――――ッッ!!」

ばりばりばりばりっっ!!

鞭《むち》に赤色のスパークのようなものが伝い、発射寸前の監督砲を食い止める。スパークはそのまま黒革《くろかわ》の身体《からだ》全体に走り、絶対テツジンの防衛機構に介入してゆく。

「!? うおおおっっ!? な、何だ、これはァっ」

「もがいても無駄だ。あたし設計のこの牛頭《ごず》ウィップは！　絶対テツジンのシステム・プログラムに物理介入できるッ!!」

スパークの光に目を細め、わけもわからず佇《たたず》むビスコたちの眼前、黒革《くろかわ》の後ろに。鞭《むち》から反動で伝わる衝撃に赤いドレスと金髪をなびかせて、汗だくのけばけばしい顔が嗤《わら》った。

「この機をぉぉ、待ってたぞ、メパオシャ。侮《あなど》ってくれたな。あたしだって、伊達《だて》に的場《まとば》の技術顧問じゃアないんだッ、ド阿呆《あほう》ウッッ!!」

「あ、あの女は……？」

「ゴピスッッ!!」

「赤星《あかぼし》！　長くは保たんッ！」

ビスコの驚愕《きょうがく》の顔と、黒革《くろかわ》の苦み走った視線の前で、鼻ピアスが「ちりん」と揺れた。

「この牛頭《ごず》ウィップが効いてる間、次元編集《アフター・エフェクト》は展開できん。今のうちに、こいつのドタマでも心臓でも、さっさと撃ち抜けッ！」

「よ、よりに、よってエェッ」

黒革《くろかわ》の口から、女とは思えぬ地獄のような怨嗟《えんさ》が響き渡る。

「お前なんかが。お前なんかがオレの邪魔をするのか!!　キャストでもスタッフでもエキストラでもない、路傍の石コロにすぎない、厚化粧のメス牛ふぜいがぁぁっ!!」

「く、くははは……ようやく見れたぞ、その阿呆《あほう》ヅラ。舐《な》め腐っていたあたしに鼻を明かされて、さぞ悔しいだろうな。それに厚化粧はお互い様だ、阿呆《あほう》ゥ」

「死ぃいいねえええええっっ‼」

黒革《くろかわ》はスパークで麻痺《まひ》したその身体《からだ》に万力のような力を込めて、ゴピスへ向けて監督大鋏《ボールド・シザース》を振りかぶった。それが振り下ろされる間一髪のところで、カッ飛んできたパウーの鉄棍《てっこん》が、がうんッ！　とそれを弾く。

「ビスコ！　今だっ！」

パウーの声に、黒革《くろかわ》の視線がビスコの方へ向く。

その、視線の先に……

弓を引き絞り、全身を太陽色に輝かせ髪をゆらめかせる、ビスコの姿があった。

「あ、か、ぼし……」

「もう充分だろ、黒革《くろかわ》」

ビスコは犬歯をぎらりと覗《のぞ》かせて、咬《か》み付くように黒革《くろかわ》に笑いかけた。

「続きはあの世で撮れよ！　役者にも、何人か心当たりがある！」

「あかぼしいいいいっっ‼　オレは、まだ‼」

「シィッッ」

ばぎゅんっ‼　と放たれた太陽の矢が、鞭《むち》の巻き付いた黒革《くろかわ》の胸元に突き刺さった。よろめく黒革《くろかわ》に向けて、続けざまの二、三矢が突き立ち、黒革《くろかわ》の身体《からだ》はくるくると躍って……

ぼぐん、ぼぐん、ぼぐんっっ‼

錆喰《さびく》いの爆発とともに、機械部品をそこらへ爆散させた。

錆喰《さびく》いを体中から発芽させた黒革《くろかわ》は、

「ご　あ　」

と声にならない呻《うめ》きを上げ、がくりと膝をつき、おびただしい蒸気を噴き上げて……

とうとう、そこで動かなくなった。

「ぶはっ！　はあ、はあ、やった……ははは、やったぞ、ざまあみろ、阿呆《あほう》ゥめっ‼」

「興奮するな……六道獄《りくごくどう》の副看守、ゴピスか。なぜ、こんな危険なことを？」

「当然の尻拭いさ。黒革《くろかわ》を蘇《よみがえ》らせたのは、あ、あたしだからな……」

同じくくずおれる身体《からだ》をパウーに支えられて、ゴピスが荒い息をつく。ビスコもそこへ跳び寄って、鼻ピアスの特徴的なその顔を覗《のぞ》き込《こ》んだ。

「六道に一緒に赴任したのも……絶対テツジンを量産化するのに、紅菱《べにびし》の力が必要だったからだ。で、でもコイツは、的場《まとば》のセーフプロテクトを自分で解いて、秘密裏に自身を改造しつづけていた……」

「的場《まとば》重工《じゅうこう》のエージェントとして、責務を果たした、というところか？」

「はッ！　そんな肩書、くそくらえさ。あたしはこいつに一発食らわしたかっただけだ……巻き添えで性転換させられた、恨みもある……げほっ、げほ！」

ゴピスは一息にそこまで喋《しゃべ》り、咳《せ》き込《こ》んで喀血《かっけつ》する。それを介抱するパウーを横目に、ビスコは……

錆喰《さびく》いに塗《まみ》れて倒れる、黒革《くろかわ》の前へすたすたと歩み寄った。

「………。」

「………。」

「………。」

「……う、う……。」

膝をつき、地面を俯《うつむ》き、白煙を上げる黒革《くろかわ》から……

しずかな呻《うめ》きが漏れた。

「……あかぼし。」

「オレは。退屈、だったか……？」

ビスコは口を開かず、ただ二つの翡翠《ひすい》の輝きをもって、黒革《くろかわ》を見つめている。

「あかぼし。お、おまえは、あのとき、オレを……。」

「殺した、んじゃない。」

「蘇《よみがえ》らせたんだ……！　あの矢はオレの、くだらねえ嘘《うそ》や虚勢の檻《おり》をぶち破って、剝《む》き身《み》の人間にした……ヒーローなんだ、おまえは、オレの……！」

「………。」

「……もっと、見ていたいと思った。」

「お前はオレの暗闇の中で輝く、真っ赤なアンタレスだ。それがどこまで、果てしなく輝くか、見たい……ただそれだけ、それだけ、だった……！」

がぼっっ‼　と黒革《くろかわ》が嘔吐《おうと》し、体内に湧く錆喰《さびく》いの傘をビタビタと屋上の床に吐き出した。同時に、トレードマークのサングラスが、かちん、と落ちる。

「それが……お前の最終奥義《おうぎ》すら引き出せずに、死んでいく……い、いやだ……お前の全てを見ないまま、死んでいく、な――」

べちんっっ‼

悔恨に呻《うめ》く黒革《くろかわ》の横《よこ》っ面《つら》を、ビスコの平手が思い切り張った。思わず頰を押さえて呆然《ぼうぜん》とする黒革《くろかわ》の顔に、ごんっ！　と額を打ち付け、ビスコが喰《く》いかかるように吼《ほ》える。

「だったら!!　そんなジメジメ、弱音を吐いてる場合じゃァねえだろうがァッ!!」

少年が張り上げる大声に、黒革《くろかわ》のみならず、パウー・ゴピスも驚愕《きょうがく》して、一同の視線がビスコに集まる。

「腕がなくなりゃ歯で咬《か》み殺《ころ》す。歯が折れりゃ眼《め》で射殺す！　本気ってのはそういうことだろ。たかだかキノコに喰《く》われたぐらいで、簡単に諦めるような奴《やつ》に!!　俺が本気になれるわきゃ、ねーんだよッッ!!」

そんな無茶苦茶な、とパウーが呟《つぶや》く、その視線の先で……

先ほどまで脱力していた黒革《くろかわ》の身体《からだ》が、ぐぐぐ、と持ち上がる。

「う、腕がなきゃ、歯で……！」

「そうだ！　そんなとこで終わるな。立て、黒革《くろかわ》！」

「「はああっっ⁉」」と、女二人の悲鳴が重なる。

「俺が星だってんならそれでもいい。荷物全部捨てて、そこに手を伸ばせ！」

「歯が折れたら、眼《め》、でぇ〜〜っ!!」

差し出すビスコの腕に摑《つか》まり、見上げる黒革《くろかわ》の視線が、ビスコのそれとばっちり合う。

その瞬間、
ごうううっっ!!　と周囲を巻き上げる突風とともに、ビスコの髪が一瞬にして虹色に染まった。髪は突風に巻き上げられて『ナナイロ』の胞子を巻き上げ、忌浜《いみはま》の夜をオーロラの輝きに包んでゆく。

「⁉　俺の、身体《からだ》が……⁉」

「あかぼしいいい――っっ‼」

『超信弓《ちょうしんきゅう》』、その予兆を示すナナイロの輝き……

これはビスコの意志によってもたらされたものではない。

黒革《くろかわ》の腹の底からの祈りがビスコと共鳴し、可能性の胞子を呼び覚ましたのである。

それを呑《の》み込《こ》んだビスコが静かに、矢筒から一本の矢を取り出せば、それは瞬《また》く間《ま》に指の先

から染まって一本の虹の矢へと変わる。

「ビスコ！　トドメを刺すのだな⁉」

「そ、そうだ、その阿呆《あほう》ゥに引導を渡せ、赤星《あかぼし》！」

叫ぶ女達を横目に、ビスコは黒革《くろかわ》の顔をじっと覗《のぞ》き込《こ》む。

「……これはどうやら、『お前の』祈りの矢だ、黒革《くろかわ》」

「あ、か、ぼし……」

「テイク2は、精一杯祈って魅せてみな！」

ばぎゅんっっ‼　と至近距離から放つビスコの矢が、黒革《くろかわ》の胸を撃ち抜いた。

虹色の矢は、そのまま黒革《くろかわ》の体内に留まり……

やがて、
その全身を少しずつ虹色に変えてゆく。

「やった！　ははは、これでメパオシャの阿呆《あほ》ゥも……」

「待て。何か、様子が……!?」

パウーが訝《いぶか》しむ、その視線の先で。

黒革《くろかわ》に生えた錆喰《さびく》いが、少しずつ虹色の身体《からだ》に吸い込まれていき……

やがて、
全身を虹の輝きに包んだ黒革《くろかわ》が、両の脚で地面をしっかりと踏みしめ、立ち上がった。


「……あかぼし。」


その姿は、きらきらと針葉樹の髪を七色になびかせ……

一切の邪悪を浄化したように、そこに佇《たたず》んでいる。


「これで、ちゃんと、なれたかな？」

「敵に。」

「お前の、ライバルに……」

無言で頷《うなず》いて笑う、ビスコの言葉を受けた、黒革《くろかわ》の表情は――

オーロラの輝きに包まれてわかりにくいが、どうやらそれは『笑顔』であるらしかった。

黒革《くろかわ》はそのまま屋上の屋根を恐ろしい脚力で蹴って跳び出し、夜空に虹をかけながら、県庁の方へ向かって一直線に飛んでゆく。

「び、ビスコ⁉　何をしたんだ。あいつは、黒革《くろかわ》は一体⁉」

「いやあ、その」

ビスコは少しばつが悪そうに頰を掻《か》く。

「あいつの祈りを使って超信弓《ちょうしんきゅう》を撃ったんだ。ナナイロの力を取り込んだらしい」

「あ、あいつに、ナナイロの、力をっっ⁉」

「ば、ば、ばかな」失神して倒れるゴピスを後目《しりめ》に、パウーがビスコの首を揺さぶる。「なんてバカなことを‼　破滅意志の煮凝《にこご》りのような女だぞ‼」

「そうなんだけど。悪い奴《やつ》じゃない……いや悪い奴《やつ》なんだけど、何て言ったらいいかな？　純粋な奴《やつ》だよ。もう少し、話をしてみたくて……」

「お、お、お前という男は……‼」

パウーがビスコの首を絞めつけた直後、県庁の屋上から虹色の光線が走り、夜空をぎらりと駆け抜けた。光線は月の隣に浮かんでいた巨大人工衛星をずばんと引き裂き、その爆発の光で忌浜《いみはま》の夜を一瞬、昼のように照らす。

「うひゃー。派手にやりやがるな」

「あの虹色のテツジン、もはや破壊神の域にある。ビスコ、責任は取れるのか⁉」

「当たり前だ。あれ相手なら……」

ぎらりと笑うビスコの外套《がいとう》が、その髪同様に、ナナイロに染まってゆく。

「俺も、超信弓《ちようしんきゆう》が撃てる！」

ばんっ‼ と蹴り出すビスコの足元に、虹色のキノコがぽこぽこと咲く。そのキラキラ輝く軌跡を見送って、

「……なんて奴《やつ》だ。どうしようもない……まあ、そういう所に、惚《ほ》れたのだが……」

パウーは溜《た》め息《いき》をつくと、足元に倒れたゴピスが泡を吹いているのを認めて、慌てて介抱してやるのだった。


「な、何だ、あれっっ⁉」

高くそびえる県庁の屋上から、虹色の閃光《せんこう》が忌浜《いみはま》の街に飛んでは、カラフルに弾《はじ》けるような爆発をいくつも起こしている。光線は遠方の山や隣県にまでも無作為に飛び、その光景の美しさと破壊の恐怖のギャップで、街中の人間を逃げ惑わせた。

「あ、あれが、黒革《くろかわ》……なのか⁉ 一体どうして、あんな……⁉」

建物の屋根の一角で、半ば呆然《ぼうぜん》と佇《たたず》むミロの、その視線の先に。

県庁から何か人影が弾《はじ》かれ、夜空に一直線の虹を描くのが見えた。

「っ!!　ビスコ!!」

ミロは電撃的な素早さでそれへ跳びつくように跳ね、間一髪のところで、地面に打ち付けられるそれを受け止めた。

どがしゃぁんっっ!!

「痛っ、たぁ……ビスコ、大丈夫⁉」

「侮《あなど》った。あいつ、めちゃくちゃ強いぞ」

垂れる鼻血をぐいと拭いながら、ビスコが背後のミロに言う。

「超信弓《ちょうしんきゅう》が通らねえ。ちょっと予想外だ」

「効かない⁉　超信弓《ちょうしんきゅう》が⁉」

「見てみろって」

ビスコが自分の猫目《ねこめ》ゴーグルを外し、ミロに装着してやる。倍率を上げて県庁の屋上を見れば、そこには虹色に輝く黒革《くろかわ》の姿。

そして、その周りには……

黒革《くろかわ》に向かおうとするビスコの矢が往復し続けて黒革《くろかわ》を貫くも、そのたびに虹色の身体《からだ》にぴったりと纏《まと》われた次元編集《アフター・エフェクト》の壁が矢を転移させ、肉体に辿《たど》り着《つ》かせないのである。

「なんだあれっ……⁉　身体《からだ》そのものが、次元壁になってる！」

「俺の祈りとあいつの祈りが拮抗《きっこう》してるんだ。このままじゃ、ジリ貧……」

「！　ビスコ、危ないっ！」

きらり！　と光った虹色のサインを見て、ミロが咄嗟《とっさ》にエメラルドのキューブを回し、眼前に強固な真言《しんごん》壁を顕現させた。虹テツジンの放つ虹光線とミロの障壁がぶつかりあい、火花のように輝く粒子をそこらじゅうに振りまき続ける。

「受けるのが精一杯だ……！　ビスコ！　なんとかあいつを撃って！」

「わかってる！　でも……」

再び超信弓《ちょうしんきゅう》の構えを取るビスコだが、すでに一度防がれてしまっている超信弓《ちょうしんきゅう》をもう一度信じるというのは、これは相当な意志力を必要とすることだ。

「くそ。何とか、もう一発……！」

虹光線を受け続け、苦悶《くもん》に歪《ゆが》む相棒の顔を見て、ビスコの額に汗が滲《にじ》む……

そこへ。

「おら────っっ‼　全チャンネルジャック、全国一斉生中継だ！　国民ども、こいつを見ろ────っ‼」

「「チロル⁉」」

マイクで呼び掛ける方向を見やると、数体のスタッフイミーくんを連れたチロルが、巨大なカメラをビスコたちへ向けている。

「超仙力から、『東京』から、北海道《ほっかいどう》から!!　お前らを守ってきたのは、この赤星《あかぼし》ビスコと！

猫柳《ねこやなぎ》ミロだぞっっ！」

カメラを構えながら、ヘッドレスマイクにがなりたてるチロル。

「感謝の気持ちがあるなら！　応援の言葉のひとつも、かけてやれってんだーッッ!!」

＊＊＊

「ナッツ！　はやくはやくっ、ビスコにいちゃんが映ってる！」

「ミロが負けかけてる。お願い……頑張って！」

「赤星《あかぼし》ぃぃっ！　こんな所で死んだら、おれは承知せんぞっっ!!」

「ちょ、ちょっとナッツ！　テレビが壊れちゃうよっっ」

「全員、赤星《あかぼし》を応援するんじゃ。祈れ！　ありったけの心で、赤星《あかぼし》の無事を祈るんじゃ!!」

「「「おーうっ！」」」

＊＊＊

「はぁぁあああ!!」

「カンドリ様、そのように力まれては、血管が切れてしまいます!!」

「構うものかァッ。我らが教祖、赤星《あかぼし》様の御危機であるぞ!! 明智《あけち》宗《しゅう》、それぞれ全力を以《も》って注力の祈りを差し上げる。ものども、準備はよいかァッ」

「「ははァアッ」」

「おん！　きゅるべいろ、あかぼしゃアッ」

「「おん　きゅるべいろ、あかぼしゃア」」

「おん！　きゅるべいろ、あかぼしゃアア――――ッッ!!」

＊＊＊

『がう』

「うわぁっ!? き、きみはゴホッ、赤星《あかぼし》壱号！　どうしたんだ、急に戻ってきて！」

『がう』

「テレビ？　ゴホッ、そ、そうなんだ。今、赤星《あかぼし》くん猫柳《ねこやなぎ》くんが、大変な……」

『……。がう～～……。』

「両手を合わせて……それは、そ、その、お祈り、かい？　モクジンのきみが、何故《なぜ》……」

『がうっっ‼』

「わ、わかった！　私もやるよ……ゴホッ、この鉛《なまり》が、まさか神頼みをすることになるとは」

＊＊＊

「ウー・ヤア！」

「「「ウー・ヤア！」」」

「ウー・ヤア！」

「「「ウー・ヤア！」」」

「ウー・ヤア！」

「「「ウー・ヤア！」」」

「ぞ、族長、休け」

「ウー・ヤア！」

「「「ウー・ヤア！」」」

＊＊＊

「ちょっとアンタ。これ、あの子じゃないの？」

「あの子って誰よ。元カレの話はやめなさいよね、あいつ嫁いたのよ」

「違うわよ！　テレビの話。ほら、金象信《こんぞうしん》の受付で、焼きごて当てた……」

「あらまっホントじゃない!!　んま〜〜相変わらずいい男だこと……隣のガキも、なかなかいい面構《つらがま》えになったじゃない？」

「んでコレ何？　映画かしら。今、やられそうになってんの？」

「役者になったのかしら？　まあでも悪役でしょうね。悪人ヅラだもの」

「勝ったら面白いわね」

「ホントね」

「応援しましょっか。せ〜〜のぉ」

「「勝て勝て、チンピラ〜〜っ」」

＊＊＊

「イノシゲさんっっ‼　み、見て、これ、これっっ‼」

「ああっっ⁉　こいつ、赤星《あかぼし》！　赤星《あかぼし》じゃねえか‼」

「相棒の猫柳《ねこやなぎ》も一緒です。しかもここ、忌浜《いみはま》ですよ！」

「あいつのことだ。黒革《くろかわ》のクズ野郎に喰《く》ってかかってるに違いねえ！　やっちまえ、赤星《あかぼし》‼　群馬《ぐんま》制圧カバフェスタで犠牲になったスナカバ達の、仇《かたき》を取ってくれっ」

「応援しましょうっ！　せーのっ！」

＊＊＊

「「「赤星《あかぼし》いいい――――っっ‼　頑張れえええ――――――っっ‼」」」


ごろごろごろ、と雷鳴のような音が響いて……

突如上空、ビスコの直上から、所以《ゆえん》の知れぬ強大な胞子の竜巻が降り注いだ！

「⁉　うおおおおっっ⁉」

おびただしい胞子の奔流がビスコの身体《からだ》を渦巻くように包み、それはすべてそのまま虹色の輝きの一部になって吸い込まれてゆく。萎えかけていたビスコの瞳、翡翠《ひすい》の輝きが、かつてないほどに強い光を放ちはじめる。

「ビスコ⁉　大丈夫⁉」

「……撃てる‼　なんだか知らんが、一瞬でナナイロが覚醒した‼」

弓を強く引き絞りながら、ビスコが虹色の息を吐く。

「このまま行く！　３、２……」

「まだじゃァいッ」

どずんっっ‼　と、空からオレンジ色の流星がビスコの前に着地し、障壁がギリギリ限界だったミロを後ろにかばって、自らがその盾になる。

「ジャビ！　アクタガワッ！」

「一番大事な祈りが抜けとる。それじゃああいつは殺せても、救えはせんゾイ」

光線の明かりに照らされて、「ウヒョホ」と笑う髭《ひげ》が輝く。

「この黒革《くろかわ》ビームは任せい。十秒なら耐えられる！」

「一番大事な、祈り……？」

「ビスコ‼」

身体《からだ》を向かい合わせて、ミロがビスコの弓と矢を握る。防御をアクタガワへ任せ、展開される真言《しんごん》のキューブが、ビスコの弓を真言弓《しんごんきゅう》へと変えてゆく。

「僕以外の祈りを使って、超信弓《ちょうしんきゅう》を撃つつもりだったの？」

「ミロ、お前……⁉」

「もっかい魅せてあげる。僕から眼《め》を逸《そ》らさないで。ビスコ！」

ビスコはそこで、星のように輝くミロの瞳と正面から眼《め》を合わせた。

眼《め》も、くらむような――

眼《め》もくらむような圧倒的な心が、ぶわっっ!!　と髪を逆立てる衝撃とともにビスコに雪崩《なだ》れこむ。もはや暴走したようにビスコから溢《あふ》れ出《だ》すナナイロの胞子は、ミロを、真言弓《しんごんきゅう》を、ジャビを、アクタガワすらも巻き込んで、極光の輝きに包み込む。

「言ったでしょ。きみを信じてる。世界中から集めたって、僕一人にかないっこない！」

自分と同じ虹色の髪をはためかせながら、ミロが笑った。ビスコは犬歯を覗《のぞ》かせた笑いでそれを受け、遥《はる》か遠方、黒革《くろかわ》へ向けて二人で弓を引き絞る。

「いけえ！　これでクランクアップだ、ビスコ！」

「必　殺　ッ　!!」

「「二乗超信弓《ちょうしんきゅう》ウゥ――――ッッ!!」」

ぴしゅうん!!　と放たれたのは、もはや矢ではなく虹そのものであった。虹の光は、甲殻にヒビを入れて耐え忍んでいたアクタガワの前方、黒革《くろかわ》から照射される光線を切り裂きながら、県庁の屋上めがけて突き進んでゆく。

『!!』

虹色の人のカタチと化した黒革《くろかわ》は、光線を切り裂いて飛んでくる矢を見つめる。そして瞬時に己の危機を感じ取ると、発射していた光線機構をすべてディフェンスに回した。

『美しい、ぜ、赤星《あかぼし》。でも、こ、の壁、は……』

がぎんっっ!!

『!?』

前方に展開した次元壁に、虹の矢が『突き刺さった』。

そのまま矢はメリメリと次元の壁を掘り進み、黒革《くろかわ》のどてっ腹目掛けて進もうとしている。

『別次元、に、喰《く》い、こむ、矢だと……!!』

ばぎ、ばぎ、ばぎ!!

『そ、そこ、まで、達したのか、あかぼし。そこまで信じて、矢を撃てるのか』

もはや形なきものすら砕き散らす神の矢は、出力を全開にして展開する次元壁を完全に喰《く》い破ろうとしていた。

もう、すでに『射抜かれている』――

それを理解して、黒革《くろかわ》は、

『く、』

『やった。やったぞ。やったあ――――っっ‼』

『ははは！』

『はは。』

笑った！

『オレは、撮った……引き出したんだ。奇跡の弓を。本当の赤星《あかぼし》を‼』

「お――い、黒革《くろかわ》――っっ‼」

全開にした次元のフィールドの向こうから、からりとした声が呼び掛ける。

「正真正銘、それが俺とミロの本気だ！　ちゃんと撮れたんだろうな⁉」

『あ、あかぼし‼』

針のような髪をばらばらと風に躍らせ、黒革《くろかわ》が叫び返す。

『完璧に撮ったぞ、あかぼし！　完全無欠のラストシーン。監督《うんめい》に用意されたバッドエンドを打ち破る！　アンタレスの輝きを‼』

「ギャラはいらねえから、約束しろ！」

ミロに支えられたビスコの瞳と、黒革《くろかわ》のそれが合う。光の矢に喰《く》い破られる寸前の黒革《くろかわ》へ向け、ビスコは犬歯を光らせて……ぎらりと笑ってみせた。

「来世では、お互い芝居なしで会おうぜ、黒革《くろかわ》！」

『あかぼし‼』

『オレは、』

『オレは！』

『オレは、お前に会えて――』


ずばがんっっ‼

極光の矢が次元壁を粉々に砕き、とうとう黒革《くろかわ》へ突き刺さる。

『うおおおおおおっっ‼』

運命がそれを寄せたのか、矢が射抜いたのは、黒革《くろかわ》の腹部――かつて二人が最初の旅で黒革《くろかわ》を射抜いた、そこと同じ個所《かしょ》であった。

矢はそのまま黒革《くろかわ》の身体《からだ》を、上空へ上空へ――

雲の遥《はる》か上まで、猛スピードで運んでいく。

黒革《くろかわ》からこぼれるナナイロの粉で、夜空に斜めにかかるオーロラの橋を、日本中の誰もが見つめ、見送っている。

『ああ……！』

『オレの夜に、虹がかかる！』

空中で崩れていく自分の身体《からだ》を抱きしめながら……

『愛してるぜ。愛してるぜ、赤星《あかぼし》‼』

黒革《くろかわ》は最期《さいご》に叫んだ。

『これで！』

『アカデミー賞！』

『間違いなしだァァ――――ッッ‼』

ばがおんっっ！！！

大地を震わす炸裂《さくれつ》音が、日本中に響いた。二乗超信弓《ちょうしんきゅう》と黒革《くろかわ》のナナイロの胞子が呼応し、とてつもない大規模のナナイロを中空に咲かせたのだ。巨大な円形状に咲いたナナイロはそのまま上昇を止めず、凄《すさ》まじいスピードで大気圏を抜け、そして……

夜空にふわふわと浮く、虹色に輝く小さな惑星となって、そこに留まった。

「……な、なにが、起きたんだ……」

紅《あか》いドレスを煤塗《すすまみ》れにし、屋上にへたりこむゴピス。

「……ふむ……。」

それを気にも留めず、パウーは細かな雪のように降り注ぐ虹色の胞子の中、黒髪をなびかせて佇《たたず》んでいた。

「まあ。かいつまんで言えば、黒革《くろかわ》が惑星になった」

「かいつまみすぎだ、阿呆《あほう》ゥッ!!」

ふと……

空からゆるやかに、虹色の粉に包まれて……まるでパウーを目掛けるように、落ちてくるものがある。

パウーはそれを手に取り、まじまじと眺めた。

「…………これは？」

「マイクロ記録チップだな」

ゴピスがいつの間にか背後からそれを覗《のぞ》き込《こ》み、いまいましそうに言った。

「黒革《くろかわ》の奴《やつ》、脳味噌《のうみそ》の中でカメラを回していやがったんだろう。さっきの戦いの一部始終が入ってるはずだ……握り潰しちまえ、そんなもの」

「…………。」

パウーはゴピスの言う通り、握りしめる右手に力を込めかけ……

そして、やめた。

チップを懐《ふところ》にしまう、その視線の先、一軒の屋根の上で……

「すぴい～～っ」

盛大に寝息を立てている少年二人、老人一人、蟹《かに》一匹。

「まったく！　勝手なものだ、待つ側の気も知らないで……」

パウーは少し膨れたようにそう言ってから、すぐに表情を崩し、笑って……

ビスコとミロへ向けて、虹に輝く街を跳ね跳んでゆくのだった。

12

【映画【ラスト・イーター】、興収二億日貨《にっか》のモンスターヒット!!】

アカデミー賞に『待った』!?　識者賛否両論

前忌浜《いみはま》県知事であった故・黒革《くろかわ》監督による大規模プロジェクト『ラスト・イーター』が、公開当日から破竹の勢いで客足を伸ばしている。日本全土を大混乱に陥《おとしい》れてまで撮影を行った狂気的所業とも言える本作。全国規模の話題とは裏腹に、こんな声も……

『故・黒革《くろかわ》監督はすべて「生」で映しとる意欲作だと言っていたが、この裏切りには興ざめ。思い通りに曲がる矢、次元を越える矢など、とくに後半はフィクション色が強くなっている。CGの合成もバリバリで（特にあの虹色の光！）とても評価に値するものではない』（映画祭関係者）

『これだけの未知なる技術を、映画なんかに使うなんて著しい損失』（元大企業専属開発者）

『客席が狭すぎる』（某県裁判官）

今なお日本を席捲《せっけん》する【ラスト・イーター】旋風。はたしてその評価はいかなる所に落ち着くのか？　映画の内容同様、波乱の展開から目が離せない。（忌浜《いみはま》新聞部）

『〈社説〉再任！　県知事猫柳《ねこやなぎ》パウー、筋肉のマニフェスト　3面←』

『4コマ漫画「アカボシくん」は作者急病のため休載します。』

「ああっ。チロル助監督だ！　こっちだ、カメラを回せ！」

「助監督！　どうか、少しだけお時間を！」

「あ〜はん？　参ったな〜〜」

アカデミー賞、授賞式会場。

屈強なSPに守られて、豪華な白塗りのオープンカーから降りる、シックなスーツで着飾ったくらげ髪の女。

絶え間なく焚《た》かれるフラッシュの中で、サングラスをきらきら光らせながら歩くその表情は、すっかりいつもの得意げな気風を取り戻している。

「困るんだよねぇ毎回毎回。あたしも暇じゃないんよな〜」

「助監督！　黒革《くろかわ》監督亡《な》き後、助監督が全権利を譲り受けたと伺っていますが」SPの肩越しからなんとかマイクを伸ばして、記者がチロルに詰め寄る。「この莫大《ばくだい》な収益の、いったい何割をチロル助監督が……」

「こ〜いつも金の話か。つまみ出して」

「ああっ、ちょっ、わあああーっ」

SPにぶん投げられる記者の行く末を見ながら、チロルは自信満々、悠然とカーペットの上を歩く。止《や》まないフラッシュを照り返して光る、そのピンク色の髪を……

やや遠目に、一人の女と子供が見守っている。

「全く抜け目がねえというか、ええ根性しちょるが、あの姉ちゃんもよ」

サザエの帽子を脱いで髪を掻《か》きながら、サメのマスクの少年が呟《つぶや》く。

「あんだけ死ぬような目に遭って、ようそれを金に換えようなんて思いよる」

「それがチロルという女なのさ、ナッツ」

美しい声で笑いながら、パウーがナッツの髪をくしゃくしゃと撫《な》でた。ナッツはやや顔を赤らめて上目遣いにパウーを見やり、やや強引にサザエ帽を被《かぶ》りなおす。

「あれの活躍がなければ、今頃私の命もなかった。まあ、商売ぐらい許してやろうじゃないか……荒稼ぎしただけ、金遣いも荒いのだ、あいつは」

「でも、知事は見たんですか、あん映画？　おれぁ、何が面白いんかさっぱりじゃ。赤星《あかぼし》が飛び回ってるシーンはまあ見れても、他は、ただ黒革《くろかわ》の独白が入ってるだけで……」

「うむ。まあ、私も、まったく面白くはなかったよ」

パウーは、そう言いながら……

どこか遠い眼《め》で、過去を思い返すように眼《め》を細める。

「でも……見たとき、思った。黒革《くろかわ》は……あの女は悪だが邪《よこしま》ではない。本当にただ、ビスコが好きだったんだ……私や、ミロとは違う形で。だから自分の暗黒をできるだけ暗くして、その中でもっと光り輝くビスコを、その眼《め》に焼き付けたいと思った」

「……。だとして、なんでそれを映画に？」

「………。きっと、」

パウーは少しだけ考えて、誰にともなく、呟《つぶや》くように言った。

「自慢したかったんじゃないかなあ、あいつ。オレは、こんなすごい奴《やつ》を好きになったんだぞ、って……」

ナッツは……

いつになく感傷に包まれたパウーの声に、遠い眼《め》をしたその美しい双眸《そうぼう》から眼《め》を離せなくなった。「知事にしちゃ随分センチなこと言いよる」と口から出かけたが、また裏拳で鼻がひん曲がるのは嫌なのでそれは止めておいた。

「ぼちぼち賞の発表になるな。チロルの命運、見届けるか」

「もういいでしょう、充分稼いだんだ」ナッツはそう言い捨てて、ふと、キョロキョロとあたりを見渡す。「そういや、赤星《あかぼし》と猫柳《ねこやなぎ》はどこじゃ？　あいつら、主演でしょう。居なきゃまずいんじゃないですか？」

「奴《やつ》らは欠席だ、こんな場に出ていられない、大事な用がある。本当なら私やチロルもそちらに出たかったが、キノコ守りしか出入りを許されなかった」

「大事な用、って、これ以上に――」

『それでは皆様、お待たせいたしました!!』

壇上《だんじょう》で、恰幅《かつぷく》のいい紳士が両腕を広げ、会場の拍手を受け止める。

『全日本・アフターハルマゲドン映画祭も実に二十年目の開催と相成りました。これは滅びから果敢にも立ち上がる映画人たちの、血と汗と葛藤の歴史であり……』

「いいからさっさと発表しろ～～!!」

「毎年話が長えんだよお前は～～!!」

『……では栄えある映画賞の発表に移ります』

憮然《ぶぜん》と封筒を受け取った紳士は、その中の紙を見て、すぐに笑顔を取り戻す。そして一同を見渡してから、大きく息を吸い込んだ。

思わず身を乗り出す、チロル、パウー、ナッツ！

『本年度の、アカデミー映画賞』

『その栄光に輝いたのは！　この作品――――！』

＊＊＊

四国、キノコ守りの里。

集落の中央に張られた大きなテントの中に、選び抜かれたキノコ守りの精鋭達が集まって、両手を擦り合わせながら一様に念仏を唱えている。

祭祀《さいし》がブンブンと振りたくるキノコの松明《たいまつ》からは、火の粉がそこらじゅうに飛び、ドコドコ

ドコと延々と叩《たた》かれる太鼓と、強い香りの香が焚《た》かれ、その場の全員に尋常でない発汗を促してくる。

そしてその中央、周囲に松明《たいまつ》を刺した、大きな寝台には……

「ぜひゅ　ぜひゅ　ぜひゅ」

喉から鏃《やじり》を突き出したまま荒い息をつく、英雄・ジャビが横たえられていた。

超信弓《ちょうしんきゅう》によって永らえたその命も、本来の寿命まで延ばすことはできなかった。今際《いまわ》の死の淵《ふち》のギリギリのところで、ジャビは今その生涯を終えようとしている。

「ジャビ！　大丈夫か。気道が詰まってんのか!?」

「やっぱり麻酔を打ちましょう！　こんなの、苦しいだけだよ！」

すぐ横に控え、震えるジャビの手を握る二人の少年に、

「う、うるしぇぇぇ〜っっ　ほっとけぇぇ〜っ！」

ジャビの眼《め》がカッと見開き、一喝を飛ばした。

「往生までガキの世話んなってたまるかい！　ぜひゅ　ぜひゅ　ううおおクソッ。眼《め》がかすんできよった。いよいよ、ぜひゅ　この蛇皮明見《へびかわあけみ》も、おしまいか！」

「ジャビっ！」

「ジャビさんっ!!」

ビスコとミロはその眼《め》に涙を浮かべながらも、ただその手を握りしめることしかできない。

その二人の肩を抱えるように、我慢ならなくなったキノコ守り達がつぎつぎと寝台へ上がってきた。

「ジャビ！　あんたはおれ達の誇りだ。あの世でも無双の弓聖として、炎弥天《えんびてん》の右腕になるに違いねえ。天界から、おれ達を見守ってくれよ！」

「あたしの旦那が天界にいるんだ。どうか宜《よろ》しく言っておくれ！」

「ぼくの妻も先に逝《い》っているんだ。ぼくが元気だと伝えてくれ！」

「おれの親父《おやじ》にも！」

「ワシの孫も」

「ぼけええ〜〜っっ!!　覚えられるか。全員、紙に、書けぇぇ〜〜っっ!!」

もうあと五分も持たず死にゆく老爺《ろうや》の、とんでもない迫力に気圧《けお》されて、キノコ守り達はワッと散り、ふたたび念仏に戻る。ジャビは最後の力を振り絞って上体を起こすと、信じられない握力でビスコの手を握りしめる。

「み、見えん……び、ビスコ！　おるのか、そこに!?」

「ジャビ！　俺はここだ。ここに居る！　聞こえるか、ジャビ！」

「ちくしょおおお、やっぱ、死にたくねえなあ〜〜っっ!!」

ジャビの叫びに、ビスコとジャビは、お互いに額を突き合わせ……

泣きながら、思い切り笑った。
「やっぱり、お前に勝ちてえ、ビスコ‼　若い身体《からだ》に戻って、思いっきりやってみたかった
……心残りなんて、無限にあるワイ、無限に！」
「ばかやろ〜っ‼　往生際《おうじょうぎわ》が悪いんだよ、ジジイ〜っ！」
ジャビの身体《からだ》を抱きしめて、ビスコは眼《め》いっぱいに溜《た》めた涙をぼろぼろと零《こぼ》す。ただそれは、
哀悼や悔恨の涙ではなく、ただ、言葉に尽くせぬ愛の涙であった。
「あと一分で叶《かな》えられることはねえのか。俺にできることなら、なんでもやってやる！」
「あと一分⁉　んおお、あと一分……！」
ジャビはかすむ眼《め》に目いっぱいの気力を込め、大事そうに持った『終活ノート』を震える手
でめくった。ノートは最後のページの、
✔ビスコとおもっきり戦う
にチェックをつけたきり、きっぱりとそこで終わっている。
「もうなんもないワイ！　できることはやった、もう今更、何も……」
ジャビはそこまで言って、今際《いまわ》の際に一層ぎょろついた目を、はっ！　と見開いた。
「ああっ！」
「何だ、ジャビ⁉」
「酒じゃ」ジャビが呟《つぶや》く。「長老の奴《やつ》しか飲めねえ決まりの、筒蛇《つつへび》の舌を漬け込んで作った

『筒蛇酒《つつへび》』がある。長老の住まいにしまっとるはずじゃ。あれを。あれを、一口……」

「死に酒だな！」

ビスコはジャビを抱く手を離し、涙をぐいと拭って立ち上がる。

「持ちこたえろ、ジャビ！　俺がすぐ取ってきてやるっっ!!」

「ちょ、び、ビスコ！　ここにきみがいなくちゃ!!」

「ミロ、ジャビの手を頼む！　できるだけ強く握れ！」

ビスコはもうそれまでに見たことのないような疾風のごとき素早さでそこを飛び出すと、長老宅の壁を身体《からだ》でブチ破ってその中へ入った。

「酒はどこだァ――ッッ!!」

「ヒエ――ッッ!!　鬼!!」

卒倒する長老の妻を横目に、ビスコは狼《おおかみ》のごとき嗅覚で長老宅を探る。

「………ここかァ――ッッ!!」

どがんっっ！

ビスコが空中から振り下ろす踵《かかと》落としで長老の椅子を踏み抜けば、その下に鍵のかかった倉庫の扉が姿を現す。ビスコはそのまま脚で鍵のかかった扉を蹴り破ると、下に続く階段を転がるように駆け下りていく。

「筒蛇《つつへび》の酒、筒蛇《つつへび》の……!!」

案の定そこは酒を保管する蔵になっており、大小様々な酒瓶が所せましと詰め込まれている。この中から一瓶……となれば大変な作業になろうというところ、ビスコの動物的な勘は、奥の方に据えられた神棚のようなもの、そしてそこに置かれ『筒』と書かれた小さな酒瓶を目ざとく見つけだした。

「これだぁ――――っっ!!」

ばんっっ!!

「ヒエ――――ッッ!!」

地下から飛び出す勢いで長老の妻をもう一度卒倒させ、ビスコは自らが放つ矢よりも早く、ジャビの元へと向かってゆく。

「ジャビ――――ッッ!! あったぞ、酒だ。筒蛇《つつへび》の酒だっっ!!」

しかし。

しかし……

大声を張り上げたビスコを出迎えたのは、しんと静まり返った、一同であった。

「ビスコ……!!」

振り返った相棒の顔が、ぶわっ、と溢《あふ》れた涙でびしょ濡《ぬ》れになる。

「いま。たった、いま……!」

言葉にならず、くずおれる相棒の姿を見て。

ビスコはただ、ゆっくりと力を抜いて、静かに……

道を開けるキノコ守りの間を、一歩一歩、寝台へ向けて歩を進めてゆく。

「……。」

「ジャビ。」

眼《め》は……

開いている。

豊かな白髭《しらひげ》、引き結ばれた口。

凛々《りり》しいその顔は、何か神仏の像のような……そうした貫禄《かんろく》を、そこに持っている。

「……。」

ビスコの手が、ジャビの顔を撫《な》でて……

その眼《め》を、静かに、閉じた。

「ちょっとだけ……。」

「お別れだ。」
「あの世で、ジャビが……。」
「暴れあきたころ、会いにいくよ。」
「……ジャビ。」
「おとうさん。」
「ありがとう……」

ビスコはそう言って眼《め》を閉じ、ジャビの額にこつんと自分のおでこで触り……顔を離して、開けた筒蛇《つつへび》の酒を数滴、その唇へ垂らしてやった。

そして……

残った酒を一息に、『ぐいっっ‼』と自分の胃《い》の腑《ふ》へ、すべて流し込んだ。

「「おおっ」」とどよめきが上がる。

一番驚いたのはミロで、なにしろビスコは下戸であるのに、いかにも強そうな筒蛇《つつへび》酒を一気飲みしては、身体《からだ》がどうなるかわからない。

「び、ビスコ、無茶して！　きみは――」

「キノコ守りの英雄！　天下無双の弓聖ジャビは、死んだ‼」

びりっっ‼　とその場を引き締めるような、凛《りん》と強い吼《ほ》え声が、ビスコから響く。キノコ守り達は一様に姿勢を正し、寝台に立つビスコに視線を注いだ。

「今これをもってジャビは肉体の枷《かせ》を取り払い、天に昇り、弓聖天《きゅうせいてん》の名を恒久のものとした！　新神産まれしめでたき日に、一同、新たなる神の名を唱えろ！」

キノコ守り達はその言葉に、ほんのわずかに惑うも——

「……ジャビ！」

「『ジャビ!!』」

「『弓聖天《きゅうせいてん》・ジャビ!!』」

「『我らキノコ守りに、弓聖天《きゅうせいてん》ジャビの加護ぞあり！』」

口々にジャビの名を叫び、己の弓を頭上へ掲げた。

ビスコは犬歯を覗《のぞ》かせて、ミロを見る。もう、ビスコに涙はなかった。一方のミロはやはり涙でぐしょ濡《ぬ》れの顔をぬぐい、それでも顔を輝かせて笑ってみせた。

「よし、ものども！　最後に、一本締めといくぞ！」

「お手を拝借します！」

少年たちの音頭《おんど》に合わせて、キノコ守りの全員が両手を広げた。松明《たいまつ》は激しく焚《た》かれ、太鼓は一層激しく打ち鳴らされる。

「英雄・ジャビの昇神《しょうじん》を祝して！」

「「よ——おっっ‼」」

『ぽんっっ！』

あとがき

「お前は弱くなった。何を貫くにも命を賭けてたあの頃と、違う」

原稿の中で、ジャビがビスコにそう言っている。

（…………ん⁇）

妙にむず痒《がゆ》いものを感じながら書き続けると、ジャビはこう続けた。

「お前は自分に祈ることを忘れた。自分が一本の矢であることを、忘れたのよ」

（…………。このジジイ、おれに言ってんのか……！）

どうやらジャビの眼《め》はビスコを通して、僕に向けられている（とその時は思った）。モニタ越しに、物語の中から僕を戒めているのである。己が創作したキャラクターに説教を喰《く》らうというのも、なかなか珍しい体験と言っていいだろう。

確かに、ビスコと僕の精神性の軌跡は似ている。

一巻で信じる相棒を得て『矢』たりえたビスコは、二巻、三巻と己の祈りを撃ち撒《ま》き、仲間を得て世界の肯定に慣れ、満ちてしまう。そして四、五巻ではある種の『神』となり、自分ではなく誰かの祈りのために、仲間を守るために奮闘するようになる。

成長曲線としては自然なはずだが、ここに対してジャビは「お前は神ではない、矢だ」と言ってきたのだ。思い上がるな、守りに入ってんじゃねえ、と……。

急にそんな事を言われても。

僕は困り果てて、ひとまずこの台詞《せりふ》をビスコへ渡した。

するとビスコはこの言葉を呑《の》み込《こ》んで、『神』と『矢』の両側面を併せ持つようになった。

つまり『満ちながら餓《う》えている』という哲学、善悪の概念とはまた別の、彼独自の中立を手に入れるに至るのである。

だめだろお前、未成年でそんな境地に辿《たど》り着《つ》いたら。

ともかくその哲学を矢に変えるため、彼に『超信弓《ちょうしんきゅう》』なる技を与えた。これは撃てさえすれば世界のカタチを何でも祈った通りに変えるというもの（とんでもない技だ）。

でも現実においても、ビスコぐらい強靭《きょうじん》かつ優しい意志力と哲学があったら、時間はかかったとしても大概のことは祈った通りになるだろうし、

「まあいいか」

って感じです（適当だなあ……）。

ビスコには常に一歩先を行かれる。もちろんビスコは僕の「こうありたい」という祈りの鏡なので仕方ないのだが、あんまり距離が離れると、次のビスコが書けない。

手探りで賞に応募したはじめの頃を思い出して、はやく彼に追いつきたく思います。

それでは、また。

瘤久保《こぶくぼ》　慎司《しんじ》

SABIKUI BISCO

次巻予告
NEXT
少年達の冒険は
まだまだ続く……

…. The world blow the wind erodes life. A boy with a bow runningthrough the world like a wind.

SHINJI COBKUBO PRESENTS
錆喰いビスコ
最新第7巻
今冬発売予定

◉瘤久保慎司著作リスト

「錆喰いビスコ」（電撃文庫）
「錆喰いビスコ2 血迫！超仙力ケルシンハ」（同）
「錆喰いビスコ3 都市生命体「東京」」（同）
「錆喰いビスコ4 業花の帝冠、花束の剣」（同）
「錆喰いビスコ5 大海獣北海道、食陸す」（同）
「錆喰いビスコ6 奇跡のファイナルカット」（同）

本書に対するご意見、ご感想をお寄せください。

ファンレターあて先
〒 102-8177　東京都千代田区富士見 2-13-3
電撃文庫編集部
「瘤久保慎司先生」係
「赤岸K先生」係
「mocha先生」係

読者アンケートにご協力ください!!

アンケートにご回答いただいた方の中から毎月抽選で10名様に「図書カードネットギフト1000円分」をプレゼント!!

二次元コードまたはURLよりアクセスし、
本書専用のパスワードを入力してご回答ください。

https://kdq.jp/dbn/　パスワード　2aspj

- ●当選者の発表は賞品の発送をもって代えさせていただきます。
- ●アンケートプレゼントにご応募いただける期間は、対象商品の初版発行日より12ヶ月間です。
- ●アンケートプレゼントは、都合により予告なく中止または内容が変更されることがあります。
- ●サイトにアクセスする際や、登録・メール送信時にかかる通信費はお客様のご負担になります。
- ●一部対応していない機種があります。
- ●中学生以下の方は、保護者の方の了承を得てから回答してください。

本書は書き下ろしです。

電撃文庫

錆《さび》喰《く》いビスコ6
奇跡《きせき》のファイナルカット

瘤久保慎司《こぶくぼしんじ》

2020年6月10日　初版発行
2021年12月20日　3版発行

発行者　青柳昌行
発行　株式会社KADOKAWA
〒102-8177　東京都千代田区富士見2-13-3
0570-002-301（ナビダイヤル）
装丁者　荻窪裕司（META＋MANIERA）
印刷　株式会社KADOKAWA
製本　株式会社KADOKAWA

●お問い合わせ
https://www.kadokawa.co.jp/（「お問い合わせ」へお進みください）
※内容によっては、お答えできない場合があります。
※サポートは日本国内のみとさせていただきます。
※ Japanese text only

※定価はカバーに表示してあります。

ISBN978-4-04-913186-4　C0193　Printed in Japan

電撃文庫　https://dengekibunko.jp/

電撃文庫創刊に際して

文庫は、我が国にとどまらず、世界の書籍の流れのなかで〝小さな巨人〟としての地位を築いてきた。古今東西の名著を、廉価で手に入りやすい形で提供してきたからこそ、人は文庫を自分の師として、また青春の想い出として、語りついできたのである。

その源を、文化的にはドイツのレクラム文庫に求めるにせよ、規模の上でイギリスのペンギンブックスに求めるにせよ、いま文庫は知識人の層の多様化に従って、ますますその意義を大きくしていると言ってよい。

文庫出版の意味するものは、激動の現代のみならず将来にわたって、大きくなることはあっても、小さくなることはないだろう。

「電撃文庫」は、そのように多様化した対象に応え、歴史に耐えうる作品を収録するのはもちろん、新しい世紀を迎えるにあたって、既成の枠をこえる新鮮で強烈なアイ・オープナーたりたい。

その特異さ故に、この存在は、かつて文庫がはじめて出版世界に登場したときと、同じ戸惑いを読書人に与えるかもしれない。

しかし、〈Changing Times,Changing Publishing〉時代は変わって、出版も変わる。時を重ねるなかで、精神の糧として、心の一隅を占めるものとして、次なる文化の担い手の若者たちに確かな評価を得られると信じて、ここに「電撃文庫」を出版する。

1993年6月10日
角川歴彦

電撃文庫DIGEST　6月の新刊

発売日2020年6月10日

俺の妹がこんなに可愛いわけがない⑭　あやせif 下

【著】伏見つかさ　【イラスト】かんざきひろ

高校3年の夏、俺はあやせの告白を受け容れ、恋人同士になった。残り少ない夏休みを、二人で過ごしていく——。『俺の妹』シリーズ人気の新垣あやせifルート、堂々完結！

俺を好きなのはお前だけかよ⑭

【著】駱駝　【イラスト】ブリキ

今日は二学期終業式。俺、如月雨露ことジョーロは、サザンカ、パンジー、ひまわり、コスモスの4人の少女が待つ場所にこの後向かう。約束を果たすため、自分の本当の気持ちを伝えるため。たとえどんな結果になろうとも。

幼なじみが絶対に負けないラブコメ4

【著】二丸修一　【イラスト】しぐれうい

骨折した俺の看病のため、白草が泊まり込みでお世話にやってくる!?　家で初恋の美少女と一晩中二人っきりに……と思ったら、黒羽に真理愛に白草家のメイドまでやってきて、三つ巴のヒロインレースも激しさを増す第4巻！

とある魔術の禁書目録《インデックス》外典書庫①

【著】鎌池和馬　【イラスト】はいむらきよたか

鎌池和馬デビュー15周年を記念して、超貴重な特典小説を電撃文庫化。第1弾では魔術サイドにスポットを当て『神裂火織編』『「必要悪の教会」特別編入試験編』『ロード・トゥ・エンデュミオン』を収録！

声優ラジオのウラオモテ #02 夕陽とやすみは諦めきれない？

【著】二月 公　【イラスト】さばみぞれ

「裏営業スキャンダル」が一応の収束を迎えほっとしたのも束の間、由美子と千佳を追いかけてくる不躾な視線やシャッター音。再スタートに向けて問題が山積みの中、《新・ウラオモテ声優》も登場で波乱の予感!?

錆喰いビスコ6 奇跡のファイナルカット

【著】瘤久保慎司　【イラスト】赤岸K
【世界観イラスト】mocha

『特番！　黒革フィルム新作発表　緊急記者会見!!』復活した邪悪の県知事・黒革によって圧政下におかれた忌浜。そんな中、記者会見で黒革が発表したのは"主演：赤星ビスコ"の新作映画の撮影開始で——!?

マッド・バレット・アンダーグラウンドⅣ

【著】野宮 有　【イラスト】マシマサキ

ハイルの策略により、数多の銀使いとギャングから命を狙われることになったラルフとリザ。しかし、幾度の困難を乗り越えてきた彼らがもう迷うことはない。悲劇の少女娼婦シエナを救うため、最後の戦いが幕を開く。

昔勇者で今は骨5 東国月光堕天仙骨無幻抜刀

【著】佐伯庸介　【イラスト】白狼

気づいたら、はるか東国にぶっ飛ばされて——はぐれた仲間たちと集まった先にいたのは、かつての師匠！　魔王軍との和平のために、ここで最後のご奉公!?　骨になっても心は勇者な異世界ファンタジー第5弾!!

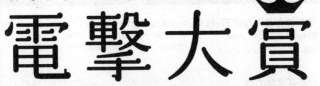